文治
© wénzhì books

梦幻花

Higashino Keigo

[日] 东野圭吾 著

王蕴洁 译

东野圭吾

北京联合出版公司
Beijing United Publishing Co.,Ltd.

《梦幻花》创作手记

《历史街道》杂志委托我在他们那里连载小说时，我是拒绝的，我说"我写不了历史方面的东西"。但他们的编辑说，不是纯历史题材也没问题，只要稍微和历史沾一点边就可以了。这让我想起了黄色牵牛花的事。可能很多读者都知道，牵牛花是开不出黄色花朵的。但是，在日本的江户时代（1603—1868年）其实出现过黄色的牵牛花。为什么到现在反而没有了呢？用人工的方式也无法使之重现天日吗？想到这里，一股悬疑的气息袅袅升起。我开始觉得这会是个很有意思的素材。

但是，如果厨师手艺不佳，就算原料再好也难成美食。后来，连载任务虽然完成了，但写出的作品却问题重重，实在难以成书出版。外加随着出版一再延期，小说中的科学技术也开始落后于时代，导致故事本身都不再成立了。但我向我的编辑保证："不管花上多少年，我都一定会完成这本小说。"因为我无论如何都不希望这部作品被束之高阁。

最终,我只保留了"黄色牵牛花"这个核心关键词,将小说的其他部分全数重写。如果读过连载版本的读者看到这本书,一定会大吃一惊吧。

不过我想,也正是重写,使得这部历时十年才出版的作品,承载了属于现今这个时代的全新意义。至于那个意义究竟为何,相信读完本书的读者都能得到自己的答案。

东野圭吾

序章 01

麻雀在庭院内叽叽喳喳地叫个不停。前几天，和子心血来潮地撒了一把米，麻雀乐不可支地吃了起来。可能就是前几天的麻雀又来了，而且听起来不止一只，该不会是呼朋引伴一起来吃大餐了吧？

和子把做好的菜放在餐桌上，真一从珠帘外走了进来。他已经换好衣服，也系上了领带，只不过西装里面穿的是短袖衬衫。9月初，天气还很热。

"喔，今天有蛤蜊味噌汤，真是太棒了。"真一拿了坐垫，盘腿坐了下来。

"宿醉有没有好一点？"和子问。

昨晚，真一满脸酒气地回家。他受同事之邀，在路边摊喝了不少日本酒。

"哦，没事。"虽然他这么说，但双手先拿起了味噌汤，代表酒还没有完全醒。

"别喝太多酒,你现在要养的可不是只有我一个人。"

"好,我知道。"真一放下味噌汤的碗,拿起了筷子。

"你真的知道吗?"

和子端坐在餐桌前,双手合十,小声说:"开动了。"

"虽然知道,却是欲罢不能啊。"真一哼起了植木等的歌,《斯达拉节》中的这句歌词已经变成了流行语。和子瞪了他一眼,他调皮地"哈哈哈"笑了起来,和子也跟着露出笑容。她喜欢丈夫这种开朗的个性。

吃完早餐,真一站了起来,拿起放在房间门口的公文包。

"今天晚上呢?"和子问。

"应该会很晚回家。我会在外面吃饭,回家后就直接洗澡。"

"好。"

真一在建筑公司上班。东京要在两年后举办奥运会,听说他每天都有堆积如山的工作要处理。

隔壁房间传来柔弱的哭声。刚满一岁的女儿醒了。

"她好像醒了。"

和子探头向隔壁房间张望。女儿坐在被子上。

"早安,睡得好吗?"和子抱起她回到真一身旁。

"嘿,爸爸要去上班喽。"真一摸了摸女儿的脸,穿上了鞋子。

"我们送爸爸去车站。"和子说完,穿上了拖鞋。

他们住的是日式平房,但不是自己的房子,而是公司的宿舍。他们的梦想就是能够早日买套自己的房子。

锁好门后，他们一家三口准备走去车站。七点刚过，路上还没有什么行人，他们看到邻居在门前洒水，彼此打了招呼。

　　快到车站时，远处传来奇怪的声音。好像有人在吵架，也有女人的声音，高亢的声音好像女高音歌手。

　　"发生什么事了？"真一问。

　　和子也不知道发生了什么事，偏着头纳闷。不一会儿，声音就消失了。

　　他们来到商店林立的站前大道，商店都还没有开门。

　　"真想看电影。"真一看着建筑物墙上贴的海报说。那是胜新太郎主演的电影的海报。

　　"我也想看……"

　　"不过，在她长大之前，恐怕暂时没办法看电影了。"真一看着和子抱在怀里的女儿，女儿不知道什么时候又睡着了。

　　哐啷一声，旁边的小巷子里突然蹿出来一个男人。他穿着红色背心，手上好像拿着一根长棍。

　　和子他们停下脚步。他们不知道那个男人是谁，男人也看着他们。

　　数秒后，真一大叫起来："快跑！"

　　和子完全搞不清楚状况，但下一秒，恐惧贯穿了全身。

　　男人手上拿的是武士刀，而且刀上沾满了血，男人的背心上也全是血，所以看起来是红色的。

　　和子太害怕了，完全无法发出声音，也无法动弹。

男人冲了过来。他的双眼通红,显然已经失常,那不像是人类的眼睛。

真一挡在和子和女儿面前保护她们,但是,男人并没有停下脚步,他维持原来的速度撞上了真一。

和子看到武士刀的刀尖从丈夫的背后露了出来。她难以相信眼前的景象。丈夫的背渐渐被染红了。

真一倒在地上的瞬间,和子情不自禁地想要冲过去,但看到男人把武士刀从他身上拔出来时,和子才意识到自己该做的事。她紧紧抱着女儿,转身拔腿就跑。

但是,脚步声紧追在后。她心想,恐怕逃不掉了。

和子蹲了下来,紧紧抱着女儿。

她的背立刻感受到冲击,好像有一双被火烧过的巨大铁筷插进后背,她很快失去了意识。

序章

每年七夕前后,蒲生一家都会一起出门去吃鳗鱼饭,这已经成为多年的惯例。苍太对这件事本身并没有任何不满,只是对吃鳗鱼饭之前的活动很不情愿。

每年的这个时期,台东区入谷都会举办牵牛花市集,蒲生一家四口在牵牛花市集逛两个小时左右后,才会前往位于下谷的一家历史悠久的鳗鱼饭专卖店。一家四口的成员是父母、哥哥和苍太,父母有时候会穿浴衣。全家人先搭地铁到入谷车站,沿着挤满牵牛花业者和摊贩的言问大道一路散步过去。

苍太今年十四岁,小时候对这件事并没有特别的感觉,现在却对这个多年的惯例越来越不耐烦。他并不讨厌市集,只是不喜欢和父母一起行动。如果不是为了吃鳗鱼饭,他绝对不会同行。

苍太搞不懂这种事为什么会成为蒲生家的惯例,他曾经问过父亲真嗣,真嗣回答说,并没有特别的理由。

"牵牛花市集是夏日风物诗,是日本的文化,享受这种乐趣根本不需要理由。"

苍太老实说出了自己的心里话,自己完全不觉得有什么乐趣可言,父亲冷冷地说:"那你就别去啊,但也别想吃鳗鱼饭。"

苍太很纳闷,为什么哥哥要介对这件事完全没有任何不满。要介比苍太大十三岁,今年已经二十七岁了。他学历很高,目前是公务员,而且相貌也不差,不可能没有女人缘。事实上,迄今为止,他似乎也交过几个女朋友,却每年都参加这个家庭活动,从不缺席。照理说,七夕的晚上不是都想和女朋友在一起吗,哪有时间陪家人呢?

但是,苍太并没有当面问过哥哥这个问题,因为他从小就很怕这个比他大很多岁的哥哥,如果当面问哥哥,很担心又会被嘲笑说,居然问这种蠢问题。

而且,每次来到牵牛花市集,要介总是像真嗣一样热心地观赏牵牛花。看他的表情不像是在赏花,而是在寻找什么。他的眼神也像是科学家。

"一年一次全家一起散散步也不错啊。"母亲志摩子也不把苍太的不满当一回事,"听那些卖牵牛花的人聊天,不是很有趣吗?我觉得很有意思啊。"

苍太叹了一口气,不想再反驳了。母亲嫁给父亲之前,蒲生家就已经有了牵牛花市集巡礼的习惯,她似乎从来没有对此产生过任何疑问。

今年一家四口再度前往入谷。言问大道上实施交通管制,单侧三个车道像往年一样人满为患，不时看到身穿浴衣的女子穿梭在人群中。有不少警车在现场，这里由警官负责维持治安。

牵牛花市集有超过一百二十位业者设摊，真嗣和要介每年都走访每一个摊位，有时候还会和摊位老板简单地攀谈几句。但是，他们从来不买花，只是纯观赏而已。

苍太无可奈何地看着整排牵牛花花盆，发现大部分牵牛花都很大，只是花都闭合起来。听说牵牛花只有早上才开花，他搞不懂看这些感觉上快要凋谢的花有什么乐趣可言。

没想到有很多人在买花，摊位的老板告诉他们："接下来花会越开越多。"每盆花上都挂着"入谷牵牛花市集"的牌子。似乎有很多人是为了这块牌子特地来这里买花的。

走了一会儿，苍太的右脚越来越痛。小指头侧边被鞋子磨了。他今天穿了新球鞋，而且为了耍酷没穿袜子。如果说出来，一定会挨骂，所以他一直忍着没说。

鬼子母神神社前挤满了人，抬头一看，挂了不少灯笼。

右脚越来越痛。他脱下球鞋一看，小脚趾旁的皮果然磨破了。

他告诉母亲志摩子，自己的脚很痛。她看到儿子的脚，露出为难的表情，走去告诉走在前面的真嗣他们。真嗣露出不悦的表情对志摩子嘀咕了几句。

志摩子很快就回来了。

"爸爸说，既然这样，你就先休息一下。你知道怎么走去吃鳗鱼饭的店吧？爸爸叫你在通往那条路的转角那里等。"

"知道了。"

太好了。苍太暗想道。这下子不用忍着脚痛继续逛,也不必被迫观赏牵牛花了。

言问大道上有中央隔离带,走累的人都坐在那里休息。苍太也找了一个位子坐了下来。

他才坐了一会儿,就有人在他旁边坐了下来。他的余光扫到对方的浴衣和木屐,木屐的鞋带是粉红色的,感觉是一个年轻女子,或是女孩。

苍太脱下鞋子,再度确认自己的右脚。虽然没有流血,但磨破皮的地方通红,他很想找一块创可贴来缓缓痛感。

"一定很痛吧。"旁边的人说道。苍太忍不住转过头,穿着浴衣的女孩看着他的脚。她的脸很小,一双眼尾微微上扬的凤眼令人联想到猫。她的鼻子很挺,应该和苍太年纪差不多。

他们眼神交会,她慌忙低下头,苍太也转头看着前方。他觉得胸口有一股膨胀的感觉,身体很热,尤其耳朵特别烫。

他很想再看一次她的脸。再看一次吧。但他担心会让对方感到不舒服。

就在这时,有人快速经过他们面前,同时有什么东西掉在地上。

苍太刚才一直在注意身旁的女孩,所以反应慢了半拍,过了几秒,才发现掉在眼前的是皮夹。他伸手捡了起来,然后抬头看向前方,但已经搞不清到底是谁掉的了。

"应该是那个大叔，穿白色Ｔ恤的人。"身旁的女孩用手指着说。她刚才似乎看到了。

"嗯？哪一个？"苍太重新穿好鞋子。

"那里！刚好经过路边摊。"

苍太不太清楚到底是哪一个人，但还是拿着皮夹跑了起来。右脚的小脚趾顿时感到一阵剧痛。他的脸皱成一团，努力拖着右脚。

身穿浴衣的女孩从后方追了上来："你知道是哪个人吗？"

"不知道。"

"那怎么还给人家？"

她露出严肃的表情看向远方，把头转来转去巡视了好一会儿，终于睁大了眼睛。

"在那里！就在挂着红色布帘的摊位前，那个穿着白色Ｔ恤，脖子上挂着毛巾的人。"

苍太看向她说的方向，那里的确有一个摊位挂着红色布帘，摊位前也的确有一个人符合她描述的特征。那个男人五十岁左右，身材很瘦。

他忍着脚痛，快步走向那个摊位。那个男人一边和他身旁的女人说话，一边把手伸进裤子后方的口袋。他惊讶地转过头，开始摸其他的口袋，这才发现自己掉了皮夹。

苍太和身穿浴衣的女孩跑近那个男人，搭话说："那个……"

"嗯？什么？"男人皱着眉头转头看向他们。他的眼睛很红。

"请问这个是不是您掉的？"苍太递上皮夹。

男人同时张大了眼睛和嘴巴，可以听到他呼吸的声音。

"对啊，咦？我是在哪里掉的？"

"就在前面。"

男人接过皮夹，另一只手按着胸口。

"啊，太好了，差一点儿就完蛋了，我完全没有发现。"

他身旁的女人苦笑着说："你小心点嘛，做事冒冒失失的。"

"是啊，真是太好了。谢谢，多亏了你们这对小情侣。"

听到男人这么说，苍太不由得心跳加速，立刻想起身旁穿着浴衣的女孩。

"这个，一点小意思，"男人从皮夹里拿出一张千元纸钞，"你们去喝杯饮料吧。"

"不，不用了。"

"不用客气，我既然拿出来了，就不会再收回去。"

男人坚持把千元纸钞塞进苍太手中，带着身旁的女人离去。

苍太看着身穿浴衣的女孩问："怎么办？"

"那你就收下啊。"

"那我们一人一半。"

"不用给我。"

"为什么？"

"又不是我捡到的。"

"但如果只有我，不可能找到那个大叔——对了。"苍太看着附近的摊位，"那我们先用这个去买东西，像是果汁什么的。"

女孩似乎并不反对。

"那……冰激凌？"

"冰激凌吗？这里有卖冰激凌的摊位吗？"

"那里有便利商店。"

"哦，对哦。"虽然这里在举办市集，但没有人规定非要在市集的摊位上买东西。

他们去便利商店买了两个冰激凌，把找零的钱一人一半。两个人站在车水马龙的昭和大道人行道上，一起吃着冰激凌。

"你一个人来的吗？"她问。

"怎么可能？"苍太说，"陪家人一起来的，等一下要一起吃饭。这是每年的惯例，我觉得很麻烦。"

"是吗，"她瞪大了眼睛，"原来还有别人家也这样。"

"所以，你家也一样？"

"是啊。虽然我也搞不懂是怎么回事，反正从我小时候开始，家人就每年都要我来牵牛花市集，说是从小在这里长大的人应尽的义务，真是太古板了。"

"你家住在这附近吗？"

"对，在上野。"

那的确很近，走路应该就可以到。

"我家住在江东区，你听过木场吗？"

"我知道，美术馆就在那里吧？"

"嗯。对了,你不是和家人一起来的吗?"

"他们应该还在逛吧。我走累了,所以休息一下。你呢?"

"和你差不多,因为我的脚受伤了。"他指了指自己的右脚。

"哦,原来是这样。"她笑了起来。这是她第一次露出笑容,苍太的心脏扑通跳了一下。

"我叫蒲生苍太。"他说话的声音有点发抖。这是他第一次向女生做自我介绍。

"蒲生?"

"很奇怪的姓氏吧?听起来好像蒲公英生的。"

她摇了摇头:"不会啦。"

苍太告诉她自己的汉字姓名,在说明"蒲"这个字时说:"就是浦安[1]的浦再加一个草字头。"

她也自我介绍说,她叫伊庭孝美,在说"孝"字时,笑着补充说:"就是孝顺的孝,虽然我爸妈常说,应该是不孝顺的孝。"

聊了一阵子,苍太得知她也读中学二年级。他们相互问了学校的名字,听到苍太读的私立学校名字,孝美说:"原来你学习很好。"

"也没有啦,你读的才是女子贵族学校。"

"现在也不像大家以为的那样,其实我原本想读男女同校的学校。"孝美说完,皱了皱眉头。

---

[1] 浦安:日本千叶县地名。

冰激凌已经吃完了，但苍太还想和她聊天，至少不希望就这样分别。

"请问，"他舔了舔嘴唇，鼓起勇气问，"你有没有用电子邮箱？"

"当然有啊。"

"那我们要不要互相留一个邮箱地址？"苍太知道自己的脸红了。

孝美眨了眨眼睛，端详了苍太之后，点了点头："好啊。"她从手上的小拎包里拿出粉红色手机。

"哇，原来你有手机。"

"因为有时候补习班晚下课，所以家人叫我带手机。"

"真好，我爸妈还不让我带手机。"

"还是不要带比较好，不然就像毒品一样，整天都离不开。"

虽然苍太知道，但还是希望自己有手机。如果自己也有手机，现在就可以和孝美留电话号码了。

苍太平时都用电脑发邮件，他把邮箱地址告诉了孝美。她用熟练的动作操作着手机。

"我马上发一封邮件到你的邮箱，你回家后确认一下。"

"好，我回家之后，马上回信给你。"

"嗯。"孝美点了点头，又低头看着手机，"这么晚了，我差不多该走了。"

"我也该走了。"

"那改天见。"她轻轻挥了挥手,转身离开了。苍太目送着她的背影离去,之后走向了相反的方向。

他很快和家人会合,走向鳗鱼饭店。母亲志摩子问他刚才做了什么,他只回答,没做什么。父亲和哥哥似乎对他的行动不感兴趣。

回家之后,他立刻回到自己的房间。他刚才把鳗鱼饭吃得精光,却食不知味,满脑子都在想孝美的事。

他打开父母在他进入中学时送他的电脑,立刻查看了邮件。虽然还有同学发给他的邮件,但他暂时没时间理会,迅速在收件箱中寻找。

找到了——

邮件的主题是"我是孝美",内容除了"请多关照"以外,还附了一个眨眼的表情符号。苍太觉得胸口揪了一下。

那天晚上之后,苍太的人生改变了。他每天都快乐得不得了,甚至觉得自己周围空气的颜色也不一样了。

每天一放学,他就立刻坐在电脑前查收邮件。每天必定会收到孝美的邮件,苍太当然也会每天发给她。虽然没写什么重要的内容,无非就是足球比赛中想要顶球时,和同学撞到了头,或是反穿 T 恤一整天都没有发现,回家后才觉得丢脸这类无关紧要的事,但他为能够和孝美靠邮件保持联络这件事感到高兴。无论多无趣的内容,她都会回信,苍太再度回信,有时候一天会相互联络超过十次。

时间一久，苍太渐渐对只是互通邮件感到无法满足。他很希望像七夕那天晚上一样，能够见面聊天。

他在邮件中提到这件事，收到了孝美的回答："好啊，我也想和你见面。"苍太看到后，忍不住在电脑前握紧了双拳。

学校已经开始放暑假，他们决定在上野公园见面。出门时，他对母亲志摩子说，约了同学去玩。

出现在上野公园的孝美穿着蓝色T恤和短裤，和之前穿浴衣时不同，感觉很活泼，短裤下的两条腿又细又长，苍太心跳加速，不敢直视她，更不敢瞧她的脸，努力移开了视线。

"蒲生，你这个习惯很不好，说话的时候必须看着对方的眼睛。"面对面坐下时，孝美指正他。

"啊，对不起，你说得对。"苍太道歉后，直视孝美的脸。四目相接时，苍太心慌意乱地想要低下头，但拼命忍住了，也再度确认了她很漂亮，一双大眼睛亮闪闪的。苍太觉得自己的整个心好像都快被吸进去了。她的皮肤光滑细腻，左右完全对称的五官轮廓令人联想到白色的陶瓷花瓶。

"怎么了？"孝美露出疑惑的表情。

"不，没事。"他又把视线移开了。

两个人聊了很多事。原来孝美家连续好几代都是医生，她或是弟弟必须继承家业。

"要当医生吗？听起来好像很辛苦。"

"你家呢？"

"我爸是警察,但他今年退休了,所以可能该说他是房东。我家有房子租给别人。"

"啊,你家果然很有钱。"

"没这回事。"

和孝美聊天很开心,时间过得很快。当天道别前,他们约定了下次见面的时间。

五天后,他们又见面了,还是约在上野公园。孝美穿了一件洋装,发型和之前稍微有些不一样,看起来很成熟。

她很博学,也很擅长聊天,更擅长倾听。苍太向来对自己的谈话技术没有自信,但和她在一起,总是可以侃侃而谈,一定是她很懂得引导。

这一天的时间也过得很快,而且有了重大进展。孝美开始用"苍太"称呼他,他也叫她"孝美"。虽然有点害羞,幸好很快就习惯了。他为这件事雀跃不已。

之后,他们每周都会约时间见一次面。虽然苍太很希望多见面几次,只是因为孝美上才艺课很忙,很难抽空见面。他们除了约在公园见面以外,也一起去看了电影,只是苍太对这件事很后悔。电影虽然很好看,但看电影的时候不能和孝美聊天,这样一来即使见了面,也似乎失去了意义。

虽然才刚道别,但苍太一踏进家门,就又想和孝美见面了。他立刻打开电脑,发了邮件:"今天真开心,希望改天再见面。"他满脑子都想着孝美,他知道这样很不正常,却无法控制自己的心情。

然而，这种玫瑰色的日子突然画上了句点。

某天吃完晚餐，苍太正打算回房间，父亲真嗣叫住了他，指着客厅的沙发说："等一下，我有话要对你说，你先坐下。"

父亲脸上没有表情，这件事令苍太感到不安。

哥哥要介可能知道是什么事，不发一语地走出了客厅。母亲志摩子在厨房洗碗。

苍太在沙发上坐了下来。坐在他对面的真嗣开了口："你在和女生交往吧？"

听了父亲的话，苍太忍不住站起来："为什么……"

父亲怎么会知道孝美的事。他只想到一个可能。

"该不会是看了电脑里的邮件……"

如果父亲真的偷看了邮件，他绝对无法原谅，但父亲接下来说的那句话，剥夺了苍太反驳的机会。

"当初买电脑时就曾经有言在先，我会随机抽查电脑里的内容。"

"啊……"

父亲说得没错，当初的确这么约定过。当时觉得无所谓，经过了一年时间，他已经把约定忘得一干二净。所以说，父亲之前也一直偷看自己电脑里的内容吗？

"听妈妈说，你最近不太对劲，经常跑出去，也不专心读书。虽然我不太愿意，但还是去检查了你的电脑。这是我第一次做这种事。"

苍太把头转到一旁,虽然很不甘心,却又无法抱怨。

"苍太,你还是中学生,交女朋友太早了。"

"我们又没做什么不规矩的事,只是见面、聊天而已。"

"目前有这个必要吗?你不是还有很多其他该做的事吗?"

"我都在做啊,我读书也没偷懒啊。"

"你别说谎了,一天写好几次邮件,怎么可能专心学习?"

苍太听了,狠狠地瞪着父亲。想到父亲看了每一封邮件,怒气再度涌上心头。

"你这是什么表情?"真嗣也回瞪着他。

苍太站了起来,大步走向房门。

"喂,我还没说完。"

他无视父亲的叫声,走出客厅,冲上楼梯。他走进自己的房间,打开电脑,把邮件、软件内和孝美之间的信件全都删除了,然后,他又写了一封新的邮件,邮件的内容如下:

你好吗?我遇到了一件很不愉快的事,特别生气。虽然不方便透露详情,但我觉得大人真的太卑鄙无耻了。我很想早日和你见面,因为我相信,只要见到你,就可以忘记这件不愉快的事。

邮件的最后加上了代表愤怒的表情符号,然后发了出去。孝美看到后,一定会马上回信。

发出去后,他又把发件备份也删除了。如果早就这么做,就不会被父亲发现了。他对自己之前太大意,竟然没有想到这件事感到生气。

在等待她回信期间,他在网上闲逛。虽然暑假作业还没做完,但他完全没有心情。他不断告诉自己,现在只是因为太生气,所以不想写暑假作业,绝对不是因为在等孝美的回信。

好奇怪——他看了时钟,忍不住纳闷。发出邮件已经快一个小时了,孝美仍然没有回信。以前很少发生这种状况。

苍太心想,她可能正在洗澡,决定再等一下。

但又过了将近一个小时,仍然没有收到孝美的回信。他终于忍不住又写了一封。

> 我刚才发了邮件给你,你有没有收到?我有点担心。

在按下发送键时,不祥的预感掠过苍太的心头。孝美是不是发生了什么意外?所以无法回复自己的邮件。

他担心不已,一直坐在电脑前。结果,那天晚上他没有洗澡,一直在等孝美的回信。

翌日下午,苍太出了门。他走去车站,因为那里有公用电话亭。

他在上午时又发了一封邮件给孝美,希望孝美告诉他,到底有没有收到邮件，但孝美仍然没有回信。

他走进电话亭，插入电话卡，按了孝美的手机号码。他很担心电话不通，但很快听到了铃声。铃声响了四次后就接通了。

"喂。"电话中传来一个声音。的确是孝美的声音。

"喂？是我，苍太。"

"嗯。"孝美轻声回答，听起来并没有对苍太打电话这件事感到意外，似乎在接电话前，就知道是苍太打来的。

"你怎么了？我从昨晚发了好几封邮件给你，有收到吗？"

孝美没有回答。苍太以为信号不好，她没有听到，对着电话叫着"喂！喂！"

"我有听到，"孝美说，"邮件也有收到，对不起，我没有回信。"她说话的语气很僵硬，有一种拒人千里的感觉。

"发生什么事了？"

孝美再度陷入沉默。苍太忍不住焦急起来。没错，一定发生了什么事。

"孝美——"

"听我说，"孝美开了口，"我想，我们就到此为止吧。"

"到此为止……"

"我们以后不要再见面了，不要见面、不要互发邮件，还有，也不要打电话。"

"……这是怎么回事？"

"所以，"她的语气有点不耐烦，"就到此为止。我们还是中学生，要专心读书，也有很多其他要做的事。"

"为什么？"

苍太搞不懂眼前的状况，为什么孝美突然说这些话。

他突然想起父亲昨晚说的话，恍然大悟。

"该不会是有人对你说了什么？我爸爸有和你联络吗？"

"不是你想的那样，怎么可能嘛，是我自己觉得这样比较好。"

"但是，上次不是很开心吗？"

"我也觉得很开心，但很多事并不是开心就好。"

"真的要到此为止吗？不能再见面了吗？"

"对，蒲生，这样对你也比较好。"

"你叫我蒲生……"

"真的很感谢，那就这样了。"

"不，等一下——"

电话挂断了。苍太握着电话，愣在电话亭内。他搞不懂发生了什么事，为什么会这样？

回家的路上，他忍不住思考着。是父亲从邮件中查出了孝美的身份吗？然后联络对方的父母，讨论如何不让他们继续见面吗？但是，父亲不可能查出孝美的身份，因为就连苍太也不知道她家住在哪里。伊庭这个姓氏虽然不常见，但应该不至于罕见，而且，刚才她在电话中也否认了。

之后，他又连续发了几封邮件，但孝美始终没有回信。打她的手机也不接，她似乎刻意不接公用电话的来电。他仍然不愿放弃,继续打电话,最后终于听到电话彼端传来"您拨的号码是空号"的声音。

于是,苍太还不到一个夏天的短暂恋情画上了句点,回到了认识孝美之前的生活,但是,他的生活中有一件事发生了改变。

明年开始,再也不去牵牛花市集了——他下定了决心。

01

接到母亲打来的电话,知道这件事时,秋山梨乃正走在新宿的街头。新宿大道上依旧人山人海,如果要注意别撞到迎面走来的人,就可能听不清楚母亲在电话中说的话。所以,她接起电话的同时,走进了旁边的小巷了,仍然无法立刻理解母亲在电话中说的内容。她停下脚步问:"啊?你说什么?"

"我不是说了吗?"母亲素子的声音有点紧张,"尚人死了,听说是从窗户跳楼自杀的。"

梨乃握紧电话,愣在原地。

当天晚上,她回了横滨的老家。她目前独自住在高圆寺,但家里没有适合参加守灵夜和葬礼穿的衣服。她穿了三年前祖母去世时买的黑色洋装,原本担心穿不下,但现在身上的肌肉比以前少了很多,所以穿起来反而有点松垮。

鸟井尚人是梨乃的堂哥。梨乃的父亲正隆有一个妹妹,尚人就是她的长子。

听父亲正隆说，尚人是在天亮前从位于川崎的公寓跳楼身亡的。那时候，尚人的母亲、父亲和弟弟知基都在各自的房间内睡觉，所以，没有人发现他跳楼。楼下的住户听到动静后被吵醒，发现地上有一具满是鲜血的尸体，立刻报了警。当警官上门调查，问鸟井家是否有人不见了之后，母亲去尚人的房间察看，发现房间内没有人，窗户敞开着，才得知尚人死了。

"不知道佳枝得知坠楼的是尚人的时候是怎样的心情，光是想象这一幕，身体就忍不住发抖。"素子一脸沉痛的表情，身体也忍不住摇晃了一下。佳枝是尚人的母亲。

警方调查了尚人的房间，并没有发现遗书，但认为没有他杀的迹象，意外坠楼的可能性也很低，所以判断应该是自杀。

"听说他们完全搞不懂尚人为什么会自杀，前一晚全家人一起吃晚餐，尚人的样子并没有什么异常。不知道到底是怎么回事。"正隆眉头深锁地说。

翌日，梨乃和父母一起搭出租车前往殡仪馆。三个人在车上都没有说话。梨乃回想起和尚人之间的往事。对梨乃来说，尚人是为数不多的同辈亲戚之一，小时候经常在一起玩，两家人也曾经一起去旅行。当初也是因为比她大一岁的尚人去上游泳课，她才会受到影响，开始学游泳。

不一会儿，他们就到了殡仪馆。梨乃向尚人的父母表示哀悼时，他们太难过了，梨乃不敢正视他们的脸。佳枝好不容易挤出来的声音中带着哭腔。

失去了哥哥的知基坐在离大家有一段距离的地方。梨乃走过去向他打招呼，他"嘿"了一声，脸上的表情稍微柔和下来。他比梨乃小两岁，上个月才终于成为大学生，但身材很瘦，所以看起来像中学生。

梨乃坐在他旁边，抬头看着祭台上尚人的遗照。相框中的尚人面带笑容，一头金发，耳朵上戴着耳环。梨乃想起之前他在Live House[1]表演时，有许多女孩子热情地为他欢呼。

"真令人难过。"梨乃看着遗照嘟囔道。

知基吐了一口气："我还无法相信，觉得很不真实。"

"听我说，我知道已经有很多人问过你相同的问题……"

"自杀的原因吗？"

"嗯。"

知基摇了摇头，回答说："不知道。我完全不知道我哥在想什么，看起来他每天都过得很充实，但没有人知道他到底过得好不好。也许他在为我们完全无法想象的事烦恼。"

"是啊。"梨乃回答。事实上，她也的确这么认为。时下年轻人的自杀率升高，但很少有家属知道他们自杀的动机。

尚人无论做什么事都很出色，他在学校的成绩优异，有绘画的才能，运动能力也很强，但并不是没有烦恼。

---

[1] Live House：类似音乐厅，供摇滚或民谣等类别的乐手、乐队等进行现场表演的场所。有较专业的演出设备，但不像音乐厅那么正式，观众可以近距离观看演出。

去年，他向大学申请退学。虽然他具备了多方面的才华，但他最终选择了音乐作为自己的志向和事业。他从高中时代就和朋友组了乐队，如今终于下定决心要向职业乐队进军。梨乃曾经多次去现场听他们的演出，虽然她对音乐一窍不通，但仍然可以从他身上感受到光芒，所以，她发自内心地祈祷他们可以成功——

祭台旁挂了一张放在画框里的画，巨大的老鹰试图抓一只小兔子。

"这是尚人画的吗？"

"对啊，"知基回答，"他读小学的时候画的。"

"小学？哦……"她重新打量着那幅画，发现动物画得栩栩如生，自己绝对画不出来，"他最近没有画吗？"

"嗯，我记得他在中学的时候就没再画了。"

"为什么不画了？"

"不知道。我问过他一次，他叫我少啰唆。"

"是吗……"

身旁有动静，梨乃抬头一看，身穿礼服的秋山周治嘴角露出落寞的笑容。

"爷爷。"梨乃叫了一声。周治是正隆和佳枝的父亲。

"你受惊了，"他拍了拍知基的肩膀，在椅子上坐了下来，"有没有好好吃饭？这种时候，你要更加坚强，虽然会难过，但小心别搞坏身体。"

"我知道，其他亲戚也说，我以后就是家里的长子了，但是，即使突然这么对我说,我也……"知基低下头,双手抱着头。

"不必勉强,现在只要考虑自己的事就好。"周治看向祭台,"尚人今年几岁了?比梨乃大一岁吧?"

"对,今年二十二岁。"

"二十二岁。虽然不知道他到底发生了什么事,但接下来才是人生的美好时光啊。"周治把手伸进上衣的内侧,拿出一个信封,"这个也没办法交给他了。"

"这是什么?"

周治"嗯"了一声,从信封里拿出一张纸。

"你们还记得以前大家一起去这家餐厅吃过吗?梨乃,你应该也去了。"

那是位于日本桥的一家名叫"福万轩"的知名西餐厅的餐券。

"我记得,"梨乃说,"大家一起去的,那里的炸牛排咖喱好吃得要命。"

"没错没错,"周治眯起眼睛,"尚人也这么说,上次见到他时,刚好聊起这件事。他说忘不了当时吃的炸牛排咖喱,想带乐队的朋友一起去吃,还说那家餐厅太贵,要等赚到大钱后才有办法去。"

"原来是这样,所以,您打算送他这张餐券吗?"

"对,可惜来不及了。我今天带来,打算把这张餐券放进棺材里。"

周治把餐券装回信封,放回内侧口袋,然后转头看向梨乃:"梨乃,你最近好吗?"

"嗯……马马虎虎。"

"游泳呢?已经完全不游了吗?"

一旁低着头的知基惊讶地抬起头看着梨乃他们。可能是因为听到了"游泳"这两个别人不敢在她面前提起的字,但周治可能并没有意识到自己说了不该说的话,目不转睛地看着她的眼睛。

她没有移开视线,点了点头说:"对,完全不游了,对不起。"

周治突出下唇,把手放在脸旁轻轻摇了摇。

"不必道歉,既然你这么决定了,这样就好。"

梨乃点了点头,垂下眼睛,她不忍心让年迈的爷爷为自己担心。

她从小就很会游泳,在游泳班立刻被转到选手组。第一次参加比赛时,在三年级组中获得了第三名。四年级的夏天参加了全国比赛,她挑战了五十米的自由泳,获得第六名。

之后的发展也很顺利,她没有经历太大的瓶颈,不断挑战大型比赛,都得到了出色的成绩。上中学后,她开始朝参加奥运会的目标迈进。事实上,她也入选了日本青年队,曾经去海外远征。

高中时代是她的黄金时期。她连续三年参加了全国高中运动大会,每一年都获得优胜,甚至有时候在多个项目中获得优胜。

高中三年级时,她参加了亚运会,而且在个人混合泳接力赛中获得金牌。她至今仍然无法忘记当初回到成田机场时的情景。当她得知大批媒体是在守候自己时,顿时目瞪口呆。

她的父母也兴高采烈。当她去参加国际比赛时,无论去哪个国家，都会前往声援。父亲正隆的年假几乎都消耗在这件事上。

回想起来，那时候是巅峰时期。当时做梦也不会想到，三年后会是如今的状况，更无法想象自己竟然无法游泳——

"梨乃。"听到叫声，梨乃回到了现实。周治的手放在她肩上。

"很多事并不是只有唯一的答案，所以不必急着下结论。无论你做怎样的决定，我都会支持你，也会一直为你加油。"

梨乃笑了笑："我没事，爷爷，谢谢。"

周治频频点头。

"梨乃，你目前住在高圆寺吗？"

"对啊，是女子专用公寓，怎么了？"

"那离我家很近，既然你不游泳了，应该有时间吧，下次记得来家里玩。"

"哦，对，我记得爷爷家以前有很多花。"

"现在也有很多花，你可以来看。"

"好，我一定去。"

"真希望尚人也可以看看那些花。"周治抬头看着遗照，眨了眨眼睛。

守灵夜从晚上六点开始。梨乃他们走去家属席，看着吊唁客在僧侣的诵经声中为尚人上香。果然大部分都是年轻人。如今不用再逐一通知了，相关的消息会通过邮件或是社交网站迅速传播。

吊唁客中，有三个男人特别引人注目。他们全身黑衣，但戴着这种场合忌讳的项链、耳环等闪亮的东西，而且其中两个人明显化了妆。

不知道他们是谁的人或许会皱眉头,但梨乃认为他们是用自己的方式向尚人道别。这三个人是尚人乐队的成员。

他们用笨拙的手势上完香,向尚人的父母深深地鞠躬。梨乃坐在自己的位子上,清楚地看到佳枝用手帕按着眼角。

诵经、上香结束后,大家一起去参加隔壁房间准备的吊唁席。梨乃和知基正坐在那里,乐队的三个人走了过来。

"梨乃,好久不见了。"在乐队担任主唱和吉他手的大杉雅哉最先向她打招呼,他个子很高,但长刘海下的巴掌脸小得令人嫉妒。梨乃曾经在Live House见过他们几次,所以也认识他们。

"嗯,"梨乃点了点头后问,"你们什么时候知道的?"

"昨天白天。原本约好要练习,但阿尚一直没来,所以就打了他的手机,是伯母接的,哭着说,尚人死了……"雅哉咬着嘴唇,他似乎也忍着泪水。

"你们也不知道原因吗?"

雅哉和另外两个人互看了之后,微微偏着头说:"警察也问了我们这个问题,还有最后一次见到他时的情况。我们就仔细讨论了一整晚,是不是有什么征兆,阿尚是不是发出了类似SOS的信号,但完全想不到任何原因。"

"这一阵子阿尚特别活跃,"说话的是贝斯手阿哲,他是一个小个子的年轻人,"Live House的情况很好,也有主流唱片公司注意到我们,真的是正要起步的时候,我们还想问,为什么偏偏在这种时候。"

"他果然是天才，"鼓手阿一重重地叹了一口气，他吐出的气中有酒精的味道，"我们搞不懂天才在想什么。"

"就这样了结了吗？"阿哲嘟起了嘴。

"不知道的事，再想也没用啊。"

"你们别吵了。"雅哉劝阻他们，又向梨乃和知基道歉："不好意思。"

"你们的乐队怎么办？"

雅哉皱着眉头，摸着耳环。

"现在还没有想，少了阿尚，并不只是少了键盘手这么简单。你也知道，这个乐队一开始是我和阿尚两个人组成的。"

"我哥也曾经说，因为有雅哉，所以他才能坚持这么多年。"知基说，"所以，我相信我哥很感谢你……"说到这里，他忍不住哭了起来。

"谢谢你这么说，但是没有意义，他已经不在了。"雅哉的声音清澈高亢，但他这句话很沉重，仿佛沉入了听者的心底。

| 02 |

尚人葬礼的四天后，梨乃去了西荻洼，爷爷秋山周治的家。

并没有特别的事，只是为了守灵夜时的约定。

秋山周治住的是纯日式的木造房子，房子并不大，小小的门旁挂着写了"秋山"的门牌。自从祖母三年前去世后，周治一个人住在这里。梨乃记得自己最后一次来这里时还在读高三。

周治正在院子里修剪花草。"午安。"梨乃在他背后打招呼。

爷爷回头对她露出笑脸："你来了，欢迎。"

梨乃走进院子，草皮周围种植了很多五颜六色的花，而且长方花盆和圆花盆里也都种满了花。院子虽然不大，但宛如一个小型植物园。

梨乃对花名知之甚少，只认得白色的铃兰。

"爷爷，这种花叫什么名字？"她指着开了好几朵红色花的盆栽问。

"这叫天竺葵，现在正是花开得最好的季节。"

"这个呢？"她又指着长方盆中的紫花问。

"这是马鞭草，也叫美人樱，就像你一样。"

有一个很小的花盆，只冒了几片淡绿色的叶子。"这是什么花？"

"这个吗？"周治走了过来，看着花盆内，"现在还不知道会开什么花。"

"嗯？会有这种事吗？"

"但我知道大致的种类。"周治说得很含糊，似乎有什么隐情。

"爷爷好像很乐在其中，您真的很爱花。"

周治眯起眼睛,点了点头。

"人会说谎,所以和人打交道很麻烦,但花不会说谎,只要充满真心照料它们,就一定会有所回报。"

"是啊。"可能最近有人说谎骗了爷爷,梨乃心想。

进屋后,周治去厨房烧开水,从柜子里拿出速溶咖啡的罐子。

"爷爷,我来泡咖啡。"

"不,不用,你坐在那里就好。"

"但我也坐不住呀。"

秋山家的客厅是面向院子的和室,可以欣赏到周治刚才在修剪的花草。

矮桌上放了一台笔记本电脑,她碰了触控板,屏幕上出现了红花。就是刚才周治告诉她的天竺葵。

"哇,好漂亮,您真会拍照。"

"嗯,是吗?但我希望可以拍得更好。"

"这样已经够好了,我可以看其他照片吗?"

"好啊,没问题。"

梨乃接连打开收在同一个文件夹里的照片,爷爷拍了各种不同种类的花,看到这些五彩缤纷的花卉,非常理解爷爷想要记录下来的心情。

"爷爷,您打算怎么处理这些照片?"

"这些照片啊……"周治用托盘端着两个马克杯走了进来,"希望有朝一日,可以用某种方式呈现。"

"某种方式呈现？"

周治拿起放在一旁的笔记本。

"这里记录了每种花的生长情况，在花的照片旁，配上这些记录，应该可以看得很清楚。我有个朋友开了一家小出版社，我正在和他讨论，看能不能作为摄影集出版……"

"借我看一下。"梨乃打开笔记本，发现上面用铅笔记录了密密麻麻的内容，除了日期和花名以外，还记录了栽种的方式。

"为什么用手写？可以用电脑打字啊。"

"因为我经常在院子里做事，手写比较方便。"

"输入电脑后，之后整理起来更方便。"说到这里，她想到一个主意，"对了，爷爷，您可以开一个博客，把花卉的照片都上传到博客，顺便把这些记录写上去，既方便整理，又可以和其他同好分享，一举两得啊。"

"博客就是网络日记吗？我不喜欢那种东西，而且很麻烦。"周治说完，喝了一口咖啡。

"并不会太麻烦啊，而且有很多人都喜欢种花，如果可以和他们交流，不是很好玩吗？要不要我帮您？"

"你吗？"

"我之前开过博客，所以知道怎么弄。既然有这么多漂亮的照片，不和大家分享太可惜了。"

周治抱着双臂，叹了口气。

"的确，即使自费出版摄影集，以我的预算，最多只能印一百本左右。"

"那就交给我处理。别担心,我一定帮您设计一个很漂亮的博客。"

"但是你不是很忙吗?"

梨乃放下举到嘴边的马克杯。

"怎么可能?我每天闲得发慌呢。"

"你是大学生,那就用功读书啊。"

"爷爷,您就别逗我了,您明明知道我不擅长学习。"

"哈哈哈。"周治张着嘴笑了起来。

"你不是不会学习,只是还没找到自己想学的东西。"

"是吗?我也有想学的东西吗?"

"每个人都有想学的东西,只是并不容易找到而已,必须得费心寻找才行。"

梨乃双手握着马克杯,自从放弃游泳之后,自己从来没有寻找过任何东西。

"不必着急,"周治露出温柔的眼神,"你有足够的时间,如果你愿意在此之前为爷爷开博客打发时间,那就拜托你吧。"

梨乃嘴角露出笑容,"嗯"了一声。

那天之后,她每个月去周治家两次。因为她希望博客除了照片和资料以外,还可以稍微记录爷爷的生活,而且,也希望有时间和爷爷讨论一下未来的方向。爷爷以前是食品公司的技术人员,退休后还被返聘,继续工作了六年。

这样的生活持续了两个月。那天,梨乃像往常一样去爷爷家,发现周治在客厅旁的书房内,正在看一本厚实的书。

"怎么了?在查什么东西吗?"梨乃问。

周治心不在焉地应了一声。

电脑放在矮桌上,屏幕上有一张以前没有看过的照片。

"这是什么?新开的花吗?"

周治抬起头说:"嗯,是啊。"

"是吗?"

"你第一次来的时候,不是有一盆花刚冒芽吗?今天早上开花了。"

"哦,原来是那盆。"她想起那盆小盆栽,每次来的时候,都发现稍微长大了些,几个星期前,周治把它换到了大花盆里。

那是黄色的花,细细的花瓣扭向各个方向,叶子也很细长。梨乃对植物很外行,完全猜不出那是什么花。

梨乃看向院子,立刻发现了那盆花,但并没有开花。

"花呢?"

"嗯,很遗憾,已经枯萎了。"

"原来是这样。"

梨乃从皮包里拿出 U 盘,插进电脑,迅速复制了图片文件。

"所以,这到底是什么花?"

"嗯,这个嘛,"周治把书放回书架,走到客厅,"现在还不能随便说。"

"哦？什么意思？"

"因为我也不太确定，所以正在调查，接下来、接下来要好好调查才行。"

周治看着电脑的眼神闪亮着，梨乃发现他很兴奋。她第一次看到爷爷这样的表情。

"那博客上要怎么写？就写种类不明吗？"梨乃问。

周治立刻露出严肃的表情。

"不，不可以，不要在博客上提到这株花的事。"

"啊？为什么？"

"详细情况不方便透露，总之，一旦公布，事情会闹得很大。暂且当成爷爷和你之间的秘密，没问题吧？"

周治的语气很严肃，但眼中充满期待。也许对他来说，这是一件开心的事。

"好，那我不会告诉任何人。"

"对不起，但我相信以后你会知道原因的。"周治充满怜惜地用指尖抚摸着电脑屏幕上的黄花。

03

起点枪声响起，全身的肌肉立刻有了反应。双脚蹬地的时机恰到好处，伸直的指尖最先接触水面，她保持着不易受到水中阻力影响的姿势，在浮出水面的同时，双手双脚同时动了起来。所有的动作都很顺畅，她看到了隔壁水道的选手，自己稍微领先对方。

之后也顺利前进，踢腿的节奏很棒，全身没有任何疲劳感，接下来要全力冲刺，顺利的话，可以刷新自己的纪录。

终点越来越近，就在眼前了。她使出最后的力气。

但是，不知道为什么，她迟迟无法前进。短短的距离变得很遥远，其他选手接二连三抵达终点。颁奖仪式已经开始了。

她用手脚拼命挣扎，身体却不断下沉。她听到有人发出笑声。

下一刹那，所有的水都消失了。她终于发现自己并不是真的在游泳，只是回想起以前游泳时的事。不，也不是这样。

又来了——又做噩梦了。她每隔几天就会做这个梦，虽然每次的内容不太一样，但都是无法抵达终点的结局。

虽然已经醒了，但梨乃仍然闭着眼睛。她想继续入睡，希望这次可以做一个比较好的梦。

只可惜越躺越热，无法再度入睡。汗水让脖子感觉很不舒服，她只好睁开眼睛，缓缓坐了起来。一看枕边的时钟，快十一点半了。今天早上五点多才睡，已经睡了超过六个小时，最近这段日子，算是睡得比较多的。

她坐在床上，想起了今天的行程。下午有一节要上的课。

她看向旁边的桌子，桌上放着啤酒、烧酒和苏打水的空罐。

想到要喝这么多才能醉，就忍不住痛恨自己酒量太好。

她缓缓站了起来，走去盥洗室洗了脸，看着镜子中的自己，觉得不像是二十岁的皮肤，身材也不像运动员。

她稍微化了妆，换好衣服后走了出去。天空中乌云密布，今天似乎也会下雨。大学快要放暑假了，但气象局还没有宣布梅雨季节结束。

梨乃从女性专用公寓走到大学只要十分钟，她在半路的汉堡店吃了午餐后走去学校。

梨乃目前读三年级，除了游泳队员以外，并没有其他好朋友，只是她离开了游泳队，所以即使去学校，也是独来独往，刻意避开游泳池和社团活动室。即使遇到之前游泳队的成员，也不会有任何不愉快。相反地，他们总是很关心她。她并不是讨厌他们，而是内心感到很抱歉，所以总是避而不见。

走进学校大门后，她一边走，一边打电话。

"喂？"电话中传来周治慢条斯理的声音。

"啊，爷爷吗？是我。"

"哦，原来是梨乃。"

"今天放学后，我想去您那里，可以吗？"

"好啊，我今天没什么事。"

"那我上完课后去，我会买点心，您想吃什么？"

"不要太甜的，最好选西点。"

"好。"

挂掉电话后，她看了一下时间。快下午一点了。

她坐在阶梯教室角落听课。这堂课是从文化人类学领域，分析文化和个性之间的关系，她完全没有兴趣。她忍不住纳闷，当初自己为什么会进文学院，而且竟然读国际文学系。她再度体会到，自己在报考时真的没有经过大脑思考，当初挑选这所大学，完全是因为这里游泳队的练习环境很理想。

自己并不是不会读书，而是没有找到想学的东西——她想起周治的话。虽然这句话激励了她，但也在训诫她，一味逃避不是办法。

她努力忍着睡意，撑完了九十分钟的课。其他学生个个双眼发亮地走出教室，难道接下来有什么好事在等他们吗？

走出学校，她在去车站的路上逛了几家小店，发现了一件可爱的洋装，但看到只有一个尺码就放弃了。

她在车站前的蛋糕店买了松饼。搭电车时，手机提示收到了邮件。是母亲发来的。她在打开之前，就大致猜到会是什么内容。果然不出所料，母亲问她下次什么时候有空回家。自从尚人的葬礼后，她就没再回过家。

她随着电车的摇晃，思考着要怎么回复母亲。要说自己忙着写报告，最近没空吗？母亲应该不会追问在写什么报告吧？

下了电车后，她从车站走去周治家。走进大门，看着院子走向玄关时，忍不住停下了脚步。她上一次来是三星期前，感觉和上次不太一样，却又说不出哪里不一样。

她内心带着这种奇怪的感觉伸手打开玄关的门，门一下子就打开了。爷爷总是这么不小心。周治向来不锁门。

走进屋内，看到周治平时穿的拖鞋和鞋子杂乱地丢在脱鞋处。以前从来没有这么乱过。

右侧书房的纸拉门敞开着。平时那里都关着，她好奇地看向室内，忍不住倒吸了一口气。纸箱和纸袋散乱在榻榻米上。

书房的隔壁就是客厅，但两个房间之间的纸拉门关着。

"午安。"梨乃对着屋内打着招呼，脱下了球鞋。屋内没有回应，她直接走了进去。她穿过书房，打开了纸拉门，叫了一声："爷爷。"

四方形的矮桌像往常一样放在客厅中央，上面放着茶杯和塑料瓶。

她感觉脚底很冷，低头一看，发现踩在脚下的坐垫一角湿了。她慌忙把脚移开了。

周治躺在矮桌的另一端，似乎睡着了。站在梨乃的位置只能看到他的脚。

"原来在睡觉，小心会感冒。"她一边说，一边走了过去，忽然停下脚步。她闻到一股异臭。

她战战兢兢地走了过去，看着周治的脸，立刻感觉好像有什么东西快要从喉咙深处喷出来一样。

周治睁着眼睛，皮肤是灰色的。那不是梨乃熟悉的爷爷的脸，而像是把一张黏土制成的精巧面具硬生生地扭成一团。

这种时候该怎么办?要打电话去哪里——梨乃从皮包里拿出手机,发现自己的手在发抖。

04

听到被害人的姓名,早濑亮介怀疑自己听错了。他在赶往案发现场的车上打开手机,确认了通讯录中的"秋山周治",上面有电话号码和地址。

果然没错。手机中输入的资料和此刻正在赶往的地址一样。这意味着并不是同姓同名的其他人。

那个老人被杀了吗?

"怎么了?"坐在旁边的后辈刑警问。

"不,没事。"早濑把手机放进上衣内侧口袋。

后辈重重地叹了一口气。

"命案吗?分局好一阵子都没有成立搜查总部,这下子高层又要紧张兮兮了。如果很快就破案,问题还不大,如果拖了很久,上面又要绷紧神经了。"

"对啊,分局的秋季运动会恐怕又要停办了。"

早濑半开玩笑地说,没想到后辈很严肃地回答:"是啊,一想到这件事,心情就很沉重。"

一旦成立搜查总部,辖区分局的警官就必须整天忙于协助处理各种杂务,而且被要求彻底节省经费。因为搜查总部营运的各种费用大部分都要由辖区分局负担。

来到命案现场,看到刑事课长和股长站在玄关前。课长正在打电话。

"这么晚才来。"股长对早濑他们说。

"我们在调查那起肇事逃逸的案子,今天早上不是报告了吗?"

"是吗,结果怎么样?"

"已经取得了证词,资料应该都已经准备齐全了。"

"好,辛苦了。这样就可以了结那起案子,现在开始侦办这起案子。"

"他杀吗?"

"对,被害人是独居老人。"

课长讲完电话后,看着股长说:"警视厅打来电话,司法鉴定和应急搜查队很快就会到,我们也要配合进行第一次搜查,我先回分局了。"

股长还来不及回答"知道了",课长就一路小跑地离开了。听到要设立搜查总部,他似乎兴奋起来。

"可以看一下现场吗?"早濑问股长。

"不行,在鉴定结束之前不能进去。你目前先负责一下那个。"股长指了指停在一旁的警车,"她是发现人。"

早濑定睛细看,发现一名年轻女子坐在后车座上。

年轻女子名叫秋山梨乃,是被害人的孙女。早濑带她到西荻洼分局的接待室,为她倒了一杯热茶。她在警车上时始终呆若木鸡,几乎没有说一句话。喝了几口茶后,才终于开口说:"谢谢。"

"能够说话了吗?"

"是。"她点了点头。

早濑问了几个问题,她断断续续地答了话。或许是因为打击太大了,记忆都很零碎,但总算渐渐厘清了发现尸体的经过。

中午十二点五十分左右,秋山梨乃打电话给被害人,问他晚一点可不可以去他家。被害人说没问题,今天没有特别的事。她逛完街后去了秋山家,在下午四点三十分左右,发现了被害人的尸体。在她打完电话后不到四个小时的时间里,到底发生了什么事?

"你经常到被害人家吗?"

"被害人……"

"就是你爷爷,你经常到秋山周治先生的家吗?"

"也没有很经常……一个月一两次而已。"

"是为了照顾他吗?"

"照顾?不是,我爷爷很健康。"

"那为什么?"

"为什么……"秋山梨乃露出讶异的表情,"一定要有理由吗?"

"不,那倒不是,只是觉得很难得。现在很少有孙女会定期探望独居的老人。"

她似乎终于理解了,点了点头说:"一方面也是因为博客的关系。"

"博客?"

"我爷爷喜欢种花,花开得很漂亮时,就会拍下照片建档。我之前告诉他,既然有这些照片,不妨和大家分享,建议他开了博客。"

"原来如此,所以,你爷爷开了博客吗?"

"他说太麻烦了,不想开,所以就由我代他开设、管理博客,把花的照片上传到博客。"秋山梨乃似乎终于平静下来,开始顺畅地讲述,但似乎再度感到难过,话尾带着哭腔。

"现场有遭到破坏的痕迹,请问有没有发现什么?比方说,手提式保险箱不见了之类的。"

"爷爷家应该没有保险箱之类的东西,但碗柜的抽屉敞开着,壁橱里的东西也都拿了出来。"

"有没有什么东西不见了……"

她摇了摇头。

"不知道,我不太清楚爷爷家有什么。"

早濑皱着眉点了点头,每个月只去一两次,的确不知道家里有什么。

"你爷爷会随时锁门吗?"

秋山梨乃皱起眉头,轻轻叹了一口气:"他经常不锁门,我提醒过他好几次,请他注意安全,但他总是叫我别担心,家里没什么东西可以偷。早知道我应该多提醒他……"

住在同一个地方多年的老人经常有这种情况,因为迄今为止没有发生任何事,就过度相信以后也不会有任何事发生。

"最后一次见到你爷爷是什么时候?"

秋山梨乃想了一下:"我记得是三个星期前。"她似乎在向自己确认。

"当时,你爷爷有什么不对劲吗?"

"并没有……"她说了这句话后,露出突然想到什么的表情。

"怎么了?"

"不,不是什么重要的事。我想起他因为一朵花开了感到很兴奋。"

"花?"

"是一种新的花,好像以前没有开过,我爷爷看起来很高兴,但没想到会发生这种事……"她再度哽咽,说不下去了。

早濑不忍心继续问下去。反正只是单纯的盗窃杀人案,即使调查杀人动机或死者的交友关系,应该也查不出任何线索。

有人敲门。早濑向她说了声"对不起"后站了起来。

门外站着一名女警官,说死者家属来了。

"家属？"

"是被害人的儿子。"

原来是秋山梨乃的父亲，早濑说："请你带他来这里。"

几分钟后，女警官带着一名中年男子走了进来。他肩膀很宽，个子也很高。身材高挑的秋山梨乃可能是遗传了父亲的基因。

男人递上的名片上写着"秋山正隆"的名字，他在一家外食产业的知名企业上班，而且担任重要职务。

早濑向他请教了秋山周治的日常生活。

"六年前，他还以返聘的方式在原本任职的公司继续上班，现在完全退休了，靠退休金和年金生活，日子过得很自由自在。"秋山正隆回答说。

"他的退休金存在银行里吗？"

"应该是吧。"

"家里放多少现金？有没有放备用金之类的。"

"不清楚，"秋山正隆偏着头，"应该没有放多少钱。"

"最近有没有什么投资行为……比方说，买了什么不动产，或是投资了黄金之类的？"

"没有听说，我父亲对投资不感兴趣。"

"是吗？"

之后，早濑问了秋山周治的交友关系，平时和谁来往，和谁的关系特别好，但秋山正隆并没有提供任何有助益的回答。一问之下才知道，他每年只有中元节、新年才和父亲见面，他前后说了三次"因为我工作很忙"。

"我爷爷不太擅长和别人打交道。"秋山梨乃终于忍不住插了嘴,"花是爷爷的聊天对象。我爷爷家的院子里不是种了很多花吗?他在修剪那些花草时最开心,他总是对我说,花不会说谎。所以,我猜想只有花才知道命案真相。"

05

早濑在半夜十二点多才回到自己所租的套房。明天早上就要成立搜查总部,他刚才在分局忙着做相关的准备工作。警视厅搜查一课的搜查员已经来到分局,所以忙着向他们说明详细的案情。

他打开房间的灯后,先拧开水龙头喝了一口水,然后解开领带,从上衣内侧口袋拿出记事本放在桌上,脱下上衣,丢在床上。袖子刚好扫到放在枕边的相框,相框倒了下来。

早濑咂着嘴,解着衬衫的扣子走向床边,把相框扶了起来。照片里的人是儿子裕太。那是裕太小学四年级时拍的,目前他已经读中学了。虽然早濑很想要一张儿子最近的照片,但迟迟开不了口。

他和妻子四年前分居,裕太和妻子同住。分居的原因是早濑出轨,对方是交通课的女警官,两个人的关系持续了两年多,不小心被妻子发现了。早濑拿钱给女警官这件事让妻子更加火冒三丈。

妻子没有提出离婚,因为她知道,一旦离了婚,她和儿子的生活就会陷入困境,但也不愿意和出轨的丈夫住在同一个屋檐下。

"请你搬出去。对你来说,这样也比较方便吧?可以随时和喜欢的女人见面。"妻子面无表情地说,早濑完全没有反驳的余地。

目前,他的薪水有一大半都寄给他们母子当作生活费,妻儿住的公寓贷款还没缴完。早濑的手头只剩下每个月能够在狭小的租赁公寓节衣缩食过日子的钱。他和造成夫妻分居的女警官很快就分手了,其实当初也不是那么喜欢她,原本只打算玩玩而已,没想到不小心陷得太深。

他知道自己做了蠢事,只是对眼前的状态并没有太多不满。这是自作自受,而且自己也不太适应婚姻生活。虽然目前经济有点拮据,但并不至于无法忍受。

裕太是他唯一的牵挂。

他们夫妻都没有对他详细说明分居的理由,但裕太升上中学后,应该隐约察觉到父母之间发生了什么事。早濑猜想自己和妻子的行为必定对儿子的内心造成了很深的创伤,对此深感不安。

分居时,和妻子之间的约定之一,就是早濑不得主动去找裕太。只有妻子或裕太想要见他时,他们才能见面,但裕太可能察觉到父母之间发生了什么事,知道和父亲见面会造成母亲的不悦,所以不可能主动提出要见面。事实上,在和妻子分居后的两年里,他都没有见过儿子,只从妻子口中得知,儿子就读了本地的一所中学。妻子也是因为儿子在入学时,需要由他办理一些手续,才告诉了他这件事。

没想到他在意外的状况下再度见到儿子。有一天,他接到妻子打来的电话。妻子在电话中说话好像在放连珠炮,而且说的话毫无条理,他迟迟无法了解情况。

在追问几次后,他终于知道发生了什么事,同时觉得情况很不妙。他的腋下也忍不住冒出了冷汗。

裕太因为偷窃被抓了。他在电器商店偷了蓝光DVD。

早濑难以相信。虽然没有和裕太同住,但他自认为了解儿子,相信儿子不会做这种事。

听妻子说,儿子否认自己偷窃,声称不是他偷的,但他的反应反而让店家的态度更加强硬,扬言要报警。

早濑没有时间迟疑,对妻子说,马上会赶过去。然后立刻挂掉了电话。

他来到电器商店的办公室,看到妻子和儿子都在那里。裕太比他最后一次见到时长高了,长相也比之前更成熟,但他没有正眼看赶来的父亲。

早濑向店长表明了身份,要求店长说明情况。店长原本露出怯懦的表情，但说话的语气越来越强势。可能得知小偷的父亲是警察，心里更加火大了。

店长说，裕太准备离开时，店里的警报器响了，但他继续走出店外。警卫追上前去叫住了他，把他带回店内，检查了他的手提包，发现里面有一张全新的蓝光DVD，而且用铝箔纸包了起来，明显就是这家店里的商品，警报器感应到上面的防盗标签，所以才会发出声响。

"他是故意偷窃，"店长咬牙切齿地断定，"他以为只要用铝箔纸包起来，警报器就不会感应到，可惜我们店里的防盗系统没这么简单。"

裕太用力摇头："我不知道，我没偷这个，相信我，我没偷东西。"

店长恶狠狠地瞪着裕太："因为金额不高，如果他坦承偷窃，向我们道歉，我也会给他一个机会，没想到他死不认错，我就不得不公事公办了。偷窃真的令我们伤透脑筋。"

但是，裕太仍然不承认，他哭着抗议，自己绝对没偷东西，一定是有人把东西放进了他的手提包。他提了一个男用托特包，别人的确很容易趁他不备，把东西塞进去，而且他正在用耳机听音乐，即使有人对他恶作剧，他也可能没有察觉。

早濑请店长给他看店里的监控录像，因为如果裕太没有去DVD卖场，就可以证明他是无辜的。

但是，他的期待落了空，录影的影像中清楚地留下了裕太出现在蓝光DVD卖场的身影,而且裕太背对着摄像头,似乎拿起了商品。

早濑完全没有辩解的余地,况且,商品就在裕太手提包里这个事实摆在眼前,根本无法抵赖。

店长扬言要报警。

"本来就应该这么做,警方要求我们,即使遭窃物品的金额很小,也一定要通报。你也是警官,应该了解吧。"

因为的确如此,所以早濑无法反驳,然而,一旦报警,裕太就会留下偷窃罪的前科,不知道会有什么后果,搞不好连早濑的工作也保不住了。

妻子向早濑露出求助的眼神,可能觉得他这个父亲该做点什么,但是早濑想不出什么好方法,低头看着垂头丧气的儿子。

他很希望儿子赶快认错。因为商品的金额并不高,只要认错道歉,应该可以获得店家的原谅。

就在这时,店长接到一通电话。店长在讲电话时,脸上的表情越来越惊讶,挂上电话后,对早濑他们说:"警方想要了解你儿子的事。"

早濑的心一沉,难道店长以外的人已经报了警吗?

但事实并非如此,听店长说,附近发生了一起伤害事件,警方在调查那起伤害事件,想要向他儿子了解情况,而且,那起伤害事件似乎和这次的偷窃也有关。

"到底是怎么回事?"早濑问,店长也偏着头纳闷。他似乎无法消化前一刻的愤怒情绪。

早濑他们搞不清楚状况，等了一会儿，辖区警局的刑警出现了。他听店长和裕太说明了偷窃事件的经过后，点了点头。

"原来如此，这样就合情合理了。"

刑警说，一名老人在离这家店五十米的人行道上，遭到两个年轻人殴打。目击者立刻报了警，但警官赶到时，两名年轻人已经离开了。老人在跌倒时撞到了腰部，无法动弹。救护车立刻赶到现场，在前往医院的途中，老人向护送他前往医院的警官出示了手机拍摄的画面，上面拍到了两个逃逸的年轻男子。警官问老人，是不是被那两个人殴打，老人回答"对"，而且还说出了更令人意外的事。他说，此刻附近的电器行应该有一名少年被怀疑偷东西，那名少年是无辜的，是那两个逃走的年轻人偷了商品，放进他的手提包。老人去追那两个年轻人，在路上警告他们，其中一个年轻人恼羞成怒，殴打了他。

"所以，"刑警笑着看向裕太说，"他并没有偷窃。"

眼前的逆转简直就是奇迹，裕太并没有感到高兴，而是一脸呆然，难以相信眼前发生的事。妻子终于忍不住放声大哭，紧紧抱住儿子。店长一脸茫然地摸着头。

误会澄清后，裕太终于重获自由，表示想要当面向老人道谢。早濑和妻子也没有异议，向刑警打听了老人所住的医院后，立刻去了医院。

那个老人就是秋山周治。他躺在医院的病床上，脸上贴的纱布遮住了一半的脸,但他精神很好。

"是吗?终于澄清误会,证明不是你偷的,太好了。"

听秋山说,原本他以为是朋友之间在玩耍。两个年轻人从货架上偷了商品,放进了另一个人的手提包。秋山以为他们等一下会告诉那个年轻人,让他吓一跳,但在仔细观察后,发现拿手提包的少年似乎并不是他们的朋友。不一会儿,那名少年走出店外,警报器响了,被警卫叫住。那两个年轻人躲在店内看到了这一幕,若无其事地走了出去。秋山终于发现那不是游戏,而是恶劣的恶作剧,不,是犯罪。

"但是,即使我向店家证明,也拿不出证据,甚至可能被怀疑和这个少年是同伙。最重要的是,我无法原谅那两个人。于是,我就追了上去,想要抓住他们。没想到反而被他们攻击。"秋山说完,笑了起来。

早濑觉得他是一个富有正义感的人。换成别人,恐怕会担心惹上麻烦而转身离开,即使是有骨气的人,也只会向店家说明实情,很少有人会去抓真正的小偷。

裕太连连鞠躬,说一定会报答他,但秋山摇了摇手,皱着眉头说,不必考虑这种事。

"以后要小心点,这个世界上有些人对陷害他人乐在其中,实在很令人痛心。"

"我会记住。"裕太一脸乖巧地回答。

那两个年轻人很快就被抓住了。秋山拍的照片发挥了重要作用，因为其中一个年轻人身上穿着高中制服。两个人想要确认用铝箔纸包起防盗标签是否有效，所以把商品丢进刚好在他们旁边的裕太的包里。如果裕太顺利走出电器行，他们打算威胁裕太，把商品抢回来。但因为警报器响了，所以他们一脸事不关己地走了出去，没想到被一个陌生的老人叫住，命令他们回去电器行道歉，于是就火冒三丈，动手打了老人。

自从那次去医院后，早濑没有再和老人见过面，但听妻子说，裕太写了感谢信给老人。

如今，那个老人被人杀害了。

早濑伸手拿起放在桌上的记事本。一打开，看到自己潦草的记录文字。上面记录了命案现场的情况。

听鉴定人员说，凶手并非强行闯入，所有的窗户都从内侧锁住了，所以唯一的可能，就是从大门走进去的。听老人的孙女说，他经常不锁门，任何人只要有心，都可以轻易走进老人家中。

死者临近中午一点和孙女通了电话，尸体的发现时间是下午四点三十分左右，被发现时，距离死亡至少两个小时，所以判断行凶时间是下午一点到两点三十分。解剖后，可能有助于进一步缩小范围。

目前无法断定凶手是不是熟人，也可能是陌生人谎称借厕所，进入老人家中后，才露出强盗的真面目。因为秋山抵抗，才动手杀了他。

室内完全没有找到现金、存折或银行卡之类的东西，可以认为是凶手拿走了,但目前无法证明只是单纯的盗窃杀人。

矮桌上放着茶杯和一个塑料瓶,塑料瓶里的茶还没有喝完。上面只有被害人的指纹,茶杯中留了三分之一的茶。

侦查员赶到命案现场时,榻榻米上放着蛋糕店的盒子,里面装着松饼。目前已经知道那是他孙女带去的,奇怪的是,矮桌旁的坐垫湿了。尸体虽然有漏尿现象,但坐垫离尸体很远,而且也确认坐垫上的并非尿液。虽然猜想可能是塑料瓶中的茶,但眼前还无法了解准确的情况。

看着密密麻麻的文字,他觉得眼睛有点痛,于是合起记事本,放回桌子上。他用指尖揉着眉骨,转动着脖子,听到关节咔嚓咔嚓的声音。

只能说,这个世界很不公平,很多坏蛋很长寿,像秋山这样充满正义感的人却遭遇不幸。

他突然想起秋山的孙女说的话。她爷爷不太擅长和人打交道——

早濑觉得很有可能。有强烈正义感的人往往也要求周围的人不可以做不公不义的事,然而,真正能够做到的人少之又少。也许在秋山眼中,周围的人都很不诚实。

不知道我在儿子眼中是怎样的父亲。早濑的脑海中闪过这个念头,但很快摇了摇头。自己只是名存实亡的父亲,根本没资格想这种事。

06

"所以……本公司的宿舍和其他福利方面，都绝对不会输给其他企业，甚至可以说水准远在他们之上，这也是本公司引以为傲的地方。我刚才也再三强调，在对外关系上，公司方面也会尽最大的努力，不会让员工感到抬不起头。因为目前处于非常时期，所以会有不少闲言碎语，但我们并不会立刻关闭所有的设施，所以，本公司的存在价值完全没有下降，衷心希望各位同学可以用积极的态度加以考虑。"戴着眼镜的男子流利地说完这番话，环视了整个教室后鞠了一躬。他头顶的头发有点稀疏。

"有没有什么想问的？"坐在角落的教授问。他说话带着一口大阪腔。

但是，教室内的十几名大学生和研究生，没有人举手。

教授不满地皱起眉头："怎么？没有问题吗？不可能吧？"

于是，一个学生战战兢兢地举起了手。

"震灾后，不，应该说，福岛核电站的意外发生后，请问贵公司有多少人离职？"

讲台上的男子露出困惑的表情，教授也面露苦色。

"我不了解确切的人数，但每年都有一定人数的员工离职，只是并没有因为那次意外造成离职潮。"

"所以说,还是有几个人辞职了。"身旁的藤村在苍太的耳边小声说道。

之后又有两名学生发问,都是有关核电站意外造成的影响。戴眼镜的男子一再强调,因为和该公司无关,所以并没有造成太大的影响。

这名男子是专门制造、管理核电站配管设备公司的人,今天来苍太他们的大学说明公司的情况,目的当然是招贤纳士。

苍太从第二物理能量工学系毕业后,目前正在读研究生。所谓第二物理能量工学系,简单地说,就是以前的核能工学系,为了听起来不刺耳,所以改成目前的名称,可见招生受到了很大的影响,才会需要在系名上动脑筋。苍太入学时,核能被认为是前途无量的行业。石化燃料的时代已经结束,太阳能和风力发电也有限,再加上减碳这张王牌成为促进核能发展的动力,所以,当初苍太也因为"这个领域未来充满希望"选择就读这个系。

但是,之前的那场震灾和核电站的意外,完全撕毁了这张通往未来的地图。许多学生似乎都有同感,以前这个科系的学生都会在教授的推荐下,进入核能相关企业工作,如今越来越多的学生却想要进入和核能无关的公司,这种趋势恐怕会持续,所以,有些相关企业开始进入校园积极招聘,这次的说明会也是如此。其他系的学生都因为毕业后找不到工作而发愁,两相对比实在很讽刺。

说明会结束后，苍太和藤村一起走去大学附近的套餐餐厅。

"蒲生，你有什么打算？"藤村停下筷子问他。

"你是说找工作吗？"苍太问。

藤村点了点头。

"我爸妈希望我找和核能无关的公司。"

"是啊，现在大家都这么想。"

藤村喝了口茶，撇着嘴说：

"我们读了好几年书，都在学核能，居然要去完全无关的行业上班吗？感觉很可惜，又好像很空虚，我无法接受。"

苍太吃完豆皮乌冬面套餐后，把一次性筷子丢进大碗中。

"我虽然也有同感，但考虑到将来，就无法说这些话了。毕竟大家对核电站太排斥了，如果以后结婚，还会在对方家人面前抬不起头，一旦生了小孩，也会担心小孩会被欺负。到时候你能够忍受吗？"

藤村皱起眉头："说到底，还是要考虑这些问题。"

"我们被骗了，国民虽然也觉得受骗了，但我们是最大的受害者，什么梦想核燃料循环，根本没有梦想，也没有希望。"苍太气鼓鼓地说。

"蒲生，你也打算和核能断绝关系吗？"

"当然啊。"

"是吗？那我们都浪费了时间，早知道的话就不该读研究生。"

"那倒未必，我们读四年级时还没有发生那场地震，所以如果大学一毕业就找工作,应该会毫不犹豫地进入核能相关企业,这样不是更惨吗?"

"对,也可以这么想。"

苍太和藤村早就已经大学毕业了,目前正在读研究生。硕士课程已经修完,打算攻读博士。大震灾和福岛核电站的意外就是发生在这个时候,他们感觉像是因为不知道未来该怎么办,才继续留在大学内。

"但是,像我们这种特殊技术人员能够找到工作吗?"藤村露出窝囊的表情。

"只能找找看了,反正就当作和其他人一样就好,其他系的学生也都为了找工作拜访了很多家公司。"

"那倒是,只能努力找找看了。对了,你打算回东京吗?"

苍太轻轻呻吟了一下,对他来说,这个问题更难回答。

"考虑到工作的问题,回东京应该比较有利,但这么一来,离老家很近,让我心情有点沉重。"

"你几乎很少回家,"藤村一脸受不了的表情,"这么讨厌家里吗?"

"不是讨厌,只是觉得合不来,这就是命吧。"

藤村笑了起来。

"怎么可能有这么可笑的事?那是你从小长大的家,和家人不是有血缘关系吗?怎么可能合不来?"

"就是会啊,我也说不清楚。"

"是吗？"藤村似乎无法接受，频频偏着头纳闷。

和藤村道别后，苍太踏上了回家的路。他们的学校位于东大阪市，他租的房子离大学有两站的路程。

当初他决定考这所大学时，很多人问他为什么要读大阪的学校，尤其母亲志摩子坚决表示反对。

"考虑到日后的就业问题，很多外地学生都来读东京的大学，你为什么偏偏跑去大阪读书？"

"因为我想读核能方面的科系，那所大学最好啊。而且，我想要了解一下东京以外的城市，大阪是日本的第二大都市，去体验一下那里的生活，应该对我有帮助。"

他用这个理由坚持到最后，也只是他的借口。真正的理由只有一个，就是他想离开那个家。如果读东京的大学，父母一定要求他住在家里。

自进大学至今已六年多，这六年来，他回家的次数屈指可数，每次回家最多住两三个晚上，住在家里的时候也很少和父亲、哥哥聊天。

没错，他并不讨厌那个家，只是不想看到那两个人——真嗣和要介。

但目前的情况稍微不同，他只是要避开要介而已。因为真嗣在两年前罹患胰腺癌去世了。

差不多该对毕业后要不要回东京这个问题做出决定了。既然要离开核能工学这个领域，就无法继续留在大学内。

他躺在床上思考这些事,手机响起了来电铃声。一看屏幕,发现是母亲志摩子打来的。他耸了耸肩,大致猜到了志摩子为何打电话来。

"喂。"

"苍太吗?是我。"电话中传来志摩子的声音。

"嗯,有什么事吗?"

"什么嘛,你也太冷漠了。这个周末会回家吧?"

他重重地叹了一口气,故意让志摩子听到。星期天是父亲的三年忌。

"我很忙啊。"

"你在说什么啊?当初是配合你的时间决定日子的,学校不是从下个星期就开始放暑假了吗?"

"我又不是大学的学生,暑假和我没有关系。而且,即使不去学校,也有很多事要做啊。"

"不行,你一定要回来,否则我在亲戚面前会抬不起头。当初你去大阪——"

"好好好,我会回去,我回家总行了吧。"他慌忙说,如果不及时阻止,母亲会一直抱怨下去。

"别忘了带西装回家,我会帮你准备领带。"

"好。"

"还有,"志摩子说完停顿了一下,"工作找得怎么样?"

苍太撇着嘴角,不想谈这件事。

"现在正在考虑很多地方。"

"是吗？会不会很难找？"

"当然不简单，但只能尽量找啊。"

"是啊。我听要介说，如果你要在东京找电力方面的工作，他可以帮忙。"志摩子说话时有点吞吞吐吐。

"什么意思啊？为什么哥哥会认识电力方面的人，不是完全不同的领域吗？"

"他好像有什么人脉，所以想问你有没有意愿。"

"开什么玩笑，我怎么可能连这种事都要哥哥帮忙。你帮我告诉他，不要老是把我当小孩子。"

"要介是在担心你。"

"不必他操心，工作我会自己找，如果没有别的事，我要挂电话了。"

"好……那就周末见。"

"嗯。"苍太冷冷地应了一声后挂了电话。

志摩子八成不会把苍太的话直接告诉要介，应该会婉转地说，苍太想自己先找找看。志摩子向来这样，无论说话、做事都对要介察言观色。

他想起藤村说的话。

怎么可能有这么可笑的事？那是你从小长大的家，和家人不是有血缘关系吗？

也许该对藤村说实话，正因为不是他想的那样，所以才复杂。

07

"我完全没有任何线索,听到这起命案时,我真的吓了一跳,一开始还不太相信。真的太可怜了。"

那个男人说话时声音起伏,脸上的表情变化也很丰富。他的年纪不到五十岁,个子不高,但头很大,额头也很宽,所以脸上的金框眼镜看起来特别小。

早濑低头看着放在桌子上的名片,上面印着"久远食品研究开发中心分子生物学研究室室长福泽民郎"。

秋山周治一直到六年前,都在福泽所在的那个部门工作。退休之后,他以返聘人员的身份继续留在原部门工作。以前秋山还在那里的时候,部门名称叫"植物开发研究室",在他彻底退休之后,部门名称才改成了目前的名字。

听福泽说,还叫旧名称时,他们最大的目标,就是培育自然界没有的植物新物种,但直到最后,都无法研发出得以商品化的物种,性急的高层决定从花卉生意中撤出,因为这个计划的改变,所以没有和秋山续约,部门的名字也改了。

"当时,秋山先生周围有没有发生什么事情?不论公私,哪个方面都算,如果有什么事让你留下印象,请你告诉我们。"

坐在早濑身旁发问的是警视厅搜查一课的刑警柳川。他三十多岁，但一脸凶相，胸膛很厚实，浑身散发出一种威严。不知道他是否认为笑容有损于他的威严，才整天板着一张脸。在搜查总部决定让他和早濑一组时，他也只是面无表情地微微点头说了声："请多关照。"

听到柳川的问题，福泽微微偏着头。

"我不太清楚，根据我的记忆，好像并没有发生什么事情。"

"即使不是什么大事也无妨，像是纠纷之类的也可以，就算是小事也好。"

柳川说话的语气毫不掩饰内心的不耐烦，福泽猛然坐直了身体。

"如果是小事，就更……因为秋山先生六年前就离职了，我并没有直接和他共事过。"

"那可不可以请你找曾经和秋山先生共事的人来这里？"

"哦，嗯……找谁好呢？可不可以请你们等一下？"

"没问题。"

福泽起身，匆匆走了出去。柳川喝完茶杯里的茶，"啊"地叹了一口气走到窗边："看来这里也不会有太大的收获。"

他并不是对早濑说话，而是在自言自语。

柳川似乎对搜查总部派他调查死者的交友关系感到不满。如果是仇杀事件，几乎都可以借由调查死者生前的交友关系找到凶手，侦查员调查起来也会很投入，但非熟人所为的命案几乎不可能靠这种方式破案。柳川认为这次的事件很可能是随机犯罪，早濑其实也有同感。

命案已经发生五天了，向家属和附近的居民了解过情况，但迄今为止，并没有听到秋山周治和任何人发生过纠纷，应该说，他几乎不和别人来往。早濑再度想起秋山梨乃说过的话——"花是爷爷的聊天对象"，也许真的是这样。

敲门声响后，门打开了，福泽走了进来，一个矮小的男人跟在他身后。男人穿着工作服，看起来很安静。

福泽介绍说，他叫日野和郎，秋山周治在这里工作时，他们曾经一起从事研究工作。

柳川重新坐在沙发上，对日野重复了刚才问福泽的问题。

"并没有发生过什么大事情，"日野用缓慢的语速说，"但曾经发生过小冲突。"

柳川微微探出身体："冲突？和谁？"

"和上面的人，"日野指了指天花板，"因为我们迟迟无法做出成果，从某个时期开始，上面的人就开始啰唆，削减预算，人员也减少了，我们根本没办法做研究。于是，秋山先生一个人去向上面抗议，说其他部门更浪费预算，为什么不去削减那些部门的预算。虽然他平时沉默寡言，但那种时候说起话来头头是道。"

早濑听了，觉得很像那个老人的作风。原来他在公司任职时，也是富有正义感的人。

"他有没有和谁结怨？"

听到柳川的问题，日野斩钉截铁地回答："没有，包括我在内，有很多人都受过他的恩惠，相反的情况就……"

"是吗？"柳川兴趣缺缺地用指尖抓了抓眉毛旁，可能是因为没有问到对侦办工作有帮助的消息，"秋山先生离职后，你有没有和他见过面？"

"呃……"日野的眼睛看向右上方，"在他离职后的第二年，我曾经和他见过一次。关于他写的报告，有几件事要请教他。"

"你们有没有电话联络过？"

"具体的情况我记不太清楚了，但应该联络过几次，也是为了报告的事。"

"最近一次联络是什么时候？"

"嗯……是上个月月底，他打电话给我。"

"有什么事？"

"他问我最近植物开发的动向，我没有掌握任何新消息，所以并没有帮上忙。"

从这个人身上似乎问不到什么有用的消息。柳川迅速瞥了早濑一眼，似乎在问他，有没有什么要问的？

"要不要问他当天的行动？"早濑小声对柳川说。

"对哦。"柳川说完后，把目光移向对面两个人。

"可不可以请教一下你在7月9日那天的行动？从正午开始到……嗯，差不多下午三点左右。"

7月9日是秋山周治遇害的日子，福泽和日野的脸色顿时变了。

"正午我在员工食堂吃午餐,"日野开始说明,"下午一点半有一个会议,我记得是在三点左右结束的。"

"没错,"福泽看着自己的记事本说,"我也参加了那个会议,有会议记录,只要看会议记录就知道了。"

"好的,那等一下请让我们看一下。另外,如果有秋山先生在这里工作时的员工名册,也想要借用一下。"柳川说。

"应该有。"福泽回答。

"另外,秋山先生有没有留下什么私人物品?"

"私人物品吗……"

"像是书信或是日记之类的都可以。"

"应该没有这种东西,但可能有一些报告或论文之类的。"

"那些资料都在我那里。"日野回答。

"那也可以借给我们吗?当然,我们不会泄露出去。"

"呃,这个……"日野看着福泽,似乎在征求他的意见,也许是机密内容。

"没问题,并不是什么机密的内容。"福泽用轻松的语气回答,他似乎并不重视秋山的研究内容。

准备这些资料要将近一个小时,于是,早濑和柳川去一楼的大厅等待。柳川没有坐在沙发上,而是用手机开始打电话,可能是和搜查总部联络。

"……对,白跑一趟了。因为死者六年前离职,也没什么朋友。……我会把有助于了解当时工作的资料带回去,但恐怕无法发挥什么作用。……啊,什么?……哦,是吗?……好,那我去了解一下情况。"

挂掉电话后,柳川低头看着早濑。

"刚才找到了死者在案发前一天去咖啡店消费的发票,他似乎经常去那家店,也许有熟悉的店员。我现在去那里,这里可以拜托你吗?"

柳川似乎觉得那里比较有搞头,所以把带无用的资料回去这种麻烦事推给了辖区刑警早濑。

"好,没问题。"早濑回答。虽然自己的警阶比较高,也比较年长,但在和柳川说话时一直很客气。

"那就拜托了。"说完,柳川大步走向大门。

十分钟后,福泽出现了,递上手上的纸袋说:"全都在这里了。"

"谢谢,我会尽快归还。"

"不用不用,"福泽摇着手说,"不必着急,六年前的报告已经不是最新技术了,而且,对本公司来说,那个部门也已经裁撤了。"

"但是,听日野先生刚才的谈话,似乎目前仍然会运用到他的报告。"

福泽露出了苦笑。

"不是运用,只是整理当时的档案。总之,当时留下了很多资料。"

早濑拎起纸袋,的确很沉重。

他向福泽道了谢,走出了"久远食品研究开发中心"的大楼,他正打算拦出租车,手机响了。一看屏幕,不禁感到有点意外。上面显示的是"家"。当然不是指早濑目前住的公寓。

"喂。"他接起电话。

"喂,是我。"电话中传来一个陌生男人的声音。

"啊?你是谁?"

"是我,裕太。"

早濑停下脚步:"哦……"

裕太不知道什么时候已经变声了,早濑一下子说不出话。

"喂,你知道我是谁吗?"

"嗯,知道,最近好吗?"

"嗯,普普通通啦。"

"是吗?"父子之间的谈话很不热络。裕太以前从来没有打电话给他,他不知道该说什么。

"爸爸,你在调查那个案子吗?"裕太语带迟疑地问。

"哪个案子?"

"就是那个啊,"裕太停顿了一下说,"秋山先生的命案啊。"

早濑吃了一惊:"你知道那起命案?"

"当然知道啊,网上都有消息。"

"哦,也对……"

"遭到杀害的是秋山先生,就是那位秋山先生吧?住址也一样。"

"嗯。"因为命案现场是在家中,所以网络报道应该粗略提到了发生的地点。

"因为好像是你们负责的辖区,所以我想你可能也在侦办这起案子。"

早濑吐了一口气:"嗯,对啊,我在侦办这起案子。"

"是吗?我果然猜对了,情况怎么样?"

"什么情况?"

"凶手啊,有希望抓到吗?"

早濑皱起眉头,他不知道该怎么回答。

"目前正在努力侦办,就是要早日抓到凶手,我也正在为调查奔波啊。"

"我知道,但感觉怎么样?有没有锁定可疑嫌犯之类的?"裕太低沉的声音问道。早濑发现那个声音和从录音机中听到的自己的声音很像。

"这种事就不需要你操心了。"

他用老套的话安抚道,没想遭到儿子的反驳。"那怎么行!秋山先生是我的恩人,想到当初如果没有他,不知道会有什么后果,我现在仍然心有余悸。所以,我绝对不能原谅杀害他的凶手。"裕太用强烈的语气说道。

早濑握紧电话,没有说话。他不知道该说什么。

对裕太来说,的确是这样,因为他差一点儿就被栽赃,背负窃贼的污名。一旦发生这样的事，可能会大大扭曲他的人生。

"喂，爸爸，你有没有听到？"

早濑清了清嗓子后开了口。

"对，我在听，我很理解你的心情。"

"那就一定要抓到凶手，最好是你亲手抓到他。"

"这——"他原本想说"不太可能"，但把后半句话吞了下去，"好，我会努力。"

"拜托了，你是我爸，要代替我这个儿子报答秋山先生。"

"好，我知道了。你找我就是为了这件事吗？"

"对，我不想影响你办案，那就先这样了。"

"要多注意自己的身体……"早濑这句话还没说完，电话就挂断了。

要代替儿子回报秋山先生……

早濑摇了摇头，提起装满柳川认为恐怕无法发挥作用的资料的纸袋，缓缓迈开步伐。

| 08 |

出殡后，在前往火葬场之前，梨乃走进化装室。她看着镜子中的自己，忍不住叹了一口气。这是今年第二次穿这件黑色洋

装，尚人的葬礼结束时，她做梦都没有想到会这么快又穿上这件衣服。

周治的守灵夜和葬礼都在横滨的殡仪馆举行，丧主正隆觉得在自家附近举办比较方便。

由于无法大肆张扬，所以只有家人和亲戚参加葬礼。正隆说"因为情况特殊"，他似乎不想让外人知道父亲是盗窃杀人案的受害人。

走出化装室，正准备前往火葬场时，听到背后传来一个声音，"请问……"一个矮小的老年男子有所顾虑地走向梨乃。

虽然今天的葬礼只通知了亲戚，但还是有几名面生的吊唁客来参加，不知道他们是从哪里得知的消息。眼前这个老人便是其中一人，梨乃记得他刚才上过香。他站在原地不动，凝望周治遗照的眼神很严肃，合掌祭拜后，迟迟没有抬起头。

"请问是秋山先生的孙女吗？"老人问，"我记得……你叫梨乃？"

"是。"听到对方叫自己的名字，她有点不知所措。

"这是我的名片。"

他递上的名片上写着：

久远食品研究开发中心

分子生物学研究室副室长

日野和郎

"秋山先生在公司的时候曾经很照顾我,我对于发生这样的事深表哀悼。"日野鞠了一躬后,抬头看着梨乃,"秋山先生经常提起你,虽然我知道这么做很失礼,但还是忍不住向你打声招呼。"

"爷爷提到我……"

"他经常上网查游泳比赛的相关报道,每次看到有关于你的消息,就会保存在文件夹中,在工作之余一遍又一遍地看。他曾经说,他目前最大的期待就是你能够去参加奥运会,如果这个愿望能够成真,即使自己的研究工作无法立刻做出成果也无所谓。"

梨乃说不出话,默默地眨了眨眼睛。太意外了。她在当选手时,周围的每个人都整天说希望她进军奥运会,只有周治例外。梨乃从来没有听他提过"奥运"这两个字。

"你怎么了?"日野问。

"我还以为爷爷对我游泳的事没有太大兴趣呢。"

日野连连摇头。

"不……秋山先生曾经说,周围的人都一直激励你,一定会造成你的压力,所以他绝对不在你面前提这件事。"

果然是这样。梨乃对此并不意外。这两个月和周治频繁接触后,亲身感受到他真心为自己这个孙女的将来感到担心。

"我只是想告诉你这件事,对不起,耽误你时间了。"日野鞠了一躬,准备转身离去。

"呃……您刚才提到研究,请问我爷爷是做什么工作的?"

梨乃慌忙问道，"因为是食品公司，所以是研究食物吗？"

日野眯起周围都是皱纹的眼睛，露出淡淡的笑容。

"虽然有时候间接和食物有关，但这并不是我们研究的目的。我们是在研发花卉。"

"花卉？"

"研发新品种的花卉，用科学的力量研发出以前没有的花卉。"

"啊……是生化科技之类的吗？"

梨乃说了一个一知半解的名词，日野笑着点头。

"没错，几年前曾经有一家酒厂开发出了蓝玫瑰，那就是自然界原本没有的花卉。"

"哦，我听过这件事。"

"秋山先生也曾经挑战过蓝玫瑰，我也曾经协助他。"

"是吗？"

"只可惜最后被其他公司捷足先登了。"日野露出无奈的苦笑，"那时候大家都安慰秋山先生，之前的研究绝对不会白费。事实上，他的确累积了很多知识。"

"我相信我爷爷在九泉之下听到您这么说，也会感到高兴。"

日野皱了皱眉头，耸了耸肩。

"真的太遗憾了，不知道是谁干了这么伤天害理的事……我希望可以早日逮捕凶手。"

"谢谢。"

"那我就告辞了。"日野说完，便转身离开了。梨乃目送着他矮小的背影，内心感到一丝温暖。周治在公司也受到同事的尊敬，而且在工作的时候，也很关心正在专注练游泳的孙女。

没想到周治之前的工作是开发花卉——

梨乃似乎稍微了解了他热心栽培花卉的原因。当然，他说的"花不会说谎"也是理由之一，但可能除此以外，还想要延续之前在公司当研究人员时的梦想。

她突然想起那朵花，就是周治说，先不要上传到博客的黄花。不知道那朵花现在怎么样了。

在火葬场看到周治的棺材被送进焚化炉后，梨乃就和其他亲戚一起在休息室等待。大家都愁眉不展，说话也有一搭没一搭的。虽然休息室内准备了简单的餐点和饮料，但很少有人吃。

梨乃站在窗边看着外面。外面有一个花圃，夏日的阳光照射在五颜六色的鲜花上。如果周治在这里，一定会如数家珍地告诉她这些鲜花的名字。

案发至今已经六天了，梨乃他们完全不知道办案的进度。那天之后，刑警没有再找过她，听父亲正隆说，警方认为是单纯的盗窃杀人，并非熟人所为。

周治的后脑勺有遭到击打的痕迹，他的遗体旁边丢了一个威士忌酒瓶，警方认为那是凶器，但后脑勺上的并不是致命伤，死因是窒息。研判可能是周治被殴打昏倒后，凶手用手掐住了他的脖子。

除此以外，梨乃他们目前只知道现金、皮夹和电脑遭窃，室内不见了这些物品，但有可能其他东西也被偷了，只是因为并不知道原本家里有什么，所以也无法说清到底还有什么被偷了。

一只拿着杯子的手伸到梨乃面前，杯子里装了柳橙汁。梨乃转头一看，发现是知基。

梨乃说了声"谢谢"，接过杯子喝了一口果汁，忍不住叹着气。刚才没有发现自己口渴了。

这次她并没有和知基多聊，因为正隆简化了仪式，所以葬礼从头到尾都很仓促。

"梨乃，你没事吧？"知基问。

"什么事？"

"因为是你发现了外公，所以我猜想你是不是受到很大的打击。"

"哦。"梨乃微微偏着头，"的确很受打击，但现在有一种奇怪的感觉，会怀疑这一切不是现实。不过，既然举办了这个葬礼，就代表是现实。"

"梨乃，听说你常去外公家，我也应该多去看他。以前我经常和哥哥一起去他家住。"知基低头看着手上的杯子，"现在说这些也太迟了，外公和哥哥都死了。"

听了知基的话，梨乃忍不住觉得悲剧似乎有连锁效应。对知基来说，短短三个月就失去了哥哥和外公。

"尚人自杀的事，知道是什么原因吗？"

梨乃想要了解尚人自杀的动机，知基露出不抱希望的表情摇了摇头。

"最近我们家里也很少谈这个话题。"

"是吗……"

"有时候我忍不住想,搞不好在那个世界的哥哥本身也无法说清楚。"知基露出淡淡的微笑,"对了,上次家里人举办了尾七,我妈提到一件奇怪的事。"

"什么事?"

"她说我哥在死前喝了可乐。"

"可乐?"

"桌子上放了杯子,里面有没喝完的可乐。我妈哭着说,可能他在死前想要喝可乐,老实说,我觉得有点怪怪的。这种事根本不重要啊,那天雅哉他们也有来,听了有点不知所措。"

"可乐……哦。"

梨乃忍不住想,自己临死前不知道想要喝什么。

"啊,对了,"知基似乎想起了什么,"他们找到键盘手了。"

"啊?"

"雅哉打电话给我,'动荡'已经找到了代替我哥的键盘手,他们已经开始练习了。"

"哦,这样啊。"

"动荡"是尚人之前参加的乐队的名称。

"雅哉说,虽然不知道能不能成功,但目前先用这种方式重新开始。他们会在最近表演,找我去看,梨乃,你要不要去?"

"这个嘛……"

老实说，梨乃有点提不起劲，之前是因为尚人的加入，她才会去声援。

"我和你的想法一样，"知基说，"说句心里话，对我来说，没有哥哥的'动荡'根本就是另外一支乐队了，不管他们怎么发展，都和我无关。但一想到雅哉他们的心情，就忍不住难过。如果我不去，他们一定会很介意，也不知道这个乐队是否该持续下去。"

"嗯……也许你说得有道理。"

"所以，我决定去为他们加油，请他们连同哥哥的那份好好努力。"知基扬起下巴，对着天空说。他说话的语气好像在宣誓。

看着脸上还带着少年稚气的堂弟，梨乃由衷地感到佩服。哥哥离世不到三个月，知基已经克服了悲伤，而且正在努力长大。

"好，"梨乃说，"我也和你一起去，等他们表演的时间决定后，你再通知我。"

"嗯。"知基点了点头。

不一会儿，工作人员走了过来，说已经做好让家属捡骨的准备。梨乃、知基和其他亲戚一起走去焚化炉。

火葬的所有步骤都结束后就散会了，梨乃和父母一起回了横滨的家，但换好衣服后，她决定立刻回位于高圆寺的公寓。母亲不满地问她，为什么不住一晚再走？她说还有很多事情要处理，执意离开了。

她并不讨厌父母，发自内心地感激他们这些年的支持，但正因为这样,如今面对他们时深感痛苦。他们一定整天在想,放弃游泳的女儿以后要怎么办,自己却无法消除他们的烦恼,她觉得这样的自己很窝囊,也很没出息。

而且,她执意离开还有另一个理由,就是要在今天赶回东京确认一件事。

梨乃换了几班电车,但没有回高圆寺,而是在西荻洼车站下了车。她走在六天前走过的路上。回想起来,她很庆幸那天去爷爷家。如果自己没有去,周治的尸体可能至今仍然没有被人发现。

不一会儿,她就到了周治家。原本猜想可能有警官守在那里,但门前没有人。梨乃巡视了周围后,走进了大门。

院子内满是盆栽,所有的植物看起来都有点垂头丧气。这几天没有人照顾,有这种景象也是在所难免的。她想立刻为这些植物浇水,但在此之前,她有一件事情要做。梨乃从自己的记忆中唤醒最后一次看到这个院子时的影像。

果然没错——她终于确信。

那盆花不见了。那盆黄色的花不见了。

09

"真的不见了吗?会不会是你爷爷把那盆花放到别的地方

了？"制服警官打量着院子问道，他的年纪大约三十出头。

梨乃摇了摇头。

"不可能，因为那盆花很重要。"

警官露出不以为然的表情偏着头，梨乃忍不住焦急起来。

这时，又来了另一名警官。他的年纪稍长，头发有点花白。

"怎么样？"年轻警官问他。

"我稍微察看了一下房子周围，没有异状，和案发当时差不多。"

"所以，我觉得是在案发时被偷的。"梨乃说。

年长的警官皱起眉头："怎么可能？盗窃杀人的凶手不会偷这种东西吧？"

"但是……"

"况且，你当时为什么没说？"

"那时候我没注意，今天突然想起这件事。"

"今天才想起？"

"当时只觉得有哪里不对劲，但一下子没有想起来。不是经常会有这种情况吗？"

"我能理解你说的，但也可能在案发之前被偷了。既然就这样放在院子里，根本不知道是什么时候被人拿走的。"

"但是，我没有听爷爷提过这件事。"

"可能只是没有向你提起而已。"

"但是……"梨乃说到一半，不知道接下来该说什么。

她发现那盆花消失后，立刻向辖区分局报了警。原本以为侦办这起盗窃杀人案的刑警会赶来，但警方似乎认为她提供的消息并不重要，只派了两名意兴阑珊的警官来这里做笔录。

两名警官离开前对她说，如果还发现什么状况，记得和他们联络。也许他们内心对梨乃为这种无聊的事让他们跑一趟感到很生气。

梨乃带着难以释怀的心情回到了高圆寺的公寓，把行李丢在一旁，倒在床上。

无论怎么想都太奇怪了。这不可能是有人恶作剧，那盆花为什么消失了？

她很在意那盆黄花，那到底是什么花？

上次梨乃说要把照片上传到博客时，爷爷慌忙制止了她。那件事会不会和这起命案有关？

她坐了起来，打开桌上的电脑。

爷爷拍摄的花卉照片保存在梨乃的电脑内。那张黄花的照片也存在里面，随时可以上传到博客。

鲜艳的黄色花瓣细细长长，好像触手般伸向四面八方，可能有人会觉得很诡异。

为什么爷爷不希望这张照片上传到博客？不仅如此，就连花卉的名字，他也说不能轻易说出口。

到底是怎么回事？当她偏着头纳闷时，突然闪过一个念头。

要不要把这张照片上传到博客？爷爷曾经说，一旦公布，事情会闹得很大,但如今爷爷已经离开人世了,事到如今,无论发生什么事,也不至于引发什么大问题,而且,她也很好奇到底会发生什么事。

她觉得这个主意不坏,便立刻行动起来。

虽说是博客,但平时很少写像样的文章,只是贴上照片后,附上爷爷在生长记录笔记上所写的内容,只有花的种类、产地以及照顾方法而已。

梨乃决定这次写一些内容,考虑了一下后,她写了下面的博客:

> 各位午安,我是本博客主人的孙女,感谢各位经常造访。有一个令人难过的消息,我爷爷日前离开了人世,所以,以后这个博客不会再更新内容,但为了能够和更多人分享爷爷留下的照片,这个博客暂时还不会关闭。这次的照片是爷爷最后培育的花,因为他已经离开了人世,所以我不了解详细的情况,如果有人知道关于这种花的情况,欢迎用邮件等方式赐教。

文章取名为"名不详的黄花"。不知道会有怎样的回应。

但是,她并没有抱太大的期待。这只是业余花卉爱好者的博客,应该不会有什么人看。她曾经查过浏览人数,人数少到让她怀疑是不是计算错误。

她坐在电脑前发呆,手机响了。看到屏幕上显示的内容,她迟疑了一下。屏幕上显示了"小关"的名字。

她深呼吸了一下,才接起电话:"喂?"

"啊,是我,小关。"

"是,好久不见。"她也意识到自己语气很僵硬。

"怎么样?最近还好吗?"

"很好啊,整天忙着读书和玩乐,歌颂着美好的大学生活。"她在说话时,不由得感到空虚。

"是吗?那就太好了。"

"教练,你听起来也很不错。"

"是啊,我还是老样子,整天鞭策这把老骨头继续努力。我打这通电话没什么特别的事,只是想知道你最近好不好。"

"谢谢,我很好,每天都很开心。"

"那我就放心了。"说完,小关停顿了一下,用低沉的声音说,"梨乃,你偶尔也来这里露个脸啊。"

梨乃抿着嘴唇,她不知道该说什么。

"不要因为放弃游泳了,就连人际关系也断了,大家都很担心你,也很想念你。即使来了,也不需要下水,有时间来走一走,找大家聊聊天嘛。"

"……谢谢。"

"不必着急,等你有心情的时候再来。"

"好,我会考虑。"

"那改天再联络。保重身体，好好加油。"

"好，教练，你也多保重。"

挂断电话后，梨乃重重地叹了一口气。她发现自己的腋下被汗水湿透了。

小关是梨乃读小学时参加的游泳班的教练，即使在上了中学和高中参加游泳队后，她仍然每周去游泳班几次，请教练指导她的游泳。她之所以能够在游泳方面小有成就，完全是小关的功劳。

但是，她已经有将近一年的时间没有和这位恩人见面了。不，她觉得自己没脸见他。如果教练骂她，她心里恐怕还好受些，但教练越是用温柔的话安慰她，越让她觉得自己很悲惨。

不知道再过上一年，自己又会在做什么。

10

把照片上传到博客的翌日，梨乃就收到了回应。是一封邮件，内容如下：

> 冒昧写这封邮件，我是住在东京的蒲生。
> 我看了博客，可以感受到你对你祖父的深厚感情，

衷心祈祷他在另一个世界安息。

　　写这封邮件的目的，是关于你最后上传的照片。关于那朵花，我有重要的事想要和你讨论。

　　我知道提出这样的要求很失礼，但是否可以见一次面？无论你指定任何时间和地点，我都会前往。

　　我绝对不是可疑人物，在此留下我的电子邮箱、手机、家里的电话和地址，请你和我联络。静候佳音。

蒲生要介

　　＊恕我冒昧，请问你祖父是因病去世吗？请问是什么疾病？另外，关于那张黄花的照片，强烈建议你立刻删除，同时即时关闭该博客。

梨乃重复看了几次，不禁感到愕然。

　　这封邮件的内容不像是恶作剧。对方留下了自己的姓名和电话，而且最好删除照片的建议和周治之前说的话完全一致。

　　她完全没有料到上传照片后会收到这样的回应。也许那朵花真的隐藏了什么秘密。

　　梨乃立刻上了网，原本只打算删除那张照片，但越想越不对劲，最后干脆关闭了博客。

　　之后，她重新看了那封邮件。

　　那个叫蒲生的人询问周治的死因这件事也让她感到好奇。对方似乎认为周治很可能是病故，但他为什么想知道病名？

左思右想后，梨乃决定发邮件回复对方，问他到底要讨论什么事，以及那朵花是否涉及什么问题。

梨乃很快就收到了回复。回复中写到，因为事情太复杂，无法用邮件详细说明，即使写了，恐怕也无法让人相信，所以务必见面详谈。最后还补充说："我绝对不是想欺骗你。"

梨乃不禁烦恼起来，对方可能发现自己是个年轻女子，认为自己会不怀好意，所以才一再强调不是欺骗她。但是，她很想听对方说说到底是什么事，也许对方能够猜到那盆黄花为什么会消失，搞不好还有可能提供周治遭到杀害的线索。

去和他见一面。梨乃下了决心。约在白天人多的地方见面，应该不必担心遭遇危险。

她用邮件表达了自己的意思后，立刻收到了回信。对方很高兴，而且似乎松了一口气，之前似乎担心她心生畏惧而拒绝。

梨乃和他约定在表参道上的一家露天咖啡店见面。为了方便联络，也留了手机号码。她打算一旦遇到麻烦，就立刻去换手机号。她没有告诉对方自己的真实姓名。

翌日下午，梨乃前往约定的地点。表参道上人山人海，有年轻人，也有老人；有正在约会的情侣，也有像观光客的团体。各式各样的人在街上走来走去，也有不少外国人，简直就像来参加祭典。

她来到约定的那家咖啡店，有一半的桌子已经坐满了。

数米前方，一个身穿西装的男人倏地站了起来，看着梨乃。

他的桌子上放了一个褐色的小纸袋。那是他们约定的暗号。

当她走近时,他恭敬地低下头说:"请问是种黄花的小姐吗?"

"是,你是蒲生先生……吗?"

"对,劳驾你跑这一趟,深感惶恐。"他很流利地说出这句硬邦邦的话,可能平时很习惯这么说吧,"请坐。"

梨乃坐了下来,他举起一只手,叫来服务生。

"请点喜欢的饮料,不要客气。"

虽然他这么说,但梨乃不可能点太贵的饮料,最后点了一杯柳橙汁。

他从上衣口袋里拿出名片。梨乃接过名片,迅速看了一眼。

Botanica Enterprise 代表　蒲生要介

"Botanica 是?"

"植物学的意思,我们公司专门收集世界各地有关植物学的资讯。"

梨乃甚至不知道有这种企业,只能不置可否地点点头。

他又从皮夹里拿出汽车驾照放在她面前。

驾照上的照片正是眼前这个人的,名字也的确是蒲生要介。梨乃根据他的生日计算了一下,他今年三十七岁。

"怎么样?"

"我知道,这是你的真名。"

"太好了,至少先证明了这件事。"他露齿而笑,把驾照收了回去。

梨乃凭直觉认为蒲生要介很值得信赖。他的五官很精悍,身姿很挺拔,而且整个人给人感觉很清爽。不知道是否从事什么运动,体格也很好。

"我要报上姓名吗?"

他摇了摇头。

"现在还不需要,等你完全相信我之后再说。我仔细看了你祖父拍的照片,每一张照片都很出色,我很惊讶,也很佩服他居然培育了这么多稀有品种。你祖父似乎很喜欢花。"

"那是他最大的乐趣,虽然他从来没有提过,但我相信他很希望和世界各地的人分享自己悉心培育的花卉,所以由我在博客上介绍。"

"请问你祖父的年纪……"

"七十二岁,我也是在葬礼时,才知道他的确切年纪。"

"这种情况很常见。七十二岁吗?恕我冒昧,请问有没有听你祖父提过'MM事件'?两个英文字母的MM。"

"MM事件?我没听说,那件事怎么了?"

"不,如果没听过就算了。只是闲聊,请忘了吧,但真是太遗憾了。你祖父是什么时候去世的?"

"就是不久之前,"梨乃掐指计算着,"还不到一个星期。"

"是吗?是因为生病吗?"

"不,"梨乃回答之后,抬眼看着对方的脸,"你为什么这么在意我爷爷的死亡原因?"

"不,我并没有很在意,只是好奇是生什么病而去世的。如果让你感到不舒服,我向你道歉,你也不需要回答。"

骗人。梨乃忍不住想,这个话题当然不可能到此为止。

柳橙汁送了上来。她拿起杯子,没有用吸管就大口喝了起来,然后露出有点不知所措的表情看着蒲生说:"我爷爷不是生病死的。"

"是吗,所以是意外身亡?"

"不是。"梨乃摇了摇头,巡视周围后,压低声音说,"他是被人杀害的。"

蒲生脸上的表情顿时僵住了,那并不是惊讶,梨乃感到有点意外。通常听到这种事,不是都会露出胆怯的表情吗?

"在家里吗?"蒲生的声音似乎比刚才更冷静。

"是。我爷爷一个人住,白天时强盗闯进家中杀害了他。目前还没有抓到凶手。"

"是吗,真是太令人痛心了。你祖父住东京吗?"

"对,有什么问题吗?"

"不,只是觉得东京的治安果然不太好。"

"我也这么觉得。当初是我发现了尸体,我一辈子也不会忘记当时的情景,更无法相信居然有人会做这么残忍的事。"

"是你发现的……原来如此。"蒲生眉头深锁。

"蒲生先生，"梨乃正视着他的双眼，"你是因为看到我爷爷最后培育的黄花照片，所以才和我联络。你说关于那朵花有事要和我讨论，请问是什么事？"

蒲生愣了一下，眨了眨眼睛。

"对不起，"梨乃道歉说，"突然改变话题，你吓了一跳吧？不过，我觉得这其实也算是同一个话题。"

"你的意思是……"蒲生露出锐利的眼神，"你认为你祖父遇害的事件和那朵花有关吗？"

"目前还无法确定。"

蒲生探了探身体："可不可以请你把详细情况告诉我？"

但是，梨乃对他摇了摇头。

"请你先说，因为今天我们是为了这个目的见面的，由我先说就太奇怪了。"

蒲生露出深沉的表情，但立刻点了点头。

"你说得没错，好，就这么办。但是，在此之前我想请教一下，你祖父是从哪里得到的花的种子？"

"花的种子……吗？"

"要让花开花，必须要有种子，还是那盆花是别人送给他的？"

"不，不可能，他曾经告诉我，每盆花都是他亲自培育的。"

"所以，那盆黄花应该也有花种。"

"没错，"梨乃摸了摸耳后的头发，"不瞒你说，我也不太清楚，当我看到时，已经种在花盆里了。"

"原来如此。"

"请告诉我那朵花是怎么回事。你在邮件中提到,希望我立刻删除那张照片,请问为什么?我爷爷也说过同样的话,叫我不要把照片上传到博客,所以在他去世之前,我都没有上传。"

"是吗?你祖父也这么说……"蒲生陷入了沉思。

"请问到底是怎么回事?"

蒲生巡视周围,似乎担心被别人听到,然后缓缓喝了口咖啡。他似乎在犹豫。

"蒲生先生——"

"不瞒你说,"他终于开了口,"那是一种特殊的花卉,是人工培育的,自然界中并不存在这种花。"

"人工培育……"梨乃想到最近听过类似的话,"是运用生化科技吗?就像蓝玫瑰一样?"

"没错,"蒲生用力点头,"你很了解嘛。"

"听说我爷爷做过类似的研究,我也是最近才知道。"

"你祖父吗?原来是这样。"

"所以,这表示是我爷爷用生化科技创造了那种花吗?"

"不,应该不是那样。去年,某个研究机构开发了那种花,制法完全保密,且还没有公布。"

"为什么我爷爷会有那种花?"

"问题就在这里。为什么极机密的花会出现在研究机构以外的地方,只有一个可能,"蒲生竖起食指,"就是有人把花种带出来了。"

梨乃忍不住皱起眉头："你是说,我爷爷把花种偷了出来?"

"不,我并没有这么说,但你祖父和偷花种的人可能有某种关系。"

"这……"梨乃很想说,这怎么可能,但既然祖父让那花种开了花,就无法断言完全没有关系。

"所以,现在应该可以理解我为什么建议你删除花的照片了,幸好那个研究机构的人似乎并没有发现你祖父的博客。你今后也绝对不要给别人看,不,我建议完全删除那张照片,否则一旦被人发现,恐怕会引起后患。"

"那个研究机构是什么地方?是一家公司吗?"

"嗯,差不多吧。"

"你和那个研究机构有什么关系?"

"关于这个问题,我无法透露详情,只能告诉你,我正在对这个问题进行调查。"

梨乃把握紧的双手放在桌上。

"我刚才也说了,那朵花可能和我爷爷的死有关。事实上,那盆花也消失了。我认为很可能是杀害我爷爷的凶手偷走的。"

"那盆花……是吗?"蒲生脸上的表情变得凝重。他垂着双眼,沉思起来。

梨乃拿起皮包,从里面拿出一张纸,上面写着她的名字和电话。她把纸放在蒲生面前。"这是我的名字。"

"秋山梨乃小姐,很好听的名字。"

"如果你查到什么消息,可不可以通知我?任何细微的事都可以,只要和我爷爷的命案有关,任何事都行。"

他轻轻摇了摇头。

"你最好不要再和那种花有任何牵扯,这件事就交给我吧,等我解决所有的问题时,会主动联络。在此之前,你最好置身事外,这是为你着想。"

"你觉得我会接受吗?根本不可能。"

"这和你能不能接受无关,这不是小孩子的游戏。"蒲生低沉的声音很冷漠,让梨乃的心一沉,忍不住挺直了身体。

"对不起,"他立刻道了歉,"俗话不是说,术业有专攻吗。命案的事就交给警方,花的事就交给我来处理。外行人插手,很可能会造成无可挽回的后果。"

"既然这样,那我就不会再告诉你任何事。"梨乃拿起写了自己电话的纸。

"没问题,不光是我,你最好不要对任何人提起这件事。但是,请你答应我一件事,如果发现了那个花种,请立刻通知我,没问题吧?"

梨乃收起下巴,瞪着蒲生:"我无法答应你,你太自私了。"

"如果你不想交给我,就请把所有花种都丢掉。我要再次重申,这是为你着想。"蒲生说完,抓起账单站了起来。

11

星期六傍晚,蒲生苍太抵达了东京车站。抵达时间一如预期,只要走到大手町,再搭地铁就可以到家。

他随着电车一路摇晃,回想起上次省亲时的事。两年前,半夜接到母亲志摩子打来的电话,说父亲真嗣病危,请他立刻回家。翌日,他搭第一班新干线回到家中,真嗣的情况并没有好转,最后真嗣没有再度清醒就离开了人世。

苍太之前就听说父亲的身体状况不佳,但没想到父亲罹患了癌症。

"不要告诉苍太,目前对他来说是重要的时期,不要因为这种事影响他读书。"据说真嗣这么吩咐母亲。

没想到癌症的恶化速度超乎想象,病情越来越严重。在志摩子决定隔天要通知苍太的那个晚上,真嗣陷入病危。

苍太的内心很复杂,对于在父亲临终前无法和他交谈并没有感到太遗憾,反而有一种近似灰心的心情,觉得和父亲之间的缘分不过如此。所以,无论在守灵夜里或者葬礼上,苍太都秉持着事不关己的冷漠心情。

到头来,我和那个人之间到底算是什么关系?

苍太读小学三年级时才知道自己是父亲和续弦所生的孩子。告诉他这件事的并不是父亲或母亲，而是附近鞋店的老板，而且并不是苍太去的那家店，只是放学时路过那家店，老板看到他胸前的名牌："哦，原来你是蒲生家第二个太太的小孩，长这么大了。"

刚听到的时候，他还以为老板是说"蒲生家第二个小孩"，但事后回想起来，才想起中间还有"太太的"这几个字。

回家之后，他把这件事告诉了母亲。志摩子露出沉思的表情后说："我正在忙，晚一点再告诉你。"

最后是真嗣告诉了他事情的原委。在"你要心情平静，好好听清楚"这句开场白后，真嗣告诉苍太，志摩子是他的第二任太太，前妻在生下要介的数年后病故了。

"事情就是这样，所以你是蒲生家的儿子这件事并没有任何改变，你不必放在心上。"真嗣用这句话做了结论。

苍太听了之后，对很多事感到恍然大悟。难怪他和哥哥要介相差十三岁，难怪志摩子对要介的态度总是有点畏缩。

那天之后，苍太看父亲和哥哥的眼神和以前不一样了，他觉得他们父子俩的关系牢固到不容他人介入，他至今仍然可以清楚地回想起象征这件事的景象。那就是入谷的牵牛花市集。他每次都走在真嗣和要介的身后，走在前面的那对父子的眼中完全没有跟在他们身后的续弦和儿子。

真嗣前年去世了，苍太不知道要介去年和今年有没有去牵牛花市集，他甚至不愿意回想起牵牛花市集的事。

他在想这些事时，到站了，他拎起大行李袋站了起来。

苍太从小长大的环境有很多老旧的日式房屋，属于老住宅区。蒲生家的房子屋顶采用了歇山顶[1]的样式，在附近一带很引人注目。

家门口停了一辆黑色出租车，司机正在驾驶座上看体育报。车前方的灯不是显示"空车"，而是"载客中"，可能在等乘客吧。

苍太走进纯日式的大门后，默默地打开玄关的门。小时候他总是精神百倍地对着屋里喊"我回来了"，他不记得自己从什么时候开始，进家门再也不吭气了。

正在脱鞋子时，旁边房间的门打开了。那是真嗣以前的书房，要介从里面走了出来。他穿着白衬衫，还系了领带。

"苍太，原来是你。"要介说话时的表情并没有太惊讶，手上拎了一个鼓鼓的纸袋，里面似乎装满了书籍和资料。

"嗯，"苍太点了点头问，"妈在哪里？"

"在客厅。绫子姑姑来了，正在商量明天的事。"

"是吗？"

原来停在家门口的出租车在等姑姑。苍太脑海中闪过这个念头时，要介开了口："我从今晚开始加班，这几天不会回来，一切

---

[1] 歇山顶：中国传统建筑屋顶样式之一，由"人"字形屋顶和四周延伸出的屋檐组成，又称"九脊顶"。故宫的保和殿等宫殿的屋顶样式就属于歇山顶。

拜托了。"

苍太听了，忍不住瞪大眼睛："这几天不回来？那明天的三年忌呢？"

"没办法，所以才说拜托啊。"要介没有正视弟弟的脸，开始穿皮鞋。

"蒲生家的长子缺席吗？"

"所以啊，"要介穿完鞋子后，直视着苍太说，"由次子出席，有什么问题吗？"

"等一下，我根本不知道这件事。"

"我现在不是告诉你了吗？这样就够了，既然你已经是大人了，就要好好协助妈。"

"这——"原本他想要说"这太荒唐了"，但听到背后有动静。走廊尽头的门打开了，志摩子探出头。

"啊，苍太，原来是你。"

"啊……我回来了。"

"欢迎回来。要介，你不是赶时间，车在外面等着吗？"志摩子看着要介说。

"我正要走，那明天的事就拜托了。"

"好，你不用担心，我们会处理妥当的。"

要介点了点头，瞥了苍太一眼，简短地说了声"拜托了"，就走了出去。原来刚才要介是搭那辆出租车回家的。

要介走了之后，志摩子对苍太又说了一次："欢迎回来。"

"这是怎么回事？哥哥不参加三年忌吗？"

"他要工作，没办法参加。"

"为什么？我也是排除万难回来的啊。"

志摩子没有回答，走了进去。苍太噘着嘴，跟在她身后。

真嗣的亲妹妹矢口绫子正坐在客厅喝红茶："苍太，好久不见。"

"姑姑，好久不见。"苍太深深鞠了一躬。

"你好像一回来就很不高兴。"

"我才没有呢。"

"你现在的表情和小时候一模一样。虽然个子长高了，但还是老样子。"绫子大声说完后，哈哈笑了起来。她的头发颜色很花哨，身上穿了好几件不知道是哪个国家的衣服。她气色很好，皮肤也富有光泽。虽然她只比真嗣小七岁，却完全看不出年纪。

苍太没有吭气，她皱着眉头。

"不要闹别扭，小苍，别担心，我理解你的心情。明天会有很多亲戚，所以一定要表现出你的气势。今天我带了特大号的。"

绫子的伴手礼是鳗鱼。她嫁入了日本桥一家历史悠久的日本料理店，她的丈夫也会亲自下厨。

"谢谢。"苍太道了谢。他觉得自己的回答很蠢。

苍太回到自己的房间，正准备把行李拿出来，听到敲门声。"我是姑姑，可以进去吗？"是绫子的声音。

苍太打开门："怎么了？"

"嗯,我想在回家之前和你谈一谈。可以吗?"

"当然可以啊。"

绫子跪坐在房间的正中央,一脸怀念地环视着八帖榻榻米大的房间。

"你知道这个房间以前是我住的吗?"

"我听说过。"

"那时候还没有这么漂亮的壁纸,"绫子说完后笑了笑,立刻恢复了严肃的表情,"小苍,你不打算回家吗?"

"呃……"

"你不可能一直都留在大学吧?以后有什么打算?"

这个问题很难回答。苍太摸着自己的头发。

"无论你做什么,我都觉得没关系,只在意你对要介的看法。你不喜欢他吧?"

苍太惊讶地抬起头,绫子的嘴角露出笑容:"果然是这样。"

"不……不是这样……"

"没关系,不必掩饰,志摩子告诉我了。你虽然不讨厌他,却也不知道怎么和他相处吧,或者说合不来。"

绫子说对了。苍太对志摩子察觉到自己的想法并不感到意外,身为母亲,她当然会发现。

苍太没有回答。绫子缓缓站了起来,走到窗边拉开了窗帘,看向窗外。

"从这里看出去的景色没有太大的改变,不管过了多久,还是老街的景象。"

"姑姑……"

"小苍，我也和你一样。虽然我和你爸爸是亲兄妹，有时候还是觉得和他之间有隔阂。虽然不是一直都这样，但有时候就是觉得和他之间好像隔了一道墙，又觉得他好像有什么事在隐瞒我。"绫子背对着窗户，看着苍太说，"但那是不可触碰的部分。"

"啊？"他看着姑姑的脸。

"那是我小时候的事，院子里有一栋小房子，大人叮嘱我不可以去那里，只有爸爸和哥哥可以去。他们父子两人不时走去那里，不知道在里面干什么。我很好奇，想要去偷看，结果被发现了，挨了一顿臭骂。"她凝望远方后，再度看着苍太，"如今说这种话，你可能没什么真实感，但当继承人并不是一件容易的事，除了财产以外，更必须继承义务和责任。在这一点上，你和我都很轻松，不需要考虑这种事。"

姑姑的话完全出乎他的意料。向来开朗的姑姑第一次和他聊这类事情，最让他惊讶的是，原来身边有人和自己有相同的感受。

"也许你不太能接受，但我希望你知道一件事，我们这些亲戚根本不在意你妈妈是续弦这件事，对你也一样，只觉得你是蒲生家的次子，所以你不需要感到自卑。"

苍太不知道该如何回答，所以没有吭气。绫子一时不知道该对他的反应作何回应,笑着拍了拍他的肩膀说:"赶快回东京来,让你妈妈放心吧。"说完,她站了起来,"那就明天见啦。"

听着姑姑走下楼梯的声音,他猜想应该是志摩子为这件事向她求助。

12

翌日的三年忌在埋葬蒲生家祖先的寺院举行,历代祖先的坟墓都在寺院旁的墓地内。法会结束后,又去扫了墓,之后去了熟悉的料亭用餐。这场小型法会只有不到二十名亲戚和朋友参加,志摩子代表蒲生家致辞,苍太只要默默坐在那里就好。

吃完饭,志摩子说要回寺院打招呼,苍太和她道别后,独自返回家中。他穿着西装很热,就脱下上衣,搭在肩上,又觉得系领带很不习惯,边走边解开了领带。

来到家门口时,发现有一个年轻女人站在门口。她一头短发,个子很高,身材很匀称。T恤外穿了一件白色衬衫,紧身牛仔裤裹住的双腿很修长。女人似乎在犹豫要不要按装在门柱上的门铃。

"呃,"他在女人的背后开口问道,"有什么事吗?"

女人惊讶地挺直身体,慌忙转过头。她看起来很年轻,年纪大约二十岁。

"啊！"她用手掩着嘴,"对不起。"

"不,不用道歉……找我家有什么事吗?"

"哦,对,请问……"她用手指着门,"这里是蒲生要介先生的府上吧?"

"要介是我哥哥。"

"哦,原来你是他弟弟……"

"你呢?找我哥哥有事吗?"

女人尴尬地抿着嘴,苍太立刻觉得好像在哪里见过她,却又想不起来。

"请问,"她看向房子,"公司也在这里面吗?"

"公司?"

"我是问波坦尼卡安特普来兹。"

虽然她说话的速度并没有很快,但苍太听不清楚她在说什么,所以就问:"你说什么?"

她从皮包里拿出一张名片,看到名片上的内容,苍太瞪大了眼睛。

"这是什么?Botanica Enterprise 是什么?"

"你不知道吗?"她惊讶地皱起眉头。

"不知道,也没有听过。"

听到苍太的回答,她一脸茫然,眼神飘忽起来。苍太看着她的表情,突然想起来了,情不自禁地"啊"了一声。

"你该不会姓秋山吧?"

她的表情立刻紧张起来。苍太看到她的表情，立刻确信自己没有猜错。

"我果然猜对了。秋山小姐……你是游泳选手秋山梨乃小姐吧？"

她没有回答，把名片收回皮包后，转身准备离开，苍太慌忙抓住她的肩膀："你等一下。"

"放开我。"她甩开苍太的手，狠狠地瞪着他。

"啊，对不起，但是为什么奥运选手会来找我哥哥？难道和奥运会有关吗？"

"怎么可能嘛，况且我已经不是奥运选手了，也不再游泳了。"

"哦……是吗，那为什么？"

她不悦地把头转到一旁："我有事要找蒲生要介先生。"

"我哥哥不在，这几天都不会回家。刚才的名片是怎么回事？是我哥哥给你的吗？"

"是啊……为什么你不知道？"

"我还想问你呢。我哥哥根本不是公司职员。"

"那他是干什么的？"

苍太不知道该不该回答，但如果自己隐瞒，就无法从她口中问出任何情况。

"蒲生要介是公务员，而且是在警视厅上班的公务员。"

家附近新开了一家咖啡店，苍太和秋山梨乃一起走进店里，面对面坐在桌子旁。

"感觉很奇怪,我居然和以前只能从网上和电视上看到的人在一起。"

梨乃喝了一口拿铁,撇着嘴角。

"你居然会认出我,通常大家都不记得。"

"是吗?我们之前经常讨论你,说参加奥运会的女子游泳候补选手中,有一个超漂亮的美女。啊,这不是奉承话。"

梨乃重重地叹了一口气。

"虽然听到这种评价不至于不高兴,但身为选手,还是应该让人注意到成绩和名次。"

"不过正因为你的成绩和名次也很厉害,所以才能成为候补选手啊。"

"曾经有一段时间而已,但无法持续下去,就失去了意义。"梨乃皱了皱鼻子,摇着手,"别说这些了,我更想知道你哥哥到底是怎么回事?"

"在回答之前,请先让我发问,你和我哥哥是什么关系?你们是在哪里认识的?"

"他什么都没跟你说吗?"

"我昨天刚回来家里,我和哥哥已经两年没见面了,之前的感情也很淡薄。我对那个人不太了解。"

"那个人……他不是你的亲哥哥吗?"

"说来话长,总之,希望你先说说和我哥哥的关系。"

"一定要我先说吗?"

"如果我没有搞清楚这件事,也不知道该告诉你什么啊。"

梨乃皱着眉头想了一下,随即看向苍太。

"好吧,现在和你耍心机也没用,那我把告诉你哥哥的事也告诉你,你也不可以对我有任何隐瞒,你答应吗?"

"好,我答应。"

梨乃喝了一口拿铁润了润喉,开始说了起来。她说的内容很复杂,而且有时候前后颠倒,苍太忍不住插嘴问了好几次。她露出不耐烦的表情,但还是向他说明。

"以上就是我和蒲生要介先生之间的对话,知道了吗?"

"了解了大致的过程。"

"我还是无法接受。虽然他叫我不要和那种花有任何牵扯,但我才不会因为他说了那句话就退缩,因为很可能和我爷爷的死有关。"

"所以你来我们家,是想要向我哥哥问清楚吗?"

"对。"她点了点头。

"原来如此。对不起,我只好这样了。"苍太微微举起双手。

"什么意思?"

"就是举手投降,我完全不知道我哥哥为什么会对花产生兴趣,也不知道他为什么叫你不要牵扯这件事,更不知道为什么要用波坦尼卡什么玩意儿的假公司名字。我完全没有头绪。"

梨乃抱着双臂靠在椅子上:"你不是在装糊涂吧?"

"我为什么要装糊涂?听了你的话,我也很惊讶,满脑子都是问号。"

"那你可以直接问你哥哥，到底是怎么回事。"

她的意见很中肯，但这次换苍太把身体靠在椅背上："如果能够这么做，我就不必伤脑筋了。"

"为什么？"

"既然他为了隐瞒身份不惜印假名片，可见除非有特殊情况，否则不可能向别人透露详情。即使我问他也没有用，而且我刚才也说了，他这几天不会回家。"

"什么意思嘛，那我告诉你这些事根本没有意义。"

"先别急着下结论，我打算趁这个机会好好了解那个人，你刚才说，他自称是植物专家。"

"正确地说，他说自己专门收集这方面的资讯。"

"是吗？虽然那家叫波坦尼卡什么玩意儿的公司名是假的，但他的确对植物有浓厚的兴趣。更准确地说，是我哥哥和死去的父亲都很有兴趣。"

"你父亲是植物学家吗？"

"完全不是，我老爸也是警察，但有很多植物方面的相关资料。"

苍太在说话时，想起要介从真嗣的书房走出来时提了一个装了书籍和资料的纸袋，会不会是有关植物的资料？

"你有没有带那朵花的照片？就是你爷爷最后培育的黄花。"

"我手机里有。"

"可不可以给我看一下？"

秋山梨乃把放在一旁的皮包拿了过来，从里面拿出手机，用指尖操作后，递到苍太面前："就是这个。"

苍太接过手机，注视着手机屏幕。那是一种花瓣和叶子都极其细长的花，但是独特的形状唤醒了他的记忆。

"怎么样？"梨乃问。

苍太舔了舔嘴唇后开了口。

"这个可能是……牵牛花。"

"牵牛花？这个吗？你开玩笑吧？牵牛花不是应该更圆吗？"

"广为人知的牵牛花的确像你说的那样，但牵牛花有各种不同的品种，有一种名叫变种牵牛花的，很容易发生突变，经过人为干预，可以培育出各种形态的花。以前我看过家里的书，记得里面有这种形状的牵牛花，只是不记得名字了。"

"哦，原来还有这种牵牛花。"

"但是，"苍太说，"如果这是牵牛花就很不得了，也许真的是人工制造出来的。"

"为什么？"

秋山梨乃露出纳闷的表情，苍太看着她说："改变花或叶子的形状并不稀奇，问题在于颜色。我对牵牛花并不是很了解，但我知道一件事，这个世上并没有黄色的牵牛花。"

13

早濑和柳川在傍晚六点多回到搜查总部，去向各方打听的人员已经有好几个回到了会议室，正围着搜查一课的主任说话。

"哟！"主任向早濑他们举起手，"辛苦了。"

他并没有问他们"情况怎么样？"因为他知道他们毫无收获。如果有什么值得一提的事，柳川早就得意扬扬地通知他了。

柳川向早濑使着眼色，示意要报告一天毫无收获的工作情况。早濑打开记事本，向前踏出一步。

"我们去见了卖主，他是三十二岁的上班族，单身，住在江东区清澄的公寓。他卖出的那台电脑是三年前买的，主要在家里上网，但最近买了平板电脑，使用平板电脑更方便，所以就把旧电脑卖了。"

"有没有人可以证明？"

"他有一个正在交往的女朋友，曾经去过他家几次，他说他女友应该会记得他有这台电脑。案发当天他在公司上班，下班之前他都没有离开。这件事已经向公司的人事部门确认无误。我们也问了他女友的电话，要向她确认吗？"

高大肥胖的主任皱着眉头摇了摇头，他的脸颊也跟着摇晃起来。

"没这个必要吧。辛苦了,对了——"他转头看向直属部下柳川:"有人要见你们,你和早濑一起去三楼的小会议室。"

柳川讶异地皱起眉头:"是谁啊?"

"去了就知道了,不必担心,不是什么重要的事。"主任说完,又和其他下属继续讨论。

早濑看着柳川,但警视厅的年轻刑警似乎也猜不到是怎么回事,对他歪着头。

"那就去看看吧。"早濑说,柳川很不情愿地点了点头。

在本案成立搜查总部后,早濑才和柳川一起搭档,所以如果有人要见他们,代表是和本案有关的事,但早濑完全猜不到会是什么事。案发至今已经两个多星期了,迟迟无法找到任何线索。

早濑他们目前正在追查被害人秋山周治家中遭窃的物品。因为如果是为钱财杀人,很可能会把这些偷窃的物品变现。今天也收到业者的消息,说买到一个和遭窃电脑型号相同的电脑,所以他们去找了一个住在江东区的上班族问话。

敲了敲小会议室的门,里面传来"请进"的声音。早濑打开门,坐在会议桌前的男人刚好站起来。他看起来不到四十岁,体格很好,穿西装很好看。而且他眼神锐利,早濑以为他是刑警,但很快就发现并不是。在第一线奔波的人不可能有这种气质。

"两位是早濑巡查部长和柳川巡查吧?"男人轮流看着他们两人,他先说早濑的名字,是因为其警阶比较高。

"是。"早濑回答。

"不好意思，在你们忙碌的时候上门打扰，这是我的名片。"

看到他递过来的名片，早濑内心不由得紧张起来。他最先看到了"警察厅"这三个字，但是对名片上出现的头衔感到纳闷。因为上面写的是"生活安全局"，眼前这个男人是"遏制犯罪对策室室长蒲生要介"。照理说，如果警察厅要插手案子的侦查工作，应该会派刑事局的人过来。

"请问找我们有什么事吗？"早濑拿着名片问道。

"两位请先坐下再说。"蒲生笑着请他们坐下。

早濑和柳川互看了一眼，慢吞吞地坐了下来。坐下之后，发现桌上放着的档案资料很眼熟，旁边的电脑也打开着。

"今天请你们来，不是为别的事，就是想了解一下目前在这里设立了搜查总部的西荻洼独居老人被强盗入室杀害的事件。随着人口的老龄化，独居老人的比例迅速增加，他们也逐渐成为犯罪者的目标，除了常见的电话诈骗以外，类似本案的盗窃杀人事件也层出不穷。为了分析这些老人为什么会成为犯罪目标，我们开始向多位侦查员了解情况。不好意思，可不可以占用你们一点时间？"蒲生口齿清晰地侃侃而谈。

太奇怪了。早濑暗自感到不解。如果是已经结案的案子也就罢了，为什么要调查正在侦办的案子？

"你想要知道什么？"因为柳川闷不吭声，早濑只好开口问道。

蒲生拿起桌上的资料。

"根据调查资料显示，你们两位负责调查死者的交友关系。"

"是啊，有什么问题吗？"

本案的被害人很少和他人交往，完全没有发现任何可能会导致命案的纠纷。搜查总部认为，即使这起命案是熟人所为，也不是因为仇杀，而是为了财物，所以将侦查重点放在现场的遗留物品，以及可能被偷走的物品上，他们两个人目前也加入了物证组。

"根据这份报告，"蒲生低头看着资料，"被害人在退休后，仍然以返聘人员的身份继续在原本的食品公司上班。"

"是，我记得返聘的时间是六年。"

"被害人的年龄是七十二岁，所以说，他六年之前还在工作。他所在的部门是植物开发研究室，请问工作内容是什么？"

听了蒲生的问题，早濑拿出记事本。身旁的柳川似乎完全无意回答。

"听说是运用生化科技培育新种植物。"

"具体培育了什么花？"

"这个嘛，"早濑偏着头，"这就没问了，我这里有资料，查一下可能会知道。"

蒲生在手边的电脑上敲打着："他在职场的风评如何？"

"还不错，应该说，大部分都是正面的评价。"

"比方说？"

"比方说……很照顾后辈，还有工作很认真之类的，对他的技术也有高度肯定，所以即使退休后，仍然继续雇用了他六年。"

早濑转头看向柳川，问了声："对吧？"征求他的同意，但柳川似乎决定当一个彻底的旁观者。他可能猜不透警察厅的人此行有什么目的，担心稍不留神，可能会引起后患。

蒲生又敲打着电脑键盘："他没有仇人吗？"

"在我们调查的范围内，并没有发现。"

"资料显示，他六年前彻底退休后，几乎没有和老同事见面，他没有关系特别好的同事吗？"

"好像是这样，听说他坚持不在公司外和同事来往。报告上也提到，附近的邻居证实，几乎没有访客去被害人家。"

"但并不是完全没有，所以尸体才会被发现。"

"最近他的孙女不时去他家，但也只有他孙女而已。"

"被害人之前有手机，有没有调查通话记录？"

"侦查资料上应该已经写了。"

"我看了侦查资料，但心想可能有什么新消息。"

早濑摇了摇头。

"就只有资料上写的那些内容而已。被害人的手机在两年前解约，目前只有座机。座机平时也很少使用，最后一次打电话是在案发的三天前，打去听天气预报。那台是旧式电话，也没有来电显示功能，所以无法得知来电号码。"

"了解了，"蒲生低头看着资料，"关于遭窃的物品，除了上面所写的内容以外，有没有什么新发现？"

"不，应该没有。"

"遭窃的皮夹中应该有信用卡，目前有没有被盗刷的记录？"

"没有，如果有的话，我们就能够循线追查。"

"但是，通常发生这种案子，凶手会在信用卡报失之前就大量盗刷。"

"可能凶手没有预料到尸体这么快就被发现，毕竟被害人是独居老人，通常会在几个星期……不，甚至可能几个月后才会被发现。凶手觉得可以利用这段时间拼命盗刷，然后变卖后换取现金。没想到尸体这么快就被发现了，所以根本没机会盗刷。"

蒲生缓缓点头，不知道是否同意这样的说法。

"早濑先生，你也认为这起案子不是熟人所为吗？"

"不是我个人的想法，而是目前的办案方针。"

"原来如此。"蒲生又把视线移向柳川："你认为呢？"

柳川露出心慌的表情，但缓缓呼吸，平静自己的心情。

"我们只是遵从上面的命令，就这样而已。"

蒲生面无表情地听着，薄唇上浮现出淡淡的笑容。

"谢谢两位的协助，对我有很大的帮助。"

"我们可以走了吗？"柳川问。

"对，请便。"

柳川猛然站了起来，走出会议室，早濑也跟在他身后走了出去。

回到会议室，柳川走向主任："那是怎么回事？"

"他问了你们什么？"

"关于命案的侦查,他们有什么不满吗?"

"你们没有说什么不该说的吧?"

"当然啊,万一在记录上留下一些莫名其妙的内容就惨了。"

"这样就好了,警察厅的人也有他们的苦衷,也要留下他们有在认真工作的痕迹,不必放在心上。"

早濑在一旁听着他们的对话,感到不太对劲。那个叫蒲生的人眼神锐利,给他留下了深刻的印象。

那绝对不是追求业绩的人的眼神,而是有明确的方向。果真如此的话,他到底有什么目的?

14

苍太很快就找到了秋山梨乃指定的那家店。那是位于表参道大马路旁的一家露天咖啡店。听她说,之前和要介也约在这家店见面。苍太巡视店内,忍不住苦笑起来,想到一板一眼的要介不知道带着怎样的表情,和这些欢乐的年轻人坐在一起,就觉得很滑稽。

坐下之后,他喝着金巴利苏打水,梨乃不一会儿就出现了。她看着苍太的饮料问:"这个好喝吗?"

"不好喝,也不难喝。"

"那我也点一样的。"她点了饮料后坐下来,"等很久了吗?"

"没有,我也才刚来。"

"老实说,我没想到你会联络我。"

"为什么?上次分开时,不是说好会打电话给你吗?"

"是啊,但我以为你只是说说而已。因为对你来说,这并不是什么重要的事。"

苍太耸了耸肩:"这么想也很正常。"

"看来真的有复杂的隐情。"

"没错。那天之后,你那里有没有什么消息?"

"没什么特别的。警方那里完全没有消息,但之后我想起一件事,你哥哥问了我一件很奇怪的事。"

"什么事?"

"他问我有没有听我爷爷提过'MM事件'。"

"MM?"

"英文字母的MM,他后来说,只是闲聊,叫我不要放在心上,我也就没在意,你知道是什么事吗?"

"MM……我没听说过。"

"可能完全没有关系。"

不可能。苍太心想。既然哥哥是有重要的事约她见面,怎么可能说些无关紧要的话?

金巴利苏打水送上来了,梨乃喝了一口说:"嗯,果然不好喝,也不难喝。"然后又问:"你那里有没有什么收获?"

"老实说,并没有很大的收获,但我在力所能及的范围内调查了一下。"苍太从皮包里拿出平板电脑,"我先说结论,我不知道那种黄花到底是什么,我上网查了,植物图鉴和其他各种资料也看了,都没有相符的内容。"

"所以,果然是人工培育的品种吗?"

"也许吧。所以我也朝这个方向调查了一番,"苍太低头看着平板电脑,资料储存在电脑内,"迄今为止,有好几个研究机构研究如何利用生化科技,让没有黄色品种的花开花,研发出蓝玫瑰的酒厂也是其中之一。目前已经发现了制造黄色色素的酶和制造这种酶的基因,只要注入这种基因,原本红色或蓝色的花瓣就会变成黄色,目前已经使用这种技术成功研发出了黄色的夏堇。"

"黄色牵牛花呢?"

"根据我目前的调查,还没有发现有人研发出来。"

"你哥哥说,这件事目前完全保密,也没有公布已经研发出来的消息,所以才查不到吧?"

苍太摇了摇头。

"那这就奇怪了,我哥哥不可能知道这么隐秘的消息。我说过好几次了,他并不是什么植物研究家,只是警察厅的公务员。"

"即使你这么说,我也……"

"还有另一个可能性。"

"什么可能性?"

"刚才我说找不到和那朵黄花相符的资料,这只是和现有的植物比对。我上次也说过,现在没有黄色牵牛花,但以前并不稀奇。江户时代,曾经有一个时期盛行栽培牵牛花,留下了知名的文献,上面也记录了黄色牵牛花的资料。"苍太看着平板电脑说明起来。

《牵牛花押花》和《牵牛花丛》都是牵牛花方面具有代表性的资料。《牵牛花押花》是1818年的文献,是押花的标本集,是伊势松坂的鱼肥料商人小津家的后裔保存的。其中名为"黄丸"的牵牛花押花名副其实,是淡黄色的花瓣。考虑到褪色的因素,推测原本应该是更鲜艳的黄色。《牵牛花丛》是1817年的文献,江户最早出版的牵牛花图鉴,其中介绍了名为"极黄采"的花呈现深黄色。除此以外,也在多份文献中找到了黄色系牵牛花的资料。

"但现在已经绝种了吗?为什么?"

听到秋山梨乃的问题,苍太偏着头。

"这我就不太清楚了,有人说是受到明治维新的影响,也有人说是因为第二次世界大战的纷乱,导致失去了珍贵的种类,真相还是一个谜。"

"所以,也可能并没有绝种?"

"这就是我想说的。虽然出于某种原因暂时消失了,但之后可能又复活了。你爷爷在偶然的机会下拿到了珍贵的花种,让它开了花。你认为这种推理合理吗?"

"但如果是这样,网上应该有相关消息。"

"可能还没有到那个阶段。我明天要先回大阪一趟,最近会再回来,到时候我会和你联络。"

"嗯,好啊。"梨乃点了点头,抱着双臂,"种子喔。我想起来了,你哥哥也问过种子的事,叫我一旦发现种子,就立刻通知他,或是把种子丢掉。"

"他竟然说这种话……"

要介到底在想什么?他觉得哥哥离他更遥远了。

"所以,"梨乃摇晃着装有金巴利苏打水的杯子,里面的冰块发出叮当的声音,"那天之后,你也没有和你哥哥联络吗?"

"不,见到你的那天,我马上打电话给他了。"

梨乃停下手:"他怎么说?"

苍太撇着嘴,叹了一口气。

"我终于了解什么叫作遭到彻底无视。"

要介接起电话时,苍太问他,"Botanica Enterprise"是什么?要介在电话那头有点慌乱,但很快就恢复了镇定,用没有起伏的声音问:"怎么突然问这种莫名其妙的事?"

"你不要装糊涂。有一个叫秋山梨乃的人来我们家找你,听说你还印了假名片,你到底在干什么?"

"你有向别人提过这件事吗?"

"当然没有啊,即使想说,也不知道来龙去脉。"

"那以后也别提,你也没必要知道任何事。"

"什么意思嘛,我要怎么向秋山小姐说明?"

"不必说明,如果她说什么,你就告诉她,有朝一日,我会向她说明所有的事情，请她耐心等待。"

"等一下，你可以先告诉我啊。"

"没必要，这和你一辈子都没有任何关系。"

"一辈子？"

"不好意思，我没时间，要挂电话了，这件事到此结束，不要再打电话给我。"

苍太对着电话说"等一下"时，电话已经挂断了。

"事情就是这样。"

秋山梨乃听了，骨碌碌地转动着眼珠子。

"你完全被排斥了。"

"嗯，就是这样，反正一直都这样。"

"好奇怪的家人，但这下我终于了解了，你这么拼命调查黄花的事，是基于对你哥哥的反抗心理。"

"我无意和他对抗，只是想知道真相。"苍太把剩下的金巴利苏打水一饮而尽。

走出咖啡店，梨乃拿出手机瞥了一眼屏幕后，看着苍太问："你有时间吗？接下来有其他安排吗？"

"不，没什么特别的事，你有关于牵牛花的线索了吗？"

"和牵牛花无关，是音乐方面的事。"

"音乐？"

"我要去听朋友的演唱会，我在想，可不可以请你陪我去？"

"哦，原来是这样。"苍太点了点头，"我去没关系吗？"

"当然，我一个人去会有点不安。因为乐队的成员换人了，我不知道现在变成什么样了。"

"哦，我可以啊。"

"谢谢，帮了我大忙了。"

梨乃说，演唱会的会场在新宿。他们搭地铁来到涩谷，再转搭山手线。

梨乃在地铁上告诉他那个乐队的事，她的堂哥以前是那个乐队的键盘手，因为堂哥离开了乐队，所以换了新的成员。当苍太得知她堂哥离开的原因是自杀时，顿时说不出话。

"对不起，影响你心情了吧？"梨乃一脸歉意地皱着眉头。

"不，那倒不会，请你……节哀。"

"所以，今天是新成员加入后的第一次表演，我必须去参加，请他们连同堂哥的那份好好加油。"

"原来是这样。"苍太觉得她心地很善良。

表演已经开始了，会场内聚集了超过一百名观众。梨乃说，虽然他们是业余乐队，但很受欢迎，这句话似乎并没有夸张，其中有七成是女性。

主唱兼吉他手是个瘦高个儿的年轻人，虽然脸上化着妆，但眼睛和鼻子等五官很端正，脸只有巴掌大，想必素颜也是美男子。他的下巴骨骼很宽，音量很大，音程也很够。苍太对音乐一窍不通，但觉得他不输给专业歌手。

除了主唱以外，还有贝斯手、鼓手和键盘手。贝斯手和鼓手都是男人，新加入的键盘手是女人。她的帽子压得很低，看不清楚她的长相。

接近尾声时，乐队演奏了一首令人印象深刻的乐曲。充满野性和庄严的旋律有点像非洲原住民音乐，但绝对不会让人感到单调，富有高低起伏，完全出乎听众的意料，仿佛用音乐编织出一个漫长的故事。

"好棒的乐曲。"他对身旁的梨乃咬耳朵。

她双眼发亮，用力点了点头，嘴巴凑近苍太的耳边。

"这首乐曲名叫 Hypnotic Suggestion，我也最喜欢这首曲子，觉得它超级棒。这是雅哉和尚人两个人共同创作的。"

"他们是……"

"主唱是雅哉，尚人就是我死去的堂哥。这个乐队的所有歌曲都是他们两个人创作的。"

"原来是这样。"

苍太越听越觉得是一首出色的乐曲，会令人产生一种精神共鸣的错觉。Hypnotic Suggestion——也许可以翻译成《催眠暗示》，曲名取得太恰到好处了。

乐曲结束的瞬间，整个会场陷入一片欢呼声。虽然会场并不大，但很担心巨大的声音会传到店外。苍太巡视自己的周围，再度惊讶不已，因为他发现有好几个女性观众听哭了。

主唱雅哉拿起麦克风表示感谢，他每说一句话就响起一阵欢呼。他重新介绍了乐队的成员。

"这位是我们的新成员。"他在介绍键盘手时说道,坐在键盘前的女人抬起头,拿下帽子,面带笑容地向观众挥手。

在看到她脸的那一刹那,苍太感到全身发热,心跳同时加速。怎么可能——他睁大眼睛细看,问自己是否产生了错觉。但是,键盘手再度戴上帽子,而且压得低低的,低头看着键盘,看不清楚她的脸。

最后的乐曲开始了,以业余乐队的独创乐曲来说,算是不错了,只是和 *Hypnotic Suggestion* 相比,就显得太平凡了。更何况苍太已经无法将注意力集中在乐曲上,在整个演奏过程中,他的双眼始终盯着键盘手。

演奏终于结束,乐队成员走去后台。

"没有返场曲哦,"梨乃告诉他,"他们说,要正式出道后才会这么做。"

这个乐队似乎决定即使受到观众欢迎,也不要得意忘形。

"你不去见他们……乐队的成员吗?打个招呼之类的。"苍太问。当然是因为他自己很在意乐队的某位成员。

"不用担心,即使我不去找他们,他们也很快会走出来。"梨乃看着渐渐离去的观众说,很快露出喜悦的表情。"知基,"她大声叫了起来,"知基,我在这里。"

一个瘦小的年轻人笑着走向她,看起来像高中生,但可能实际年龄稍微大一点。

两个人开心地聊了起来,苍太站在墙边,心不在焉地巡视周围。当他看向舞台时,发现乐队成员不知道什么时候走了回来,正在收拾乐器和器材。业余乐队在表演后,所有事情都要自己亲自动手。

但是,并没有看到那个键盘手的身影。苍太觉得很奇怪,转头看向旁边,忍不住吓了一跳。因为她就站在那里,正在把什么东西装进大包内。她个子很高,头发很长。

苍太走了过去,从正面看着她的脸。虽然她长大了,但自己绝对没有认错。多年前的夜晚,在牵牛花市集发生的一切清晰地浮现在眼前。

不一会儿,她似乎也察觉了,抬头看着他。一双眼尾微微上扬的凤眼令人联想到猫。

她倒吸了一口气,但下一刹那,她移开了视线,继续低头做事,完全没有把苍太放在眼里。

真奇怪。苍太心想。难道她没有想起自己吗?

他鼓起勇气走向前,走到她面前说:"好久不见。"

她缓缓转头看着苍太,面无表情,完全感受不到任何感情。

"请问你是哪一位?"她用冷漠的语气问。

"是我,蒲生苍太。"

"蒲生……先生?"她微微偏着头。

苍太不知所措地问:"你是……孝美吧?"

她皱起眉头:"你好像认错人了,我不叫这个名字。"

"但是——"

她伸手制止了苍太，看着舞台的方向说："雅哉。"

正在舞台上的主唱抬起头。

"对不起，我今天要先走了。"

"啊？为什么？不去庆功宴了吗？"

"我临时有事，要先走一步。改天再找机会吧。"她充满歉意地对主唱合起双手。

贝斯手嘟起嘴："为什么？我原本还很期待呢。"

"没办法啊，"主唱说，"好吧，那就路上小心，辛苦了。"

"辛苦了。"看起来就是伊庭孝美的女人对其他成员鞠躬道别后，抱着包快步走向出口，完全没有看苍太一眼。

他呆呆地目送她的背影离去，梨乃和那个叫知基的男生一起走了回来。

"他叫蒲生，是有一点交集的朋友，我请他陪我来。"

"是吗，是什么关系？"知基笑着问梨乃。

"该怎么说，算是金巴利苏打关系。"

"金巴利苏打水？"

"我们刚才去了表参道的咖啡店。"

"表参道？你们还特地过来，太谢谢了。"知基做出敬礼的动作。

因为苍太都没有搭腔，梨乃忍不住问他："你怎么了？"

"那个女键盘手叫什么名字？"

知基露出困惑的表情："刚才介绍她叫景子……"

"她的本名呢？"

知基问了正在舞台上的主唱雅哉。

雅哉说，她叫白石景子。

"她怎么了？"梨乃问苍太。

"没什么，只是和我认识的人很像……"

"那你应该当面问她啊。"

"我问了，她说不是……"

"可能只是长得像而已，你上次见到那个人是什么时候？"

苍太偏着头想了一下："差不多十年前。"

"十年？那时候根本还是小孩子嘛。女大十八变，女人的长相变化会很大的。"梨乃一笑置之。

15

虽然辖区的后辈刑警说他要去，但早濑还是自己拎着纸袋走出了分局。他想出去透透气。这一阵子，从早到晚都窝在搜查总部，整天和满脸严肃的上司待在一起，都快要窒息了。

西荻洼独居老人强盗入室杀人案的侦查完全陷入了停滞，既缺乏有效的目击证词，又无法从遗留物品中找到任何线索，遭窃的物品也下落不明，侦查员都认为侦办工作走入了迷宫。

早濑自己也渐渐对破案不抱希望了。回想起来，其实一开始就有这样的预感。正确地说，当初在分局见到死者家属时，就有这种感觉。死者家属对死者的生活几乎一无所知，据死者的孙女说，死者的说话对象是花。不和他人交往的孤独老人在家中被人杀害，财物遭窃。在如今这个时代，很少有这么简单的犯罪，但是越简单的，犯罪线索越少，所以也越难侦破。

裕太的声音在他耳朵深处响起。爸爸，你要代替我这个儿子报答秋山先生——

自己原本就没脸见儿子，这么一来，就更不敢见面了。他不禁自嘲地笑了起来。

转了几班电车后，早濑在调布车站下了车。从车站走到"久远食品研究开发中心"要十五分钟左右。天气不太稳定，他打算走去出租车调度站，但立刻改变主意，决定走路过去。今天不是办案，不能浪费车钱。

纸袋的绳子深深地卡进手指，里面是秋山周治工作期间的职场名册和他在当时写的报告。案发后，为了掌握秋山的交友关系，早濑去向秋山任职的公司借了这些资料，今天要去归还。

白色建筑物出现在前方。特别强调建筑物的白色墙壁，是因为想要强调清洁感吧。走进走出的员工也都穿着白色制服。

他在警卫室表明了身份，接过访客用的徽章。建筑物内有接待柜台，要在那里报上拜访的部门和对象。上次来的时候见到了福泽室长，但今天来只是归还资料，无论是谁都没关系。

走进玄关的玻璃大门,正准备走向柜台时,斜前方的走廊上出现了一个之前见过的身影。早濑立刻躲在一旁的柱子后方。

对方并没有看到早濑,大步走了出去。他只有一个人。

他怎么会来这里?

因为几天前才刚见过,所以不可能忘记他的长相。他是警察厅的蒲生。

早濑想起那天蒲生也多次问及秋山周治的职场。难道是早濑他们的回答有什么问题吗?难道自己的侦办工作有什么疏忽吗?

早濑走向柜台说明了来意。柜台小姐用内线电话打去他要拜访的部门后,面带笑容地对他说:"分子生物学研究室的福泽马上就来,请您在这里稍候片刻。"

早濑坐在大厅的沙发上等候,身穿工作服的福泽走了过来:"不好意思,让你久等了。"

"对不起,打扰你工作了。"

"不会不会,你不必特地送来,只要邮寄给我们就行了。"

"不,这怎么行?万一遗失就糟了,谢谢你。"早濑递上纸袋。

福泽接过纸袋,在对面的沙发上坐了下来。

"怎么样?这些资料对办案有帮助吗?"

"目前还不清楚,希望日后可以发挥作用。"早濑在回答时,觉得自己的话听起来很虚伪。事实上,这些资料中无法找到任何线索,今后也不可能派上用场。

福泽可能并没有察觉刑警内心的想法,开口问道:"有没有找到可疑的嫌犯?"

"不,目前还没有,正在逐渐缩小范围。"早濑随口回答道。

"是吗?现在治安越来越让人无法放心了,希望可以早日抓到凶手。"

"当然,我们会尽全力完成这个目标。"早濑打官腔说道,"对了,我可以请教一个无关的问题吗?"

"什么问题?"

"今天是否有警察厅的人来这里?"

"呃……"福泽微微张着嘴,似乎不知道该怎么回答。

"果然有来过吗?因为我刚才在那里看到认识的人。"

"哦,原来是这样。"福泽僵硬的表情稍微缓和下来,"既然你已经看到了,就只能实话实说了。没错,他才刚走,只是他叮咛说,不要让第一线办案人员知道他来过这里。"

"请问是为了什么事而来?"

"他没有说明详细的情况,只说是为了调查,和办案没有直接的关系。"

"调查?"

"他问了我侦查员问了哪些问题,以及侦查员的态度和问话的情况,我隐约觉得有点类似监察工作。"

不可能。这并不是蒲生所在部门的业务内容。

福泽看到早濑陷入沉思,似乎产生了误解,慌忙摇着手说:"别担心,我的回答都是一些无关痛痒的内容。"

"他还问了什么？"

"还问了关于秋山先生的工作内容，详细了解了秋山先生以前研究了哪些植物。我问他和警察厅的工作内容有关吗？他笑着说，只是个人的兴趣。"

这才是重点。早濑心想。所谓调查，只是蒲生的借口而已，他真正的目的是想了解秋山周治投入的植物研究。

只是早濑无法了解蒲生到底有什么目的，到底想要干什么。

"早濑先生，我刚才也说了，因为他叮咛我不要告诉侦查员，所以千万别透露是我告诉你的……"

"好，我知道，我不会告诉任何人。打扰你工作了，谢谢。"

他对福泽鞠了一躬，走向玄关。

16

梨乃走在街上时，接到了那通电话。因为是陌生的号码，原本不想接，但铃声响个不停，最后只好接了起来。电话接通之后，听到对方的声音，她有点惊讶。是刑警早濑打来的。自从案发当晚见过之后，彼此就没有再联络过。梨乃想起当时似乎留了电话号码给他。

早濑说，有事想要请教，可不可以见面？详细情况见面再谈。

梨乃毫不犹豫地答应了。她也有很多问题想要请教。因为警方完全没有通知他们家属目前的侦办进度。

早濑说，越早见面越好，于是决定三十分钟后，在附近的家庭餐厅见面。

梨乃走在路上时，思考着早濑找自己到底有什么事。如果是重要的内容，也许该通知蒲生苍太。自从上次一起去听"动荡"乐队的演唱后，就没有再见过他。他应该已经回大阪的大学了。

她认为蒲生苍太值得相信。不光是外表，他的为人处事也很诚实。知识渊博，很值得依靠，唯一令人担心的是和他哥哥的关系。听他说话时，总觉得他们兄弟的关系似乎很敌对。听说他们是同父异母的兄弟，只是他们的敌对并不是因为这个。可能有什么原因，但蒲生苍太自己也不了解，所以更匪夷所思。

她先去书店逛了一下，然后走去约定的家庭餐厅，刚好准时抵达。她正在饮料吧挑选饮料时，身穿灰色西装的早濑走了进来。他立刻发现了梨乃，挤出了笑容，向她微微欠了欠身。

他们在角落的座位面对面坐了下来，女服务生送水上来，早濑瞥了一眼菜单，点了冰可可。他点的饮料和粗犷的外表很不搭调，梨乃忍不住对他说："原来你喜欢甜食。"

"不，只是我懒得在点饮料上花时间。"说完，早濑笑了笑，但随即露出严肃的表情向她鞠了一躬，"对不起，今天让你特地跑一趟。"

"没关系，反正我很闲。"

"是吗？我以为你练习会很忙。"

"练习？"

"这个啊。"早濑双手做出划水的动作，不知道为什么，他做出蛙泳的动作，"你在游泳界很有名吧，对不起，我之前完全不知道。"

警方似乎也调查了梨乃的背景，但仔细想一想，就觉得那是必然的。

她微微闭起眼睛，摇了摇头："我已经引退了。"

"哦，是吗？"

"对了，你找我有什么事？"因为早濑提到游泳的事，她说话时忍不住提高了嗓门。

"不好意思。"早濑打了声招呼后，拿出记事本。

"案发的六天后，你曾经向警方通报，秋山周治先生家的花被偷走了。"

原来是这件事。"没错。"梨乃点了点头。

"我想请教详细的情况。请问是什么时候被偷的？"

"我当时也说了，"梨乃忍不住皱起眉头，事到如今，还在问这种事，"就是案发当天……我爷爷被杀的时候。"

"案发当天？"这次换刑警皱起眉头，"不是案发之后，而是当天被偷走的吗？"

"应该是。"

"但是，"早濑低头看着自己的记事本，"接获通报后赶去现场的警官说,是在案发后,也就是现场保存解除后失窃的。"

"不是,我已经告诉他不是这样,那个警察果然不可信。"梨乃咬着嘴唇,想起当时的警察一副不耐烦的表情。

冰可可送上来了,但早濑没有伸手拿杯子。

"既然是案发当天失窃,为什么一开始没有说?"

"那时候我还没有发现。看了爷爷家的院子,觉得哪里不太对劲,但不知道哪里有问题。况且,当时心慌意乱……事后才想到那盆花,不知道那盆花怎么样了。于是,我就在葬礼结束后去爷爷家察看,发现花不见了……因为这些情况,所以我没有立刻通报警方,但无论我怎么解释,赶来了解情况的警察都不当一回事。"

"你为什么会在意那盆花?"

"我在案发后也说过,那是在我爷爷手上最后绽放的花,我爷爷很高兴。"

梨乃在说话时犹豫起来,不知道该透露多少关于那盆神秘黄花的事。之前和蒲生苍太约定,暂时不要告诉任何人那可能是梦幻的黄色牵牛花这件事,因为他们认为,不能忽视蒲生要介要求她"不要和那朵花有任何牵扯"的警告。

但是,如果对办案有帮助,是不是该告诉刑警?

"那是什么花?是什么特殊种类的花吗?"

"不知道。"梨乃姑且这么回答,"我爷爷没有告诉我。"

早濑的眼睛似乎亮了起来。

"你很了解花的名字吗?"

"不,完全不了解。"

"你曾经在其他地方看过相同的花吗?"

梨乃觉得没必要说谎,于是摇了摇头:"我以前没见过。"

"有没有看过图鉴或上网查查?"

"有,但还是不知道。"

虽然那是蒲生苍太调查的而非她,但她没有向早濑提这件事。

早濑点了点头,把杯子拿到自己面前,看着半空,喝着冰可可。那不是在品尝的表情。

梨乃忍不住思考,为什么他现在问这件事?即使当初通报时来做笔录的警官不把她的话当一回事,但蒲生要介也是警方的人,应该会告诉搜查总部那盆花被偷的事。

"请问,"她开了口,"为什么现在突然问我那盆花的事?那盆花和命案有关吗?"

早濑用极其缓慢的动作放下杯子,似乎在为自己争取时间,思考该怎么回答。

"和命案是否有关……目前还不知道。不瞒你说,目前案情陷入了僵局,所以决定回到原点,重新检查目前收集到的所有线索,结果发现那盆花被偷的事有很多疑点,所以就来向你请教。"

早濑说话时直视梨乃的眼睛,很有耐心的说话语气反而让梨乃觉得不对劲。

暂时不要提蒲生兄弟的事——她暗自决定。既然对方不说真话，自己也没必要亮底牌。如果自己掌握的消息真的有助于破案，之后还有机会发挥作用。

"关于那盆花的事我都说了，如果没有其他的事，我要先离开了，我约了朋友。"

早濑看着她，似乎对年龄不到自己一半的小女孩耍的心机没有兴趣，不一会儿，他一侧脸颊露出了笑容。

"不好意思，占用了你这么长时间，那我最后再请教一件事。这件事……也就是那盆花被偷的事，你有没有告诉过别人？"

梨乃直视着他，摇了摇头："不，没有。"

"也没有告诉家人吗？"

"爷爷的葬礼后，我还没有和家人见过面。"

"是吗？"

看到刑警收起记事本，梨乃站了起来："我可以走了吗？"

"啊,对了，"早濑竖起食指问，"有没有警察厅的人来找你？"

"啊……"

"警察厅的人,我认为警察厅的人曾经为了这件事来找过你。"

梨乃的心一沉，她想起蒲生要介的脸。

她不知道该怎么回答，早濑偏着头说："没有来找过你吗？真奇怪。是一个叫蒲生的人，他说曾经找过你。"

他认识蒲生吗？既然这样，应该听说了黄花的事，为什么还特地来找自己？梨乃感到不解。

"怎么样？警察厅的人来找过你吗？"

早濑再次问道，梨乃觉得说谎似乎不太妙。

"我见过蒲生先生，但他并没有说他是警察。"

"他说他是谁？"

"是植物方面的专家……"

"哈哈哈。"早濑发出干笑声。

"可能他觉得提到警察，你会感到害怕，这是他们经常使用的手法。"

"他也在调查我爷爷的命案吗？"

早濑露出踌躇和迟疑的表情，可能正在思考怎么回答。

"不，没有，"刑警终于回答，"他的目的完全不同。警察厅是根据警察法设置的日本行政机构，也就是说，他是公务员，所以不会涉入命案的调查工作。"

"那蒲生先生的目的是什么？"

"这个嘛，"早濑说着，皱起鼻子，"我不方便透露，否则就变成妨碍警察厅的工作了。"

太奇怪了，他真的认识蒲生吗？

"你和蒲生先生谈了什么？"早濑问。

听到这个问题，梨乃终于确信，眼前的刑警没有从蒲生那里得知任何事，他只知道一些零散的信息。

"请你自己去问他，"梨乃回答，"因为蒲生先生叮咛我，不要随便和别人谈这件事。"

早濑脸上的表情消失了，随即露出假笑。

"也对。很抱歉，真的耽误你太多时间了。"

"我可以走了吗？"

"可以，感谢你的配合。"早濑左手拿起桌上的账单，右手从内侧口袋里拿出名片，"今后如果有什么消息，请和我联络，不要通过分局或是其他刑警，请直接打电话给我，因为这件事由我负责。"

梨乃接过的名片上手写了手机号码。

梨乃在收银台前和早濑道别后，走出餐厅。她不想被刑警追上，所以走进岔路，快步走回自己的公寓。

有一种难以形容的不安在内心扩散。早濑到底有什么目的？自己刚才的应对没问题吗？是不是犯下了无可挽回的大错？

她很想见到蒲生苍太，只要和他商量，他应该会提供妥善的意见。不知道他下次什么时候回东京。

快到家时，放在皮包里的手机响了。是知基打来的。她接起电话，知基问她："你现在方便吗？"知基说话的语气很严肃。

"可以啊，发生什么事了？"

"嗯，我有一件事想问你，是关于上次和你一起来听演唱的那个蒲生的事。"

梨乃停下脚步，握着电话的手忍不住用力："他怎么了？"

"他上次不是说了很奇怪的事吗？说他认识景子。"

"景子？"

"白石景子，就是代替我哥在'动荡'当键盘手的人。"

"哦。"梨乃点了点头。

"他好像是这么说的，但是认错人了吧？只是很像而已。"

"不，现在变得搞不清楚了……"

"啊？什么意思？"

"你听我说，"知基停顿了一下，缓缓说了下去，"刚才接到雅哉的电话，他说收到景子发来的邮件，说无法参加乐队了。"

"呃？为什么突然……"

"邮件上只说是私人因素，没有提任何详细情况。雅哉又回发了邮件给她，说想要知道是怎么回事，她就没再回复，打电话也不接。那个键盘手完全销声匿迹了。"

| 17 |

因为母亲身体欠佳，所以这段时间要暂时请假。当苍太向教授提出这个要求时，教授立刻答应了。

"你的论文写得很顺利，没问题。你有没有和家人讨论未来的方向？"

"没有。"苍太轻轻摇了摇头，"上次回家时，忙于准备三年忌，根本没时间讨论。"

"那这次可以和家人好好商量,因为这是你自己的人生。"

"好的。"苍太回答后,走出教授的办公室。教授之前就很赏识他,当初也是这位教授建议他留在大学,继续从事研究,但最近教授似乎为这件事感到很对不起他。

得知苍太又要回东京,藤村露出惊讶的表情。

"怎么回事?你之前不是很讨厌回家吗?你妈的身体这么差吗?"

苍太不想对朋友说谎,告诉他,母亲的身体很好。

"因为家里的事,一定要先回去解决。如果无法解决,就无法考虑将来的事。"

"是吗?"藤村似乎很想知道到底是什么复杂的问题,但他并没有问,"所谓家家有本难念的经,好吧,等你回来,我们去喝酒,当然要你请客。"

"好啊,你去找一家可以无限畅饮的居酒屋。"

和藤村道别,回到自己的房间后,他首先打电话回家里。母亲志摩子立刻接了电话,他说今晚要回去。

"啊?为什么?发生了什么事?"母亲担心地问。这也难怪,因为他几天前才刚回大阪。

"没什么特别的事,大学放暑假了,研究也暂时告一段落,所以我想放松一下。上次三年忌时,我没有带换洗衣服回家,而且也没那个心情,反正是自己的家,没关系吧。"

"是没关系,但你上次还说最近很忙……"志摩子显然很惊讶。

"状况改变了啊,我上了新干线再打给你。"

"好,路上小心。"

"嗯。"他挂断电话后,忍不住自言自语:"什么路上小心嘛。"对母亲来说,儿子永远都是小孩子。

他在整理行李时收到了邮件。是秋山梨乃发来的。邮件中说,有几件事想要和他商量,如果决定回东京的时间,记得通知她。

苍太立刻回复了她。内容如下:

> 太巧了,我正在做出发的准备,等一下就要回东京。
> 晚上会到家,到家之后再和你联络。

确认发出后,他放下了手机,想起了秋山梨乃有点好胜的脸。他很庆幸遇见了她,如果没有遇见她,就对要介目前的奇怪行动一无所知,每天仍然像以前一样浑浑噩噩地过日子。

如今,他最大的动力就是想要揭露哥哥隐瞒的事,他确信其中必定与自己对要介和死去的父亲感受到的鸿沟有关。

当他在整理行李时,手机又响了。是秋山梨乃打来的。

"喂,你好。"

"啊……是我,秋山,你现在方便说话吗?"

"可以啊,我在自己房间,你有没有看到我发的邮件?"

"看了,所以我觉得应该先把事情告诉你,才打这通电话。"

"怎么了?你在邮件中说,有很多事要和我商量,是急事吗?

是关于黄花的事吗？"

"那方面没有太大的进展，但是很奇怪，有刑警来找我，问了我关于那盆花被偷的事。事到如今才来问，你不觉得很奇怪吗？"

"这……的确很奇怪。"

"对吧。所以，我没有提到你，我觉得那个刑警很可疑。"

"可疑？怎么说？"

梨乃在电话的另一头"嗯"了一声。

"好像在隐瞒什么事，或者说，感觉没讲实话……总之很可疑，在电话中说不清楚。"

"好，那我们尽可能早一点见面，明天怎么样？"

"明天啊……倒是也行。"

"有什么问题吗？"

"没什么……你今天晚上几点到东京？"

"今天晚上？如果快的话……"他看了一眼闹钟，现在是下午四点多，"八点左右可以到东京。"

"之后有什么事吗？"

"不，只有回家而已。什么？今晚就要见面？这么急吗？"

"不瞒你说，还有另一件重要的事。因为那件事，我才打电话给你。"

苍太握紧电话："发生什么事了？是黄花……不，你刚才说这方面没有进展。"

"不是这件事。是想问你上次那个女生的事。"

"女生？"

"就是那个女键盘手。我们去听演唱会时，你不是说，她很像你认识的人吗？"

"哦……"苍太立刻觉得心头一热，"她怎么了？"

苍太这次回东京，还有另一个隐秘的目的——他想再去见那个女生一次。苍太认定她就是伊庭孝美。虽然十年没见，女大十八变什么的，很可能像梨乃说的，只是长得像而已，但他仍然想去见她一面。所以，他原本打算事先查好那个乐队表演的日子，偷偷去听他们的演唱。但是，梨乃接下来说的话让苍太的脑袋变成一片空白。

"消失了？什么意思？这是怎么回事？"

"也就是说，她不见了，突然发了一封邮件，说不参加乐队了，之后就失去了联络。"

"为什么？她和其他成员之间发生了什么事吗？"

"完全没有头绪，其他成员聚在一起讨论，聊到了你的事。说那天和我一起去的男生曾经提到，景子很像他以前认识的人，是不是和这件事有关。所以，我堂弟就打电话给我，问我可不可以向你了解一下情况。"

"原来是这样，没想到会是这样的结果。"

"你呢？如果你觉得是你认错人了，就没必要急着见面。"

"不，没这回事，"苍太立刻回答，"我不觉得自己认错人了。

不瞒你说，这次回东京，我也想确认一下。不过我要声明，我也不是很了解她。既不知道她的电话，也不知道她目前在哪里、在做什么，这样能帮上忙吗？"

"只要你提供自己知道的消息就好，先告诉我吧，今天晚上要不要见面？"

"好，我会马上整理好行李。你住在高圆寺吧？那我们约在品川车站见面好吗？"

"好，知道了。"

他们约定在品川车站检票口见面后，各自挂掉了电话。

越来越奇妙了。苍太在继续整理行李时忍不住这么想。为什么她——酷似伊庭孝美的女人突然销声匿迹？

他很快就想到，可能是因为见到了自己的关系，而且大胆推测，她就是伊庭孝美，因为担心自己的身份曝光，所以离开了。既然这样，她为什么使用假名字？

苍太也想听听乐队其他成员的意见，所以不由得加快了整理行李的速度。

整理完之后，他先去附近的便利商店寄了大件行李，之后又搭电车来到新大阪车站，买了自由席的车票，在傍晚五点多跳上了即将发车的"希望号"新干线。他发了邮件给秋山梨乃，通知她到达品川车站的时间，然后他走向前方自由席的车厢。来到三号车厢时，刚好有一张两人座的椅子空着，他在靠窗边的座位上坐了下来。

苍太看着新干线窗外的景色,不由得感到心潮起伏。虽然很在意伊庭孝美的事,但黄花的事更重要。在找到答案之前,他并不打算回大阪。他觉得对自己来说,这次回东京将成为重大的转机,只是不知道是不是往好的方向发展。虽然有点害怕,但他告诉自己不能逃避,这是自己必须经过的关卡。

离开新大阪车站两个半小时后,"希望号"不到八点就抵达了品川车站。苍太斜背着小型背包下了车。

经过检票口后来到车站外,看到了秋山梨乃的身影。她一身印花T恤搭配牛仔裤的简单打扮,修长的双腿像模特儿一样,站在那里格外引人注目。

她看到苍太,对他说了声"你回来了"。

"没想到短短几天,发生了这么多事。"

"对不起,硬是要今晚见面。"

"不,我也很在意那个女生的事。"

走出车站后,他们一起走进附近大楼里的咖啡店。点完饮料后,梨乃把身体探向他,把脸凑了过来。香喷喷的味道刺激着苍太的鼻孔,令苍太感到极为舒适。

"首先是关于黄花的事,你有什么看法?"

"你说刑警有来找你,他问了哪些事?"

"这个嘛……"梨乃压低声音说了起来,苍太也觉得那个刑警很可疑,尤其当梨乃说她觉得那个姓早濑的刑警假装和要介很熟这件事时,苍太更加伸长了耳朵。

"他说侦查工作并没有进展,却突然对那盆花产生了兴趣,这不是很奇怪吗?我总觉得其中有什么隐情。"

"我也有同感,目前暂时静观其变。如果真的对破案有帮助,对方一定会再来问你详细情况。"

"也对。"梨乃露出松了一口气的表情。

"关于黄花的事,我打算进一步仔细调查。最好能够找到对这方面很了解的人,不知道有没有人读农学院?"他想起几个高中同学的脸。

"对了,那我去找那个人。"梨乃的眼珠子看向斜上方。

"你有这方面的人脉吗?"

"我不是曾经告诉你,我爷爷之前在食品公司开发新品种的花吗?我有那时候和他一起工作的人的名片。我在想,是不是把照片给那个人看一下。"

苍太指着她的胸口说:"绝对要去找他。"

"对吧。好,趁我没有忘记,先记下来。"梨乃开始操作手机。

他们点的啤酒和比萨送上来了。两个人不知道为什么干了杯。

"对了,还有这次的重点,"梨乃把手机放回皮包,看着苍太说,"就像我在电话中说的,那个键盘手突然失踪了,所以乐队的其他成员伤透了脑筋。"

苍太在啤酒的帮助下把吃进嘴里的第一片比萨吞了下去。

"你说完全联络不到她,是对她的下落一无所知吗?比方说,她住的地方或是上班的地方。"

梨乃皱起眉头，摇了摇头。

"他们说不知道。原本就是朋友介绍进来的，所以对她的私事也不是很了解。她参加那个乐队才两个多月，也没有人和她好好聊过天。"

"他们居然和不怎么熟的人一起演奏。"

"团长雅哉似乎也觉得应该做点什么，但毕竟是第一次有女性成员加入，所以特别小心谨慎。"

"我能够理解……"

"雅哉说，即使她不参加乐队也没关系，只是无法接受没有明确说明原因就走人，想找当事人谈一下，所以无论如何都想要知道她的下落。"

"去问当初介绍她进乐队的人，应该就知道了吧？"

"问题就在于……"梨乃露出凝重的表情，托着脸颊说，"那个人私下和她也不熟，她只是经常去那个人经营的 Live House 而已。"

"原来是这样……"

"所以才会抱着一线希望，希望能够从你这里找到线索。"

苍太握着啤酒杯，深深地鞠了一躬："对不起，我可能帮不上什么忙。"

"你说你们是在十年前认识的。"

"对，中学二年级的时候，而且时间也很短。"

"是吗，"梨乃点了点头，拿起啤酒杯正准备喝，突然停了下来,"只是这种程度的关系,你为什么那么在意她?她是你的初恋吗?"

苍太答不上来,差点儿被放进嘴里的比萨噎到。梨乃睁大眼睛,露出惊讶的表情:"不会吧?被我猜对了?"

"但很快就结束了。"

苍太简短地告诉她中学二年级的夏天所发生的事。梨乃一只手拿着啤酒,双眼发亮地听着。

"原来遭到了父母的反对……没想到现在还有这种事。"

"我也搞不清楚是怎么回事。"

"原来有过这么一段,难怪你念念不忘。"

"我并没有念念不忘……"苍太结巴起来,咬着附餐的薯条。

"但是,从你刚才说的话中,有几个线索。首先,她叫伊庭孝美,然后是她就读的中学是知名的贵族学校,分中学部和高中部。既然读了那里的中学,不可能不读高中,所以她应该直升高中部,也许可以打听到消息。"

"什么?真的吗?"苍太抬起头。

"那所学校的游泳队很强,我认识几个人。请学姐帮忙的话,也许可以找到和你同年级的人。"

"那可以拜托你吗?"

苍太向前探出身体说,梨乃用冷漠的视线看着他。

"我先声明,这是为了去世的堂哥以前参加的乐队,而不是为了找你的初恋情人。"

"嗯,我知道……"

梨乃呵呵笑了起来:"我可以问你一件事吗?"

"什么事?"

"你现在仍然喜欢伊庭孝美吗?"

这个问题深入他的内心,梨乃不怀好意地笑着。

"不知道。"苍太回答后,把杯子里的啤酒喝光了。

18

翌日,他被手机的来电铃声吵醒了。是秋山梨乃打来的。"喂,你好。"苍太也觉得自己回答的声音有气无力。"你还在睡觉吗?"梨乃用责备的语气问。苍太看了枕边的时钟,发现快十一点了。

"你已经起床了吗?太厉害了。"

昨晚离开涩谷后,他们又去新宿喝了几家。苍太的酒量并不差,但秋山梨乃喝酒的样子把他吓到了。不知道走进第几家店时,她还点了龙舌兰酒。

他们喝到凌晨两点才搭出租车回家。苍太记得和志摩子打了照面,但记忆很不明确。

"我也没资格说别人,如果是平时,我也是睡到中午才起床,只是今天有重要的事,所以我调了闹钟。"

"有什么重要的事?"苍太问。

"唉,"电话中传来梨乃很受不了的声音,"你果然忘记了。我们不是再三约定,从今天开始要彻底调查黄色牵牛花吗?"

"牵牛花……"

"没错,你还说那绝对是牵牛花,是划时代的新发现。你不记得了吗?真是拿你没办法。"

"对不起,我当时好像喝醉了。但我一直认为那很可能是梦幻的黄色牵牛花,所以才脱口说了出来。"

"无所谓啦,所以要怎么办?我刚才和爷爷的老同事联络了,约好今天见面。"

苍太不由得佩服梨乃的行动力。难道一流运动员的身体对酒精的分解能力也很强吗?

"我当然要一起去,我要去哪里找你?"

"那个研究所在调布——"

他们约定下午三点在新宿车站见面后,挂掉了电话。

虽然头很痛,但他还是决定起床。以前用的书桌上有一台打开的笔记本电脑,那是他从中学到高中时期每天使用的。他想起昨晚为了确认伊庭孝美的事,自己又打开了电脑。

他在中学二年级的夏天和她互通邮件。在父亲禁止他们交往时,他删除了软件里所有的邮件,但也把那些邮件存了档,放在另外的文件夹中。文件夹的名字就叫"孝美"。他已经十年没有打开这个文件夹了。

但是，文件夹中只留下她的手机号码、电子邮箱、伊庭孝美当时就读的学校名字和生日而已，而且十年前就已经确认她改了电话号码和电子邮箱。

也许可以通过游泳队得知什么消息。他想起秋山梨乃说的话，发现自己内心充满期待，忍不住露出自嘲的笑容。梨乃一定觉得自己很没出息吧。

他来到一楼，在盥洗室洗脸刷牙后走去客厅，看到志摩子正在操作手机。他第一次看到母亲用手机，感到有点意外，但现代人不用手机的反而比较少。没想到志摩子一看到苍太，慌忙把手机收了起来，苍太感到很奇怪。

"你在干什么？在发邮件吗？"苍太问。

"对，是啊。"志摩子露出尴尬的笑容，站了起来。

"该不会是发给哥哥的吧？"

苍太只是随口说说，没想到志摩子立刻收起了脸上的表情："才不是呢。"说完，她走向厨房，突然停下脚步，看着苍太说，"你是不是宿醉？昨天喝到那么晚，浑身都是酒臭味。"

"没事，我不是打电话回来，说我会晚回来的吗？"

"你说和高中的朋友一起喝酒，是谁啊？望月吗？"

"你不认识的，因为很久没见面，所以聊得很开心。"

志摩子一脸难以接受的表情走去厨房，苍太对着她的背影说："我今天也要出门。"

母亲转过头问："去哪里？"

"还没有决定，要和其他同学见面。"

"那个人不用上班吗？"

"他留级多年，还是大学生，暑假整天没事。"

"是吗……那你这次回来到底有什么事？"

苍太耸了耸肩："只是回来放松一下，我不是说过好几次了吗？"

志摩子把视线从儿子身上移开，轻轻点了点头："我马上去做饭。"说完，终于走进了客厅。

他在将近中午的时候才吃了早餐。母亲做的菜果然好吃，他添了两碗饭。

"哥哥呢？他还没有回来吗？"

"嗯。"志摩子小声回答，似乎不想谈论这个话题。

"妈，你知道与黄色牵牛花相关的事吗？"

志摩子的表情似乎有点紧张："为什么突然问这个？"

"爸爸和哥哥之前有没有说过关于黄色牵牛花的事？任何事都没有关系。"

"牵牛花没有黄色的……"

"我知道，但搞不好某个地方有，或是并没有绝种之类的，你以前有没有听说过？"

志摩子皱起眉头，摇了摇头。

"我没听说过，你为什么问这个？发生什么事了？"

"我才想知道到底发生什么事了，我们家到底怎么了？哥哥在哪里？他到底在做什么？"他忍不住越来越大声。

"做什么……当然是在工作啊。"

"他到底做什么工作？真的在警察厅工作吗？"

志摩子露出心虚的表情后，用力深呼吸，似乎想让自己的心情平静下来："不然还有什么工作？"

"妈，"苍太直视着母亲的眼睛，"我们家为什么要去看牵牛花展？为什么以前每年都要固定去看？不，不只是以前，我猜你们今年也去了。到底是为什么？"

"因为这是惯例……"

苍太缓缓摇头后站了起来。

"我认为不是这么简单的事。"

当他走出客厅时，志摩子叫住了他。

"苍太，你可能有什么误会，但你只要考虑自己的将来就好，这也是要介最大的期望，死去的爸爸也一样。"

苍太没有回答，直接走出客厅。

下午三点整，苍太和秋山梨乃在新宿车站见了面。她今天穿了一件飘逸的衬衫和牛仔短裤，脚蹬一双高跟凉鞋，和一米七七的苍太差不多高。

梨乃手上拿着蛋糕店的纸袋，苍太问她里面装了什么，她说是松饼，打算当作伴手礼。

"你真细心，我完全没想到伴手礼的事。"

"爷爷的这位老同事来参加了葬礼，我不能太失礼，但后来才想到，案发当天我也是带了松饼去的爷爷家。"梨乃说到这里，忍不住红了眼眶。

他们搭了京王线的准特急车，十几分钟就会到调布。车厢内有点拥挤，两个人站在车门旁。

"关于伊庭孝美的事，我已经拜托了朋友，"梨乃说，"我上次不是说，认识她们学校游泳队的人吗？刚才我发了邮件给对方，对方也回复了，说有空的时候会帮忙打听。"

苍太看着她的脸说："我今天早上就有这种感觉，你为什么做事这么迅速？"

"我只是性急，有什么事就想赶快去完成。"

"太厉害了。但是，目前并无法确定那个键盘手就是她……就是伊庭孝美。"

梨乃眉头紧锁："你昨天说，你绝对不可能认错人。"

"我的确这么认为，只是没有证据，所以才想要找出证据。"

"这样就好了啊，反正无论如何，都要确认一下，而且我也认为你没有认错人。"

"为什么？"

"因为，"她继续说了下去，"她不是你的初恋情人吗？这么重要的人，怎么可能认错？至少你不会认错。"

苍太忍不住苦笑起来："你还根本不了解我。"

"我对于你其他方面的确很不了解，但在这件事上很有自信。

因为你昨天对我说了一整晚。"

苍太忍不住吓了一跳:"一整晚?"

梨乃很受不了地把身体向后一仰:"你连这个也忘记了吗?你昨晚至少说了五次你们一起去买冰激凌的事。"

苍太用指尖按着太阳穴,觉得自己的脸颊发烫。

"所以,我猜想你八成没有认错人,我相信你。"

在梨乃一双大眼睛的注视下,苍太心跳加速:"那就先谢谢了。"他好不容易挤出这句话。

到了调布车站后,梨乃立刻打电话给对方。她在讲电话时巡视周围,随即露出恍然大悟的表情挂上了电话。"他已经到了,我们快过去吧。"

他们从北口出了车站,走向约定的巴尔可百货一楼咖啡店。苍太在路上得知了对方的名字,那个人姓日野。

咖啡店里没什么人。当他们走进去时,坐在里面的一个小个子男人站了起来。他看起来大约六十岁。

梨乃先向他打了招呼:"谢谢您去参加爷爷的葬礼,也谢谢您今天从百忙中抽空过来。"

"没事没事,"那个男人摇着手,"只要是我力所能及的事,请尽管开口,反正我很闲。"

梨乃向日野介绍说,苍太姓山本,是她的朋友。因为无法保证要介之前是否曾来找过他,梨乃担心说出蒲生这个姓氏会引起怀疑。

这家咖啡店是自助式的,所以苍太准备去柜台买饮料。问梨乃要喝什么,她说要拿铁。日野的面前已经放了一杯咖啡。

苍太用托盘端着黑咖啡和拿铁回到座位时,看到梨乃的指尖在手机屏幕上滑动操作着。

"借我看一下。"日野说着,接过了手机。

他打量了一会儿后,抬起了头:"原来如此,这就是秋山先生最后培育的花,真是太有意思了。"

"您觉得怎么样?"梨乃问。

"的确也有可能是牵牛花,只是无法断言,因为也可能是特征相同,但完全不同种类的植物。必须亲眼看到实物,并且进一步调查基因,才能得出明确结论。"

"我听山本说,"梨乃瞥了苍太一眼,"如果这是牵牛花,就是很了不起的事。听说现在市面上并没有黄色牵牛花。"

日野用力点头。

"没错,所以我也不敢贸然断言。"

"我爷爷曾经研发新品种的花,他有没有投入黄色牵牛花的相关研究?"

日野听到梨乃的问题,嘴角露出笑容。

"我们的确研究了牵牛花,但我们的重点不是黄色牵牛花,而是蓝色牵牛花。"

"蓝色?那不是很常见吗?"

"对,很常见。我们研究的目标正是为什么到处都有蓝色牵牛花。我在葬礼时也曾经告诉你,我和秋山先生的目标是蓝玫瑰。花的颜色取决于植物具有什么色素,根据这个特征,照理说,无论是牵牛花还是玫瑰都不可能有蓝色的花,但是,正像你刚才说的,蓝色牵牛花很常见,我们对这件事产生了好奇。当然,我们的研究目的是研发蓝玫瑰。"

"但是,你们在蓝玫瑰的竞争中失败了。"

"没错。"

"是不是在那之后,决定挑战梦幻的黄色牵牛花?"

日野露出落寞的笑容,缓缓摇着头。

"没有,因为公司认为开发蓝玫瑰的投资损失惨重。所以,秋山才会离开公司,研究部门也遭到裁撤,更何况,我们并没有下一个研究目标。"

"原来是这样。"梨乃露出沉痛的表情。

"请问,"苍太插着嘴,"在研发新品种的花时,都做些什么事?"

日野把满是皱纹的脸转向他的方向。

"要做很多事,除了单纯的交配以外,还会进行基因重组,有时候也会尝试细胞融合,但这些都只是我们工作的一小部分。"

"您的意思是?"

"我们大部分的工作是培育花卉。因为基因重组后,期待中的花并不会在一个小时后就绽放,所以我们主要的工作就是培育这些花种,让它们顺利开花想要尽可能缩短开花周期,所以经常会一整天把花种放在温室内或对其进行照明。不同的植物影响开花时期的要素都不一样。"

梨乃重重地吐了一口气。

"原来爷爷是因为这个，才在院子里种了很多花。"

"也许吧。"日野点点头。

苍太指着梨乃放在桌上的手机。

"秋山先生会不会想研发这种花？"

日野微微皱起眉头问梨乃："秋山先生之前就在栽培牵牛花吗？"

她摇了摇头："据我所知，之前院子里并没有种牵牛花。"

"如果是这样，我不得不说，可能性很小。"日野转头看向苍太："育种的工作需要以十年为单位，我的朋友中，也有人在栽培牵牛花，听他说，即使花了好几年的时间，也无法培育出理想的花。不可能昨天或是今天心血来潮，就可以让梦幻的黄色牵牛花开花，这一点我绝对可以断言。"

"秋山先生会不会研发出了什么划时代的方法呢？"苍太不愿轻易放弃。

日野偏着头："如果有人要求我研发黄色牵牛花，我首先会进行交配，试着和近缘种的黄花交配，但这种事应该已经有人在做了。除了交配以外，还可以采用细胞融合的方法。把牵牛花的细胞和其他黄花的细胞融合，或是基因重组，把与产生黄色色素的酶有关的遗传基因分离出来，加入牵牛花的基因中。

以前曾经用这种方法挑战过黄色非洲堇,只是没有成功。如果这些方法都不行,就要使用放射线,强制进行突变。当然,这些都是没有十足把握的方法,都必须经过无数次尝试,绝对不可能一次就成功。秋山先生绝对不可能用极机密的方式在家中进行这样的研究。"

日野的话很有说服力,也就是说,只能寻找其他可能性。

"您有没有听说某个研究机构成功开发了黄色牵牛花之类的消息?"

眼前这位年长的技术人员偏着头否认了。

"没有,如果成功改良了品种,必须通知农林水产省,但我没听说类似的消息。"

"是吗……"苍太和梨乃互看了一眼,她轻轻耸了耸肩。

"我的回答似乎辜负了你们的期待,我也希望秋山先生能够培育出划时代的新品种,但是不可能的事就是不可能。"日野用充满同情的语气说道,"如果你们仍然无法接受,我建议你们去请教一下专家。我刚才也提到,我有一个朋友专门在培育牵牛花的新种,虽然他并不是以此为职业,但经验和知识都很丰富。"

"您愿意介绍给我们认识吗?"梨乃问。

"当然啊。"日野说完,拿出了自己的手机。

他告诉他们一个名叫田原的人的电话,那个人的职业是牙医师。

"我会先联络他,相信和他谈了之后,一定会对你们有帮助。"

日野露出平静的表情说道,为这次谈话画上了句点。

| 19 |

早濑一站在门口,一个身穿白色衬衫、黑色长裙的女人立刻走了过来,"女服务生"这个称呼似乎不太适合她。

"请问您约了人吗?"女人面带笑容地问。

"对,是啊,"早濑巡视店内,"他似乎还没来。"

"请问有几位?"

"连我在内两个人。"

"我为您带位,请小心。"那个女人用优雅的动作为早濑带位。无论是她的谈吐还是举止,都和一般的咖啡厅店员大不相同。

他跟着女服务生来到咖啡厅深处的桌子旁,在两侧有扶手的沙发上坐了下来,整个人顿时很放松。

他之所以约对方在酒店的咖啡厅见面,是为了避免不小心遇到同事。刑警会在东京每个角落出没,但几乎不会去酒店的咖啡厅歇脚。

他约了蒲生要介在这里见面。早濑主动约他是下了很大赌注的,因为万一传进上司耳朵,自己可能就吃不了兜着走了。不但有可能被调去闲职,更可能被迫递辞呈。但是,他又有"此时不赌，更待何时"的想法。他想起裕太的脸。虽然自己这个父亲没有任何优点，也没有任何值得尊敬的地方，但至少希望能够实现儿子的心愿。

早濑在"久远食品研究开发中心"看到蒲生要介后，重新检查了之前侦查过程中掌握的所有资料。虽然他不了解蒲生的目的，但蒲生显然对秋山周治之前工作的地方和研究内容很感兴趣，他想要找出根据。

命案发生后，他们曾经彻底搜查了秋山周治的家。侦查员把书信、植物生长笔记，以及各种笔记统统装进纸箱带回搜查总部，早濑他们做了彻底的调查，只是没有找到任何看起来和命案有关的线索，所以渐渐认定这是一起强盗入室杀人案。

但是，蒲生似乎发现了什么，否则，他不可能去"久远食品研究开发中心"。

当他专心地看资料时，其他刑警揶揄他："即使现在去翻垃圾桶，也不可能找到宝。"辖区分局的人觉得，既然抓不到凶手，那案情还是赶快陷入僵局好了，因为他们不希望搜查一课的人一直在分局内进进出出。早濑平时也都这么想，无论什么案子，一旦成立搜查总部，从某种意义上来说，辖区分局就成了旁观者。

但是这次的情况不一样，早濑绝对不能让案情陷入僵局。

在他几乎要放弃时，发现了那张字条。那张字条就像标签一样出现在庞大的资料角落。

案发六天后失窃，院子里的盆栽，黄色的花？——字条上写了这些字。

这是怎么回事？到底是谁写的？

他去问了搜查总部内的每一个刑警，但迟迟找不到了解详情的人，大部分人甚至没看过这张字条。

最后终于找到了这张字条的来源。原来是秋山周治家附近派出所的员警写的。

案发六天后，死者家属去死者家中后，向警方报案，说死者家中遭窃。附近派出所的员警赶到现场，死者家属告诉员警，院子里的盆栽不见了。

因为案发当时并没有发现失窃，很可能是现场的警备解除后，有人上门偷走了。大门没有锁，任何人都可以随时进院子。恶作剧的可能性很高——员警听了死者家属的报案内容后，这样向搜查总部作了报告。

早濑立刻联络了那名员警，得知死者家属就是秋山周治的孙女。早濑想起案发当天曾经见过她，是一个身材高挑、五官标致的年轻女孩。记事本上记录了"秋山梨乃"这个名字。

早濑无法从员警口中问到什么消息，决定当面问秋山梨乃。他有所有相关人员的电话。

他去了秋山梨乃指定的家庭餐厅和她见了面，当提到被偷的盆栽时，她表现出强烈的好奇心，而且还提供了不容忽视的消息。

盆栽不是在案发之后被偷，而是案发当时就被偷走了。

果真如此的话，案情可能会发生一百八十度的转变。如果只是普通的窃贼,不可能偷盆栽,也许那盆盆栽才是凶手动手杀人的目的。

听秋山梨乃说,那是一盆不知道名字的黄花。

当早濑问她,有没有把这件事告诉别人时,她否认告诉了其他人,但她的眼神令早濑在意。那是暗示自己没有说谎的眼神,干刑警的人,遇到这种情况时,反而会起疑心。

早濑设下了圈套,他提到蒲生要介的名字,说知道他们见过面。这一招果然奏效,秋山梨乃承认曾经和蒲生有过接触。这才是关键。早濑立刻深信,被偷的那盆花和命案有关。

掌握这些线索后,接下来只有一件事要做。那就是打电话给蒲生要介,说关于那起案子有重要的事和他谈。然后,他又补充说:"也可以说是关于黄花的事。"果然不出所料,蒲生立刻指定了见面的时间和地点。

早濑喝着一杯要价一千日元,简直贵得离谱的咖啡,蒲生要介在约定的时间准时出现。他穿着深蓝色西装,拎着公文包,低头看着早濑,微微欠了欠身说"你好",然后在对面的椅子上坐了下来。他的表情从容,不像是在虚张声势。

穿长裙的女人走了过来,蒲生也点了咖啡。

"不好意思,临时把你找来,"早濑说,"你原本是不是有其他安排?"

"的确已经安排了几件事,但我都取消了。既然强盗入室杀人案搜查总部的刑警打电话来,说有重大的事情要谈,我当然不能置之不理。"

早濑往前探出身体,抬眼看着对方的脸。

"我提到黄花的事,才是吸引你的关键吧?"

蒲生面不改色:"你说呢?"

咖啡送上来了,蒲生一派悠然地加了牛奶,用茶匙搅拌着。

"前几天我看到你,"早濑说,"在'久远食品研究开发中心',你去那里做什么?"

原本以为蒲生会惊讶,但他不为所动。

"没什么,只是为了工作,警察厅的工作。"蒲生戏谑地耸了耸肩问,"有必要向你报告吗?"

"如果你不说就伤脑筋了,警察厅的公务员怎么可以不向我们打一声招呼,就擅自和案件相关者接触呢?"

"如果你有不满,请循正当渠道来抗议。我只是基于自己的目的行动,还是说,我做的事影响了你们办案?"

早濑把双手架在桌子上,抬眼瞪着蒲生的脸:"我可以向上面的人提黄花的事吗?"

"什么意思?"

"蒲生先生,虽然我不知道有什么内情,但我认为你私人对这起命案很有兴趣。我猜起因应该是秋山周治的院子里被偷的那盆花,我不知道你和秋山的孙女是什么关系,但你从她口中得知了黄花的事,察觉到这起事件和秋山在植物方面的研究有关,所以就向负责调查他人际关系的刑警,也就是我们了解情况,进而向秋山以前任职的公司去打听。怎么样?我的推理有错吗?"

蒲生仍然一派悠然,拿起咖啡杯喝了起来。

"那不是推理,而是幻想,要怎么幻想是你的自由,旁人无从置喙。"

"可别小看幻想,尤其是刑警的幻想,更不容小觑。"

蒲生眼神锐利地看着他,早濑毫不畏惧地和他对峙。

"秋山的孙女向警方通报盆栽被偷,但因为脑筋不清楚的员警不当一回事,所以这件事并没有反映在侦查工作上。但是,蒲生先生,这件事反而对你有利,搜查总部并没有发现黄花的重要性,甚至不知道黄花的存在,负责本案的刑警都在查一些无关紧要的线索,你可以在这段时间为所欲为地行动。"

蒲生突然看向远方,举起一只手,穿长裙的女服务生走了过来。

"麻烦续杯。"他指着早濑的空杯子说。

"你打算请客吗?"

蒲生露齿一笑:"酒店咖啡厅都可以免费续杯。"

"是这样吗?原来如此,难怪贵死人了。"

"请继续说下去。"

早濑舔了舔嘴唇,再度开了口。

"我看到你去'久远食品研究开发中心',对你来说,这件事是重大的失算。如果没有看到你,我会很快把问一些奇怪问题的警察厅公务员抛在脑后，但正因为我在那里看到了你，所以才重新看了办案资料，发现盆栽遭窃的事。虽然你现在表现得很从容，内心恐怕就没这么镇定了。听到我说这些让你伤脑筋的事，你正在绞尽脑汁思考如何敷衍我，用一路走精英路线的聪明脑袋，动员所有的脑细胞在思考，我说对了吗？"

当他一口气说完时，新的咖啡刚好送上来。早濑喝着黑咖啡，等待着对方出招。既然可以免费续杯，就没必要小口喝了。这么一想，就觉得嘴里的咖啡很好喝。

"我可以请教一个问题吗？"蒲生缓缓地问。

"直说无妨。"

"为什么你不把刚才那番话告诉你的上司？既然你确信被偷的盆栽和命案有关，为了破案，你应该向上司报告。但是，你没有这么做，而是和我联络，请问是为什么？"

"终于进入正题了，"早濑说，"我为什么没有向上司报告，原因很简单，因为这么做很无趣，我得不到任何好处，只会让搜查一课那些人铆足全力侦办。即使因此破了案，我也分不到半点功劳。既然这样，就要设法通过其他途径解决。"

"你是说，你想偷跑吗？你想跳过搜查一课吗？"

"你不要说得这么难听，但直截了当地说，就是这么一回事，这是千载难逢的机会。"

"我不知道哪里有什么机会，"蒲生把咖啡喝完，看了一眼手表，"不好意思，我接下来还有事，差不多——"

"我可以再说一个幻想吗？"

蒲生叹了一口气："请简单扼要一点儿。"

"你的目的并非逮捕凶手，对你来说，这件事根本不重要，所以你没有把黄花的事告诉搜查总部，你另有目的，而且和警察厅无关，和你个人有关。这个幻想怎么样？"

"我刚才也说了，幻想是你的自由。"

"为了达到你的目的，你最好和我合作。"

蒲生收起了脸上的表情："合作？"

"我们相互交换资讯。我的目的是逮捕凶手，和你之间没有冲突。"

蒲生嘴角露出淡淡的笑容，但眼神依然冷漠。他又低头看了一眼手表，拿起桌上的账单站了起来。早濑抓住他的手腕："我们的话还没说完呢。"

蒲生低头目不转睛地看着他。

"想谈交易，至少自己手上要有牌。"那是从腹底深处发出的低沉声音。

"手上要有牌……"

"如果你想向上司报告黄花的事，悉听尊便。如果可以因此破案，那就恭喜你了。"

他推掉早濑抓住他的手，转身走向出口。

20

一看手表,离约定时间已经超过五分钟了。苍太站在东武伊势崎线东向岛车站的检票口,似乎有一班电车到站,许多乘客走了出来,他很快看到了秋山梨乃的身影。她今天穿了一件格子图案的连帽衫,戴了一顶红色帽子。她无论穿什么,都像模特儿一样好看。

"对不起,我没有赶上上一班车。"

"没关系,我也才刚到。"

"从这里走过去吗?"

"好像是。我看了地图,并不会太远,马上就到了。"

两个人走出车站后往西走。

"打电话后的感觉怎么样?"苍太问。

"感觉不错啊,我说是日野先生介绍的,他马上就知道了。"

"你告诉他,是为了请教牵牛花的事吗?"

"对,我说有事想要向他请教,似乎经常有人问他关于牵牛花的事,所以他并没有感到很意外。"

"但他不是牙医师吗?"

"对,是一个女人接的电话,接起电话时还说'田原牙科诊所,您好'。"

"为什么牙医师会培育牵牛花？"

"不知道。"梨乃偏着头，似乎在说，我怎么可能知道。

路很复杂，所以苍太找出了手机上的地图，他事先已经设定好了目的地。

狭小的道路上有很多独栋的房子，有新房子，也有老房子。这一带的房价应该受到晴空塔的影响，比以前上涨了不少。

"田原牙科诊所"就在这片住宅区内，长方形的灰色建筑物很老旧，墙上满是龟裂纹。

"这样说或许有点失礼，"梨乃抬头看着老旧的招牌，压低声音说，"我不会想来这种地方看诊。"

"让人感觉没法接受最新的治疗。"

梨乃推开玻璃门走了进去，苍太也跟在她身后。右侧是挂号柜台，柜台前是候诊室，没有病人在等候。

柜台内坐了一个中年女人，讶异地看着苍太他们。

"我是白天打电话来的秋山。"梨乃报上了姓名。

中年女人终于解除了警戒。

"请在这里稍候，很快就好了。"

候诊室内的长椅排成"L"形，苍太和梨乃并肩坐在长椅上。

诊察室内传来说话声和用机器磨牙齿的声音。苍太很怕那种声音，虽然明知道自己不是来治疗的，但还是觉得牙龈发麻。为了摆脱这种感觉，他巡视室内，看到墙上贴着一张写了"保护牙齿健康五大注意事项"的海报，似乎贴了多年，海报已经泛黄了。

"你看这个……"

梨乃看着放杂志的小书架，拿起一本书，把封面朝向苍太的方向。书名叫"东京和牵牛花"，作者是田原昌邦。

"没想到他出过书……"

苍太翻开书，看了目录，从介绍江户文化、文政的园艺热潮开始，也介绍了当今牵牛花爱好者之间的交流，内容上并不是谈论技术，而是更偏重文化史。

序言中提到，因为他必须继承家业，所以当了牙医师，但他自认真正的职业是培育牵牛花，只是并没有靠牵牛花赚过钱。

诊察室的门打开了，一个身穿工作服的男人走了出来。不知道他刚才接受了什么治疗，一脸忧郁，拼命地动着嘴巴。

"你最好赶快戒烟，否则不会好转。"诊察室内传来说话声，身穿工作服的男人懒洋洋地低声回答："好。"

那个人缴费离开后，诊察室的门再度打开，一个身穿白袍的男人走了出来。因为夹杂了白发，看起来像灰色的长发绑在脑后，嘴巴周围留的胡子也是相同的颜色。

苍太和梨乃同时站了起来，那个男人看着他们。

"就是你们想了解牵牛花的事吗？"

"是。"两个人异口同声地回答。

"您就是田原先生吗？"梨乃问，"对不起，在您百忙之中打扰。"

"没关系,而且你看了就知道,其实我并不忙。"田原在长椅上坐了下来:"你们也坐下吧,站着说话心神不宁。"

"是。"两个人又异口同声地回答后,重新坐了下来。

田原眯起眼睛看着他们:"俊男美女,你们在一起很配。"

"不,不是这样……"苍太摇着手。

"不是吗?那就太失礼了。"田原低下脑袋向他们致歉。

"我们只是朋友。"梨乃说完后,报上了自己的姓名,仍然介绍苍太姓山本。

"昨天晚上,日野先生打电话给我,说有一张神秘的花的照片。"

"没错。"梨乃说完,从皮包里拿出手机,让那张花的照片显示在屏幕上。

田原从白袍口袋里拿出眼镜。那似乎是一副老花眼镜。他戴上眼镜,注视着屏幕画面,他的表情很严肃。

"这朵花是……"

"我爷爷不久之前种的。"

"是吗?"田原看着梨乃,"你爷爷在研究牵牛花吗?"

"不,不是专门培育牵牛花,他种了各种不同的花,所以我不知道这是不是牵牛花,我给山本看了之后,他说可能是。"

田原看向苍太:"你为什么这么觉得?"

"有什么问题吗……"

"通常听到牵牛花,都会想到那种红色、紫色的圆形牵牛花,很大朵的。反过来说，如果不是那种形状，就不会想到是牵牛花。这张照片上的花完全不同，你为什么会认为可能是牵牛花？"

"因为我以前好像在书上看到过。"

"书？"

"关于变种牵牛花的书。"

田原眼镜后方的双眼似乎亮了一下："你对牵牛花有兴趣吗？"

"没有，是刚好家里有那本书。"

"是吗。"老医生似乎无法释怀，再度低头看着手机屏幕，"这朵花怎么了？"

"这是牵牛花吗？"梨乃问。

田原抬起头说："南天、车咲。"

"什么？"梨乃忍不住反问。

田原从书架上拿起梨乃刚才翻过的书，打开有图解内容的那一页，出示在他们面前。

"这上面不是写着嘛，照片上的那朵花，叶子的特征很像南天，车咲是一种重瓣的牵牛花。"

"所以，这是牵牛花吗？"苍太问。

"看起来是。"田原很干脆地回答。

"这么说，"苍太指着梨乃的手机，"这种花很了不起。因为它的花瓣是黄色的，现在市面上并没有黄色的牵牛花吧？"

田原笑了笑，收起下巴。

"没错,虽然以前存在,但目前据说已经绝种了,所以这很有意思。"田原露齿而笑,把手机还给梨乃,"我想看一下实物,实物在哪里?"

"这个……现在没有了。"她回答。

"没有了?已经枯萎了吗?"

"对,所以已经丢掉了。"

"是吗?太可惜了,那是很罕见的品种。"

苍太对田原的反应感到很不满。他原本以为田原会更兴奋。

"请问,这种花并不值得惊讶吗?"

听到他的问题,田原似乎想到了什么。

"原来你们认为发现了很珍贵的花,所以来这里找我。这个颜色的确很棒,从照片上来看,的确已经合格了。"

苍太和梨乃互看了一眼,他们听不懂田原的意思。

"你们跟我来。"田原站了起来。

苍太他们也起身跟在老医生身后。田原走进诊察室,打开旁边的门。那道门的后方似乎就是他的家。

昏暗的走廊尽头有一道门,田原走了进去。"打扰了。"苍太打了声招呼,也走了进去。那是一间八帖榻榻米大的和室,但最先映入眼帘的是贴满一整面墙的花卉图片和照片,他一眼就发现,这些花全都是牵牛花。

梨乃在他身旁发出感叹的声音:"太壮观了。"

"太了不起了,"苍太说,"医生,这些全都是您种的吗?"

"差不多一半是我种的，但另一半是全国各地的爱好者寄来的，都是用我的种子培育出来的成果。"

苍太迅速看了一下，总数绝对不止一百张，也许超过两百张，每张照片上都绽放着充满个性的花，很多在外行人眼中，很难认为是牵牛花。

苍太的目光停留在其中一张照片上，上面写着"常叶切"，叶子是牵牛花特有的形状，花瓣分成五片，也许是出于这个原因，才会有"切咲"的名字，但是，引起他注意的不是形状，而是颜色。照片上的花呈淡乳黄色，也可以称为黄色。日期是在五年前。

"这是我在屋顶栽培的，发生了突变。"田原站在苍太的身后说道，"那是开白花的谱系，突然开了一朵这样的花，因为很稀奇，所以就拍下来了。"

"那个谱系之后怎么样了？"

"没怎么样，继续开白花而已，再也没有开过这张照片上的这种花。而且这朵花也没有结种子。"

"所以，早知道应该把这朵花保存下来吧？"

"怎么保存？花早晚会枯掉。"

"可以运用克隆技术或是其他生化技术之类的。"

"哈哈哈，"田原干笑起来，"你是学生吗？"

"差不多，我在读能量方面的研究生……"

他不敢说是"核能工学"。

"所以，你是前途无量的年轻科学家，但是山本同学，不能任何事都试图用科学的方法来解决。"田原看着照片上的花,"我培育牵牛花多年,每隔几年,就会出现一次这种突变,但要维持下来并不容易。不过,正因为是难得出现的奇迹,所以才有意思。如果运用生化科技大量繁殖,就一点都不好玩了。"

苍太能够理解他的心情,就好像用电脑软件来拼图,即便拼完也不会有任何乐趣。

"而且,"田原继续说道,"对不起,我说的话可能让你们失望,这并不是黄色。虽然看起来像黄色,但我仔细观察了花瓣,发现表面有细微的波纹,会微妙地反射光线,看起来像乳黄色。这张照片拍得很成功。"

田原看着贴在整面墙上的照片。

"花的颜色是由色素决定的。牵牛花是由蓝、紫、暗红、亮红这些颜色搭配而成,基本上没有黄色的色素,但有时候也会出现色素本身没有发挥作用的情况,白色牵牛花就是如此。和色素有关的基因出现了缺陷,我的类似黄色牵牛花也属于这种情况。"

"但是,这张照片上的花并不是白色的,无论怎么看都是黄色的。"梨乃握紧手机。

"嗯,嗯,"田原点了两次头,"任何事都有例外,我刚才说,基本上没有黄色的色素,并不代表完全没有,虽然只是极少数,但也有牵牛花含有查耳酮、橙酮和黄酮醇之类浅黄色的色素,这些色素强烈显现时,就会出现照片上的这种花,但这种程度的花,普通的花卉爱好者偶尔也可以种出来,也有人曾经寄照片来给我,因为黄色太漂亮了，我很惊讶地打电话给对方，对方很不好意思地告诉我，虽然照片上看起来是那样，但如果我看到实物一定会失望，因为根本称不上是黄色。这些色素还是会有一定的限度。"

"那到底需要哪一种色素？"苍太问。

"如果要呈现深黄色，就需要类胡萝卜素这种色素，现有的牵牛花中并不含有这种色素，所以黄色的牵牛花才被称为梦幻花。"

"那以前存在的黄色牵牛花是怎么回事呢？那些也只是眼睛的错觉，看起来像黄色而已吗？"

"不，应该不是。根据当时的资料，的的确确存在鲜艳的黄花。也许那时的花中有可以生成类胡萝卜素的基因吧。"

"为什么会灭绝？"

"那就不知道了，"田原缓缓地说，"可能是自然环境遭到破坏，也可能是战争的关系，无论如何，都是大自然规律的结果。"

"只有黄色牵牛花自然消失了吗？"

"并不是只有黄色牵牛花消失而已，无论是花的形状，还是叶子的形状，古代文献上记载的很多如今只能称为传说的变种牵牛花，也都消失了。"

"原本以为已经消失的谱系会不会突然复活呢？可能留下了种子，然后像这次一样开了花。"

田原摸着冒出胡楂的下巴听苍太说话，苍太说完后，他轮流看着两个年轻人的脸说"你们跟我来"，然后走出了房间。

苍太他们跟在他身后,从走廊中间的楼梯上了楼。

楼梯尽头有一扇门,推开门,就是屋顶。苍太睁大了眼睛。屋顶大约有三十平方米,种了满满的盆栽。虽然看似毫无秩序地乱放着,但其中必定有某种规律,田原应该很清楚其中的规律。

"我每年都会在这里播种,只播下神明允许的种子。"

"神明?"苍太看着老医生的脸。

"变种牵牛花很有趣,即使像我这种培育牵牛花多年的人,也完全无法预测交配后会开出什么样的花。这正是有趣的地方,这也是基因组合的游戏。虽然崇高,但也很危险,所以必须在神明允许的范围内享受这种乐趣。"

"哪些花神明会允许?"梨乃问。

田原对她露出温柔的眼神:"那我就不知道了,如果可以持续存活,就代表神明允许吧。我认为一切都顺其自然。反过来说,既然消失的东西,就让它消失吧。某种花种会灭绝,一定有其中的理由。黄色牵牛花会灭绝,应该也有一定的理由。"

"您是不是对这种理由有自己的见解?"苍太问。

"我没有,只是听说过有趣的事。"

"什么有趣的事?"

"黄色牵牛花是禁忌的花。"

"禁忌……"苍太和梨乃互看了一眼。

"我是受到父亲的弟弟,也就是叔叔的影响,才对牵牛花产生兴趣的。看到他让很多变种牵牛花开花后,我也想自己动手种。

有一次,叔叔对我说,可以种任何花,但千万别追求黄色牵牛花。我问了他原因,他说那是梦幻花。"

"梦幻花?"

"就是梦幻般的花,一旦追寻,就会自取灭亡。"

田原语气虽谈,苍太却感到背脊发凉,不知道该如何回答。

田原突然露出柔和的表情。

"这应该只是迷信而已。总之,既然是已经灭绝的品种,不可能毫无理由地复活。我和多位牵牛花爱好者保持着联络,从来没有听说过这种事。"

"那如果有人违背神明的意旨呢?"

听到苍太的问题,田原锁紧眉头:"什么意思?"

"运用生化科技,应该可以像蓝玫瑰一样,让黄色牵牛花复活。照片中的花,也可能是用这种方式培育出来的。"

苍太并没有提到"Botanica Enterprise"的名字,因为他还不知道要介的想法。

田原突出下唇,沉思了片刻,随即重重地叹了一口气。"可不可以再给我看一下刚才那张照片?"

梨乃把手机递给他,田原接过手机,仔细端详后,还给了她。

"我刚才也说了,不看实物很难了解情况,只是我目前并没有听到类似的消息。"

"会不会是某个机构极机密地进行研究?"

田原微微摇晃身体,用鼻子呼出一口气。

"我知道有很多研究机构在研究这个课题，但我认为那只是愚蠢的行为。"

"为什么？"

"这和蓝玫瑰不一样，蓝玫瑰原本并不存在，但我说过很多次，以前曾经有黄色牵牛花，如果让以前的黄色牵牛花复活，或许还情有可原，可是要运用生化科技，硬是要让牵牛花的花瓣变成黄色，那根本是冒牌货。对我来说，是根本没有任何魅力可言的垃圾。"田原的话中充满不耐烦。

回到原来的房间，苍太向田原道谢。此次他的确学到了不少有关牵牛花的知识。

"日后遇到什么问题，欢迎随时再来，而且我也想知道有关那种花的消息。"

"等我们查清楚后，会再来向您报告。"

"啊，对了，"当他们鞠躬道别，正准备离去时，田原叫住了他们，打开柜子的抽屉，拿出一份资料，"这是去年年底，在向岛百花园举行的变种牵牛花演讲，演讲上稍微提到了黄色的花，但并不是运用生化科技，而是和西洋种进行交配得到的。虽然多次挑战，但结果似乎并不理想。"

苍太翻开资料，上面有几张照片，拍摄了演讲会中展示的牵牛花，其中有一张是黄色的牵牛花，但正如田原所说的，并不是鲜艳的黄色，而是淡淡的乳黄色。

"似乎真的不太容易。"苍太说完后，看向下一张照片，忍不住惊讶地倒吸了一口气。

那张照片并不是花卉的特写,而是拍摄围在花周围的参观者。有几个男女正在欣赏那盆花,但苍太的眼睛紧盯着角落露出认真眼神的女人。

他不知道该说"好久不见",还是"又见面了"——那个女人酷似伊庭孝美。

21

离开"田原牙科诊所"后,两个人一起走进附近的咖啡店。喝什么饮料并不重要,重要的是得坐下来喝点什么,所以苍太点了两杯普通咖啡。

秋山梨乃仔细打量照片后,将其放在桌子上。那是向田原借来的照片。

"的确很像那个键盘手。"

"何止是像,根本是同一个人。"

"但你认为会有这么巧的事吗?我们前天晚上才决定要找伊庭孝美,然后我们因为其他事去见了牵牛花医生,发现他有那个女人的照片,你不觉得未免太巧了吗?"

"但实际上真的发生了这么巧的事,也没办法啊,这就是所谓的共时性。"

"共……什么？"

"共时性。想要做某件事时，自己周围也发生了和这件事有关的事，这种现象就称为共时性，那是心理学家荣格提出的概念。"

梨乃皱起眉头："怎么突然说这么复杂的事？"

"以科学的角度来说，现实生活中确实可能频繁发生这种程度的巧合。问题在于我们有没有察觉到，我前几天在演唱会上看到她，确认了她长大之后的样子。如果没有这个经验，光看这张照片，很可能不会注意到她。如果没有注意到，就等于这个偶然没有发生。不是有人相信梦境的启示吗？事实上，曾经做过很多梦，大部分都和现实不符，却只记得和现实一致时的事，说现实和梦境一模一样。这两种情况本质上是一样的。"

梨乃偏着头说："我认为不是这样。"

"那是怎样？"

她用指尖拿起照片。

"只是有人和她长得很像而已。人的脸从不同角度拍摄时，感觉会完全不一样，尤其是女人，所以才会有那种化腐朽为神奇的美照。很遗憾，我认为这张照片中的女人不是伊庭孝美。"

说完，她把照片放回桌子上。

听田原说，他只是不小心拍到这个女人，完全不知道她是什么人。

苍太再度看着照片，仍然觉得照片上的人就是伊庭孝美。她看着不算成功的黄色牵牛花的眼神很严肃，中学二年级时的伊庭孝美也有过相同的眼神，当时他不敢正视她的双眼——

他突然想起一件重要的事，甚至纳闷之前竟然忘了这件事。

"不，"苍太小声地说，"应该是她，我相信绝对是她。"

"为什么？"

"我之前不是告诉过你吗？我和她是在入谷的牵牛花市集认识的，她曾经说，那是她家每年的惯例。受到父母的影响，对牵牛花产生兴趣的她，很可能去听牵牛花的演讲。"

梨乃可能认为他的分析有理，很不情愿地点了点头。

"既然你这么说，那好吧……也许这种程度的巧合并不算什么。"

"不，等一下，如果不只是巧合呢？"

梨乃偏着头："什么意思？"

"呃……"苍太用指尖按着双眼的眼睑，这是他专心思考时的习惯，"假设照片上的女人就是伊庭孝美，她去参加牵牛花演讲，收集有关黄色牵牛花的资料。同时，也假设主动提出想要加入乐队当键盘手的也是伊庭孝美。她的前任键盘手的爷爷，也就是秋山周治先生有可能在栽培黄色牵牛花。"说到这里，他把手从眼睑上拿了下来，抬起头说，"有这么巧的事吗？"

梨乃拼命眨着眼睛。

"你是说，伊庭孝美的目的是我爷爷的黄色牵牛花，她为了这个目的加入的乐队吗？"

"比起认为这只是巧合，这样的推论是否更符合逻辑？"

两个人默默对望着，梨乃先移开了视线，从身旁的皮包内拿出手机，用熟练的动作操作后，放在耳朵上。电话很快就通了，对方似乎接了电话。

"知基吗？是我，梨乃。……我有事想要问你，等一下有空吗？……对，很重要，就是关于那个消失的女人。"

他们在晚上七点抵达横滨车站，一走出车站，梨乃毫不犹豫地迈开步伐。

"你知道要去哪里吗？"苍太问。

"我去过几次。"梨乃回答，"那家 Live House 是她最先去的地方，上次不是告诉你，是那家店的老板把她介绍给乐队成员的吗？"

"哦……"苍太想起的确听她提过。

走了十几分钟，前方出现一栋老旧的大楼。两个年轻人站在通往地下室的阶梯前。其中一人是梨乃的堂弟，在来这里的路上，苍太得知他叫鸟井知基。另一个人是上次表演时的主唱，本名叫大杉雅哉。

"对不起，临时把你们找出来。"梨乃向他们道歉。

知基轻轻摇了摇头。

"不，我也很在意她，所以立刻通知了雅哉。"

梨乃转头看向雅哉的方向："你仍然联络不到她吧？"

雅哉愁眉不展地点了点头。

"还是和之前一样,完全没有线索,也无从找起,所以只能等你的消息。"

"有没有什么新消息?"知基问,轮流看着梨乃和苍太,"你上次发邮件,说已经知道她的本名和所读的高中。"

"目前还在调查,蒲生问我,能不能进一步了解详细的情况,像是她加入乐队的过程之类的。"

"的确应该先了解这些情况,光靠我们自己,恐怕很难搞清楚是怎么一回事……"雅哉的脸皱成一团,摇了摇头,耳朵上的银色耳环也跟着摇晃起来。

"她最初是来的这家店吗?"苍太指着墙上的招牌,上面用潦草的字体写着"KUDO's land",那家店似乎在地下一楼。

"对,其他成员也在里面。"雅哉走下阶梯,苍太他们也跟着走了下去。

一走进店里,店员立刻迎上前来,雅哉很熟络地和对方聊了几句,店员露出很有默契的表情,带他们来到墙边的座位。

那里已经坐了两个年轻人,体格健壮的是鼓手阿一,个子矮小的是贝斯手阿哲,他们似乎都无意报上自己的全名。

店员来为他们点餐,苍太点了啤酒和三明治。他还没吃晚餐,肚子饿坏了。

苍太巡视店内。场地中间有一个舞台,桌子围住了舞台的三边,如果表演需求不同,桌子和座位应该也会随之调整。

店里大约有七成的客人，大部分都是情侣，但也有几组像是上班族的客人。客人的年龄层比苍太想象中要高，当他提起这件事时，阿哲告诉他："因为今天晚上是工藤先生表演的日子。"

"工藤先生？"

"你有没有听过名叫工藤旭的音乐家？"梨乃问。

"工藤旭"这个名字浮现在苍太的脑海中。

"小时候听过。"

"我就知道你听过，这家店就是他开的。"

"哦，是这样哦。"

"他为了培养业余歌手，特地开了这家店。"雅哉说，"所以，平时几乎都是像我们这些以职业乐队为目标的业余乐队在表演，但工藤先生偶尔也会亲自表演，今天刚好就是他表演的日子。"

"原来如此。"苍太终于明白了。

"她以前是这家店的客人吗？"

"你是说景子吗？"

"对。"

"没错，"雅哉点了点头，"我是今年才看到她的，但听店员说，她从去年年底就开始出入这里。"

"是吗。上次听你们说，她自称是白石景子，你们有没有看过她的身份证或是驾照之类的？"

"当然没有。"雅哉耸了耸肩。

"你们也没有看过吗？"苍太问阿一、阿哲。

"怎么可能看过？"阿一笑得肩膀也抖了起来。

"如果有人说自己叫白石景子，当然会以为是她的本名啊，"阿哲说，"怎么可能叫对方出示身份证？不可能嘛。"

"那倒是。"

啤酒和三明治送上来了，苍太拿起火腿三明治。

"你叫蒲生吧？你确定她就是你认识的人吗？"雅哉问。

苍太把嘴里的三明治吞了下去，摇了摇头。

"我无法断言，因为我们十年没见了，但我确信就是她。"

"她叫什么名字？"

"伊庭孝美。"

"她到底是干什么的？"

"不知道。我认识她时，她只是一个普通的中学生，现在不知道她在哪里，在干什么，我也很想知道，所以今天来这里打算向你们打听一些情况。"

"是他的初恋情人啦。"

梨乃在一旁插嘴，刚喝了一口啤酒的苍太差一点儿喷出来："有必要在这里说吗？"

"因为如果不说，他们不知道你为什么要找她啊。"梨乃说话时，趁其他人不注意，向他使了一个眼色。

苍太立刻察觉了她的用意。他们来这里的路上决定不提黄色牵牛花的事，所以必须有一个合理的理由解释苍太为什么要打听她的事。

"原来是这样。"知基露出好奇的眼神。

"难怪,她很漂亮啊,"阿哲说,"感觉冷冰冰的,就是所谓的冰山美人吧。"

"她经常来这家店吗?"苍太问道。

"算是老主顾,"雅哉回答,"她好像是工藤先生的粉丝,只要工藤先生表演的时候,她几乎从不缺席。表演结束后,也会和工藤先生,还有乐队伴奏的成员一起喝酒。"

"她一个人吗?"

"我看到她的时候,每次都是一个人。"

"雅哉,你之前就和她很熟吗?"

"完全不熟,虽然见过几次,但从来没说过话,她打电话来时,才第一次和她说话。"

"她打电话给你吗?突然吗?"

"不,我先接到工藤先生的电话,说之后有一个姓白石的女人会为键盘手的事打电话给我。因为我在这家店贴了征寻键盘手的广告,景子看到之后,主动去找工藤先生。"

"你接到她的电话后,就立刻和她见面了吗?"

"对啊,我立刻通知了阿哲、阿一,去了平时练习的工作室,因为那里可以借到键盘。"

"听了她的演奏后,认为她达到了合格水准。"

"我们原本并没有抱太大的希望,但她的技术很娴熟,除了钢琴以外,弹电子琴的经验也很丰富,唯一的缺点,就是没有特色,但只要其他人帮忙一下，应该可以掩饰过去，所以我们决定先找她一起试试看，上次表演的情况也不错，觉得应该没问题……"

"真是太不负责任了，当初是她自己说要加入，结果没有和我们商量就离开了，自私任性也该有个限度嘛。"阿一愤愤不平地说完，瞪着苍太："听到别人说你初恋女友的坏话，你心里应该不太舒服吧？"

"我能够理解你们生气的心情，"苍太看着雅哉说，"她说要离开乐队时用的什么理由？"

雅哉撇着嘴说："她说是家里的因素，无法继续参加，就这么一句话。我发了邮件给她，问她详细的情况，她也没有回复，电话也打不通，简直就像被狐狸精耍了。"

梨乃看着苍太问："你有什么看法？"

"很奇怪，"苍太说，"可能真的是因为见到我的关系。"

"为了怕真实身份曝光，所以在此之前销声匿迹吗？"

"这样的解释似乎最合理。"

听到苍太的回答，梨乃也嘀咕了一声："是啊。"

这时，店内的灯光突然暗了下来，甚至看不清楚彼此的脸。聚光灯都打在舞台上，店内顿时一片寂静，随即响起了掌声，表演者从后方走了出来。

伴奏的成员分别站在各自的乐器前，最后，留着一头银色长发，戴着浅色墨镜的男人走上舞台。苍太没有立刻认出他就是工藤旭。因为眼前这个人比他以前看过的工藤旭脸更圆，腹部周围也多了不少赘肉。

但是,当工藤旭开口唱歌后,这些事就完全被抛在了脑后。他的声音年轻而洪亮,对歌曲的诠释也很成熟。

工藤旭唱了四首歌,中间穿插了绝妙的谈话。苍太不知道那四首歌的歌名,但都听过,所以身体也在不知不觉中随着音乐的节奏摇晃起来。

唱完最后一首歌曲后,工藤旭和乐队成员在客人的欢呼声和掌声中走下舞台。灯光在一片兴奋的嘈杂声中稍微调亮了。

"有机会听到这么棒的歌,真是太好了。"苍太发自内心地说,"我终于了解为什么有人愿意追随他多年,成为他的忠实歌迷了。我以前对他的歌不是很熟。"

"我们也一样,"雅哉说,"在玩音乐后,才开始听各种不同的歌,也开始注意以前的音乐家。"

"老实说,我来这家店之前也完全不知道。虽然听过'工藤旭'这个名字,但是从这个角度来想……"梨乃看着苍太,"你不觉得那个女生是工藤先生歌迷这件事有点不自然吗?她应该很年轻吧。"

"如果是我认识的那个人,应该和我同年。"苍太说。

"歌迷有各种不同的类型,也不至于不自然,"雅哉说,"让我不解的是,她为什么想要加入我们乐队。既然这样轻易就放弃了,一开始就不应该主动要求加入。"

苍太和梨乃互看了一眼。他们对伊庭孝美为什么想要加入他们的乐队有一个推理，因为她的目的是接近秋山周治，但现在不能提这件事。

所有人都沉默下来，梨乃找来服务生，点了红酒化解沉默的气氛。

这时，光线好像突然变暗了，有人站在他们旁边。抬头一看，是刚才走下舞台的工藤旭。他换了一件素色衬衫，笑着低头看着雅哉他们，手上拿了一个装了纯酒的杯子。

"今天有新客人嘛。"他看着苍太他们说道。

"哦……这是阿尚的表妹，还有她的朋友。"雅哉把梨乃和苍太介绍给他。

"哦，原来是这样。我可以坐下吗？"工藤拉出雅哉对面的椅子。

"当然,请坐。"雅哉似乎有点紧张，"辛苦了,今天的表演很棒，他们也说很棒。"

"是吗？都是一些老歌，会不会很无聊？"

"完全不会，"苍太说，"太棒了。"

"那就太好了，年纪大了，持久力越来越差，所以都会在露出马脚之前见好就收。"工藤拿着酒杯喝了起来，无色透明的液体中浮着莱姆片，"对了，雅哉，那件事怎么样了？有联络到景子吗？"

工藤似乎也很关心这件事。

雅哉向他说明了目前的状况，工藤皱起眉头。

"不知道是怎么一回事，她对我说，之前就对乐队很有兴趣，难道是有什么不满吗？"

"不知道，不过原本就很奇怪，'白石景子'这个名字很可能是假的。"

工藤举到嘴边准备喝酒的杯子停在半空："不会吧？"

"很可能是他的朋友，"雅哉说着，看着苍太，"你刚才说她叫什么名字？"

"如果是我认识的那个女生，她叫伊庭孝美。"

"伊庭吗？她为什么要说这种谎？"工藤不解地偏着头。

"听说她从去年年底开始来这里，之前你没有见过她吧？"

听到苍太的问题，工藤点了点头。

"没见过她，除了知道她是在某家公司上班的粉领以外，对她的私事一无所知。"

"是吗……"

"雅哉，真对不起，还有阿一、阿哲，我应该在介绍她去你们乐队之前，确认一下她的身份。"

"别这么说。"三个人一起摇着头。

"是我们的疏失，以后会小心谨慎。"雅哉代表他们说道。

"嗯，但通常很少有人会用假名字故意来接近，如果有进一步的消息，记得告诉我。"

"好的。"

工藤喝光杯子里的酒，说了声"请慢用"，就起身离开了。

"我还有一件事想要请教,"苍太看向三名乐队成员,"她有没有和你们聊过植物的事?"

"植物?"阿一皱起眉头,"植物是指花吗?"

"对,就是花,她有没有和你们聊过?"

三个人你看看我,我看着你。"她有聊过吗?""我不知道。"他们讨论了一番之后,雅哉问苍太:"植物怎么了?"

"不……因为她以前很喜欢植物,所以在乐队练习休息的时候,她都和你们聊什么?"

三个人再度讨论起来。"都聊些什么?""都是一些无关紧要的事。""她好像几乎没有聊过自己的事。"

"啊,对了。"不一会儿,阿哲似乎想到了什么。

"她好几次向我打听阿尚的事。"

"阿尚就是去世的……"

"我的堂哥,知基的哥哥。"梨乃回答,阿尚的名字叫尚人。

"好几次向你打听阿尚,都是问什么事?"

"各方面啊,像是他属于哪一种类型的人,兴趣是什么,还很在意他自杀的原因。"

"对,她也问过我,"阿一说,"我问她为什么会关心这种事,她说总觉得了解一下前任键盘手,有助于更快融入我们乐队。"

"她从来没有问过我。"雅哉一脸不满地偏着头。

"她好像有点顾忌,"阿哲说,"她对我说,尚人和雅哉是最好的朋友,所以不敢问你关于尚人自杀的事。其实阿尚自杀的事,也对我们造成了很大的打击啊。"

"我对她说，阿尚比任何人更关心乐队的事，希望乐队的每个成员都幸福。"阿一撇着嘴角，"他还说，等我们可以靠音乐养活自己的时候，要请大家一起去很有名的餐厅吃大餐。"

"餐厅？"苍太问。

"我知道了，是不是在日本桥的'福万轩'？"梨乃说。

"对，没错。他说小时候去吃过，那里的肉好吃到他忘不了，所以常常说要带我们去吃，一有机会就说。"

"我也听他说过好几次。"阿哲也叹着气。

"那家店的肉真的超好吃。"知基说完，征求梨乃的同意，"对不对？"梨乃用力点头。

苍太也知道"福万轩"，是一家知名的西餐厅。

"对了，"阿一转头看向知基，"她还说，有机会想和你见面。"

"和我见面？为什么？"

"我怎么知道？我告诉她，阿尚有一个弟弟，她就说，希望有机会和你见面。我告诉她，你应该会来看表演，到时候就会见到了。"

"但是那次没和她说到话。"

"因为她急着回家，"阿一很不高兴地说，"连庆功宴也没参加。"

苍太也清楚记得当时的事，她一看到苍太，就逃也似的回家了。

"怎么样？有没有参考价值？"雅哉问。

"现在还说不清楚，也无法确定她是不是我认识的那个人。"

"如果有什么消息，可不可以通知我们？反正不急，我们也不指望她归队，只是有点在意。"

"我能够理解你们的心情，有任何消息，一定会联络你们。"

苍太看了一眼时钟，九点多了。乐队的三个人说还要继续留下来，苍太他们决定先走一步。

今天由苍太和梨乃两个人请客，梨乃去结账时，苍太站在门旁等她。

墙上贴了很多照片，有的是表演时的照片，有的是在户外的集体照。

其中也有工藤旭的照片。他和为他伴奏的五名成员一起出现在一片田园风景中，身后有一栋胭脂色屋顶的民房，地上的草木很茂密。

"听说这是工藤先生的集训所。"站在他身后的知基告诉他。

"集训所？"

"就是别墅啦。我听我哥说，地点在千叶的胜浦，工藤先生几年前买下那里，改装成乐队集训用的别墅。因为周围很空旷，即使半夜，也不怕声音会吵到别人。"

"原来如此。"

工藤旭至今仍然有不少忠实歌迷，全盛时期应该赚了不少钱，也许对他来说，买下一栋中古的民房根本是小事一桩。

梨乃结完账,三个人一起离开了。

"那个女人到底有什么目的?用假名字加入乐队后,到底想干什么?是因为想尝试一下现场表演的感觉吗?"走去横滨车站途中,知基问道。

"怎么可能?不可能只有这样而已。"

"对啊,而且我也很在意她为什么拼命打听我哥的事。"

"嗯,我也有同感。"

苍太听着他们的对话,没有插嘴。他的脑海中浮现一种推理,但无法在知基面前提起。

在横滨车站和知基道别后,苍太和梨乃搭上了往东京的列车。车上有点拥挤,他们并肩站在车门附近的位置。当他们互看着对方时,都忍不住露出了苦笑,然后叹了一口气。

"今天忙了一整天。"苍太说。

"是啊,原本只是去向牙医打听牵牛花的事,之后的发展太出乎意料了。"

"但是,听了乐队成员的话,我发现有几个疑点。我觉得果然不是什么共时性的问题,伊庭孝美的目的就是黄色牵牛花。"

"你是说,她加入乐队,也是想借此接近我爷爷?"

"这种解释最合理,所以她才会想和知基聊一聊。可能打算和他交朋友后,通过他和秋山先生接触。"

"这么想的确很合理,但是……"梨乃偏着头。

"你有什么不同意见吗?"

"也不是不同意见,只是要接近一个人,需要这么大费周章吗?我爷爷只是个普通人,既不是有钱人,也不是什么达官贵人,想要见他,谁都可以去找他。虽然他不太擅长和人交往,但只要上门拜访,他应该不至于拒人千里。"

"这是普通的情况,但如果是为了黄色牵牛花呢?他会不管对方是谁,都告诉对方吗?"

"啊,这……可能不会说。"

"对吧?虽然不知道伊庭孝美为什么要找黄色牵牛花,但她首先要博取秋山先生的信任,她可能认为和他的孙子当好朋友是最好的方法。"

"原来如此……"梨乃虽然一脸无法释怀的表情,但还是微微点了点头,"但是为什么要锁定尚人,我爷爷又不是只有他一个孙辈,还有知基和我啊。"

"伊庭孝美是在去年年底开始出入工藤旭的店的,那时候知基正忙着考大学,而且年龄相仿的人比较容易成为好朋友。你当然是例外,因为你是奥运会候补选手,整天都在练习,所以她可能觉得没有机会和你交朋友。"

"那时候我已经不再游泳了。"

"一般人并不知道,对伊庭孝美来说,只能找尚人下手。为了接近他,首先去他经常出入的Live House,她可能认为见几次后,自然可以找到接近的机会,没想到发生了意想不到的状况。"

"尚人自杀了。"

"没错,所以她打算把目标转到知基身上。"

梨乃重重地叹了一口气,然后盯着苍太的脸说:

"蒲生,你果然很聪明。"

"为什么突然这么说?"

"我真的这么认为,看到你这么自信满满,条理分明地说明,就觉得这是唯一的答案。"

"这只是推理而已,没有任何证据。"

"所以才说你厉害啊,如果有证据,谁都可以找到答案。"

梨乃似乎是真心称赞,苍太不知道该露出怎样的表情,只好看向窗外。

"我问你,"梨乃说,"如果你的推理正确,她和我爷爷被杀的案件有什么关系?"

"……这个嘛,"苍太握紧拉着的吊环,"现在还说不清楚,也许不是毫无关系。"

"对。"梨乃小声回答。

22

走出涩谷的 parco 商场后,梨乃查看手机上的邮件,察觉身旁有一个人靠了过来。之前多次发生类似的事,所以她立刻知道是星探。

"请问现在有空吗？"果然不出所料，对方开了口。

梨乃没有停下脚步，看了对方一眼。那个男人的脸很瘦，一头短发染成棕色，T恤外穿了一件蓝色衬衫。

"我还有事。"梨乃姑且这么回答，但她接下来其实并没有事。

"那我们边走边聊。你是学生吗？"

"嗯，是啊。"

"有加入哪一家模特儿经纪公司吗？"

"没有。"虽然梨乃很冷漠地回答，但还是忍不住窃喜。

"是吗，"男人的声音透露出喜悦，"你有打工吗？"

"有啊。"

"有一个很棒的工作，想不想试试？"

"工作？"梨乃斜眼看着身旁的男人，"什么工作？"

"不久之后，新宿会开一家很高级的店，很希望你能加入。我正在找漂亮而富有魅力的女人。"

"什么？"她忍不住停下脚步，瞪着对方，"该不会是陪酒吧？"

"是啊，但是是很高级的店。"男人把手伸进胸前口袋，似乎打算掏出名片。

"不必了。"梨乃说着，把手伸到男人面前制止后，大步离开了。如果那个男人追上来，她打算臭骂他一顿，但对方并没有追上来。

转过街角后，她放慢了速度。在叹气的同时，忍不住感到沮丧。这是第一次有做陪酒生意的人在街上和她搭讪。

走在路上,她看向商店的橱窗,从橱窗玻璃中看到自己的臭脸。

回想起来,最后一次被星探搭讪是在两年多前,那时候自己不到二十岁,太不自量力了,居然以为自己和当年一样有行情。

工作——

之前全力投入游泳时,很少考虑到工作的事。当时自己的想法很傲慢,认为游泳就是自己的工作,公司只是自己的赞助商,只要能够提供资金援助,无论哪一家公司都无所谓。

她的心情越来越沮丧,放弃了游泳,也许自己真的只能去陪酒了。不,即使想去陪酒,也未必能够胜任,无论任何一个行业都没那么好混。

她低着头走路,听到电话的来电铃声。停下脚步看着屏幕的来电显示,忍不住吓了一跳。是刑警早濑打来的。

走出检票口,早濑满脸笑容地迎上来。他穿了一条深蓝色长裤和一件白色短袖衬衫,拎着轻巧的公文包,另一只手拿着扇子。

"对不起,临时找你出来。"

"没关系。不过到底发生了什么事?为什么突然要去我爷爷家?"

"就是像我说的那样,只是希望和你一起重回现场。自上次发现牵牛花被盗后,你再没有去看过吧?"

"因为你们说不能擅自进入。"

"所以今天希望你好好看看。走吧，把握时间。"早濑用扇子扇着脸，迈开了步伐。

梨乃和刑警走在一起，猜测着他的心思。上次他来向自己打听盆栽被偷的事，之后不知道是否有了进展。

无论如何，梨乃不会把和蒲生苍太之间的事告诉他。虽然借助警方的力量，可以轻而易举找到伊庭孝美的下落，但她不想让警方掌握主导权。

来到周治家，发现院子里的花都枯萎了。因为这一阵子都没人来浇水，梨乃打算从明天起，找时间过来浇浇水。

早濑拿出钥匙，打开了玄关的门锁，走进屋内后，闷热的空气顿时扑鼻而来，而且还带着异臭。梨乃征求早濑的同意后，把窗户统统打开了。

房间内的情况和她发现周治尸体时没有太大的不同，各种物品仍然散乱在地板和榻榻米上，壁橱的门也仍然敞开着。

但是，也有和当时明显不同的地方。比方说，矮桌上。上次似乎有什么东西，现在却空空的，可能被警方带走了。

"怎么样？"早濑问她，"重新观察室内，有没有发现什么？"

梨乃叹了口气，轻轻摇着头。

"没有什么特别的……只觉得太伤天害理了，为什么会针对我爷爷……"

"关于黄花的事，你之后有没有向别人提起？"

"不，没有，警方有查到什么吗？"

早濑停顿了一下说:"没有,目前也不知道和命案到底有没有关系。"

骗人。梨乃心想。这个刑警一定知道什么,也许他去见过蒲生要介,但是,即使当面问他,他也不可能老实回答。

她缓缓跪了下来,跪坐在榻榻米上。这时,她想起一件事,巡视着周围。

"怎么了?"

"不,不是什么重要的事,只是发现坐垫不见了。"

"坐垫?"

"案发当天,这里有一个坐垫,"梨乃指着矮桌旁,"那个坐垫湿了,我踩到了,所以脚底也湿了。"

早濑打开公文包,拿出一份资料:"是不是这个?"他翻开其中一页,放在她面前。那里有几张照片,其中一张是矮桌周围的照片,的确有坐垫。

"没错,这个部分不是特别深吗?这里湿了。"

早濑点了点头。

"这件事我也知道,鉴定人员也很在意这件事,所以去查了一下。矮桌上放着一瓶茶和茶杯,但坐垫上的不是茶,只是水而已。不知道是秋山先生还是凶手弄洒的水,也不知道到底是什么水。"

梨乃偏着头说:"我也不知道,我来的时候,坐垫已经湿了。"

"太奇怪了。"

"是……啊。"梨乃再度低头看着照片,湿掉的坐垫旁有一个白色盒子，那是她那天买的，她嘀咕，"早知道就不应该去买松饼。"

"什么？"

"松饼，如果我不去买松饼，马上赶来这里，也许就不会发生这种事了。"

"不，不可能。"早濑立刻否定，"命案发生的时间是你和被害人通话的一个半小时以内，那时候你正在学校上课。"

"原来是这样……"

"是你想到要买松饼吗？"

"对，我问爷爷要我带什么点心，他说想吃西点。"

"西点啊，"早濑抱着双臂，"秋山先生已经七十多岁了吧，这个年龄的人很少会主动吃西点。"

"是啊，他可能喜欢喝咖啡，但只是喝速溶咖啡。"

"原来如此。"

早濑点了点头，走进隔壁厨房。周治向来一丝不苟，厨房也整理得一干二净。白色抹布晾在流理台上方，恐怕已经硬邦邦了。

梨乃的目光追随着早濑的身影，发现水壶放在煤气炉上。

"就是那个水壶，爷爷用它烧开水来泡速溶咖啡。"

"是吗？"早濑拿起水壶，打开盖子，看了里面，然后又巡视周围，打开了碗柜的门，然后又关上了。

"怎么了？"梨乃问。

"不，也许并不重要，"早濑抓着头走了回来，"我之前就很在意,为什么要用茶杯。"

"什么意思?"

"矮桌上放着茶杯和瓶装茶,总觉得有点奇怪。通常喝塑料瓶里的茶时,不是都用玻璃杯吗?"

"对哦,"梨乃看着资料照片,"好像是这样。"

"尤其现在是夏天,瓶装茶原本应该放在冰箱里,喝冰冰的茶时,用玻璃杯装,视觉上也比较凉爽。但是,秋山先生用的是茶杯,我还以为家里没有玻璃杯了,现在发现碗柜里有,这到底是怎么回事?"

"不知道,"梨乃只能这么说,"可能只是看当时的心情吧。"

"嗯,说得也有道理。"早濑点着头,但仍然一脸无法释怀。

之后,早濑又问了一些细节问题,大部分都是不知道到底和命案有没有关系的内容,也许他自己在发问时,也没有明确的根据或目的。

他们离开秋山周治的家时,天色已经暗了。早濑锁好门后,对梨乃深深鞠了一躬。

"辛苦了,由衷地感谢你对侦查工作的协助。"

梨乃盯着刑警的脸。

"请你老实告诉我,真的对侦查工作有帮助吗?我并不觉得有什么帮助。"

早濑微微皱起眉头后,直视着她的双眼。

"老实说,如果你问我有没有得到什么线索,我只能回答说,很遗憾。也许只是给你添了麻烦而已。"他停顿了一下，又继续说，"但是，想要破案，只能回到原点。私下告诉你，案情已经陷入僵局，无论从物证、交友关系和明察暗访的侦查中，都没有找到任何线索。你知道为什么吗？"

梨乃当然不可能知道，所以摇了摇头。

"因为根本错了，"早濑说，"搜查总部一开始就搞错了方向，所以不可能有任何结论。目前只有我发现了这件事。"

"那你可以告诉上面的人啊。"

早濑露齿一笑。

"组织内部的事很复杂，而且我也有自己的原因，只是不方便向你透露详情。"

梨乃对他的故弄玄虚有点不耐烦。

"对我来说，只要能抓到杀害我爷爷的凶手，不管是谁的功劳都无所谓。"

"这个凶手，"早濑恢复严肃的表情，"我一定会抓到，请你记住这句话。"

他从腹底深处发出低沉的声音，梨乃有点害怕，所以没有搭腔。早濑再度露出笑容："那我就先告辞了。"他微微欠了欠身，走向和车站不同的方向。

梨乃目送他的背影片刻，继而走向车站的方向。她还是无法了解早濑的想法，但是对他的印象比上次见面时稍微好一点。也许是他最后说的那句话发挥了作用。

走到车站时，手机收到了邮件。她一看发件人的名字，忍不住停下脚步，那是高中时一起游泳的朋友，她的母校和伊庭孝美的相同。

23

苍太在平板电脑上细查资料时，收到了秋山梨乃发来的邮件。他搜寻伊庭孝美的名字时，没有找到任何资料，所以用"伊庭、医生"这两个关键字搜寻。因为她之前说，她家连续好几代都是医生。虽然这次找到多份资料，但似乎都和她无关。

梨乃发来的邮件内容如下：

> 已经运用各种人脉，拿到了那所女子学校的毕业纪念册，应该没有搞错，但还是请你确认一下。

邮件还有附件。打开一看，伊庭孝美的脸突然出现在眼前，苍太吓了一跳。照片上的她比苍太记忆中才中学二年级的她稍微成熟一点，但比上次在表演会场看到时幼稚。大头照的下方印着"伊庭孝美"的名字。

苍太立刻打电话给梨乃。

"怎么样？"她在电话中问道。

"你居然找到了。"

"小事一桩啦，千万不要小看女生的人际关系网。"

"还知道其他事吗？"

"很多啊，她读三年级 A 班，班主任是长得像山羊的男老师，她参加了轻音乐社和篮球队，还有当时的住址。"

"住址？在哪里？"

"台东区东上野，详细地址我等一下再发给你。"

"台东区啊……"那里就在举办牵牛花市集的入谷附近。

"你有什么打算？"梨乃问。

"去看看，虽然不知道能不能见到她，但也许可以找到某些线索。"

"好，要我陪你去吗？"

"不，我先一个人行动，如果有任何状况，我会和你联络。"

"好，那就拜托了。"

挂掉电话一分钟后就收到了邮件，上面写着伊庭孝美的地址。

翌日下午，苍太来到东上野。他的手机显示了地图，他沿途不断确认自己目前所在的位置。

单行道的小路两侧有许多小型建筑物，大部分是两层楼的民宅兼店家，而且都很老旧，很多店家已经歇业，偶尔会看到又高又新的建筑物，都是套房公寓。

"伊庭诊所"就在这片住宅区内。灰色的长方形建筑物看起来有三层楼高,面向马路的墙上有一排"田"字形的窗户。入口是木门,门上有黄铜门把,这栋房子屋龄至少超过五十年,写着"内科"的招牌已经变色,可以感受到这家诊所的历史。

他想起伊庭孝美在十年前说的话。我们家连续好几代都是医生——果然没有错。

苍太走向那栋建筑物,窗户的窗帘都拉了起来,入口的门上有玻璃窗,里面一片漆黑。窗户的内侧贴了一张预防接种的宣导海报,但上面印的是三年前的日期。

他离开建筑物前,边走边观察周围,走了一会儿,看到有一家很旧的咖啡店。店门前的地上放了一块招牌,应该还在营业。苍太推开门,头顶上传来"叮叮当当"的铃声。

店内只有两张桌子,但没有客人。一个坐在吧台角落,正在看报纸的老人抬起头,他似乎就是老板。"欢迎光临。"

苍太坐了下来,老人送来一杯水,他点了咖啡。

店内的墙上贴着很久以前的电影海报,可能是这个老人的兴趣所在。

咖啡的香味飘来,老人在吧台内低着头,双手正在忙碌。

"请问这家店开了几年?"苍太问。

老人没有抬头,轻轻"嗯"了一声。

"中途曾经因为我生病休息了一阵子,但算是开了四十年了。"

"好厉害。"

"并不是开得越久越好,现在只是当作兴趣继续营业。"

"是吗?"

"你看了就知道,这年头这种店怎么可能赚钱?大家都去 Doutor 咖啡和星巴克了。"

老人把咖啡端了上来,用的是日本陶器的杯子,在自助式咖啡店可看不到这么有特色的杯子。苍太喝着黑咖啡,在恰到好处的苦味中感受到淡淡的甜味。

"您也住在这里吗?"

"对,我生在上野,也在上野长大。以前上班时,曾经有一阵子去了关西。"

"前面有一家'伊庭诊所',请问您知道吗?"

老人点了点头。

"是伊庭医生的诊所吧?当然知道,房子也还留着。"

听他说话的语气,诊所目前似乎已经不开了。

"那里已经不住人了吗?"

"应该是,听说院长病倒了,所以诊所也歇业了。我以前感冒时,经常去那里看诊。那家诊所歇业之后,变得很不方便。"

"请问您知道他们搬去哪里了吗?"

老人苦笑着摇摇头。

"好像听人提起过,但我不记得了,已经是三年前的事了,那家诊所怎么了吗?"

"其实和诊所无关,我认识他们家的人,我记得他们家有一个女儿和我年纪差不多。"

"和你?"老人看着苍太的脸,偏着头说,"是吗?"

"您不知道吗?"

"我只有感冒的时候才去伊庭医生那里,不知道他们家里有什么人,如果你想知道他们家的事,可以去问绿屋。"

"绿屋?"

"就是和菓子店,沿着前面那条马路一直往北走,在第一个路口往右转就可以看到了。那里的老板娘虽然上了年纪,但和伊庭家的关系很不错。"

"好,那我等一下去问问。"

苍太花了很长时间慢慢喝完美味的咖啡后,走出了咖啡店。他按照老人告诉他的方式往前走,的确看到一家和菓子店。两层楼的房子是店铺兼住宅,红色遮雨棚下的布帘上写着"绿屋"。

他掀开布帘走进店内,店里放着玻璃柜,里面陈列着和菓子。

原本以为店里没人,玻璃柜后方却突然探出一颗脑袋。戴着白色头巾的老板娘刚才似乎坐在那里。"欢迎光临。"她笑着打招呼,脸上的皱纹更深了。

苍太不好意思说自己不是来买和菓子的,只好看向橱窗。红白馒头、红豆丸、练切生菓子,看起来都很甜。

"要送人吗?"老板娘问。

"嗯,是啊,但我想买不太甜的。"

"那羊羹呢?葛饼也不太甜。"

"好,那各一个。"

"一个?如果和女朋友一起吃,就各买两个吧。"

"好,那就各两个。"

"对啊,这样也比较有情调。"老板娘拿出玻璃柜内的和菓子装进盒子里,"好久没有年轻人上门了,最近的年轻人都喜欢吃蛋糕。"

其实苍太也比较喜欢吃蛋糕,但他没有说出口。

"请问你知道'伊庭诊所'吗?"

老板娘停下手,抬头看着苍太。

"知道啊,就在前面转角的地方,但现在已经歇业了。"

"对,我听说了,请问你知道他们搬去哪里了吗?"

"不是搬家,而是搬去她夫婿那里了。她夫婿不是被公司派去名古屋了吗?虽然他原本就是名古屋人。"

"嗯?夫婿?是诊所的院长吗?"

老板娘皱着眉头,摇了摇手。

"你在说什么啊?院长怎么可能被公司派去名古屋,是院长的女婿。"

苍太的心一沉。

"啊?院长的女儿是伊庭孝美小姐吧?"

"孝美是院长的外孙女,我说的是澄子,是院长的女儿。"

苍太终于搞懂了。难怪刚才在咖啡店里说伊庭家的女儿和自己年龄相仿时,老板露出讶异的表情。

"所以,院长是伊庭孝美小姐的外公吗?"

"对啊,你是孝美的朋友吗?"

"对,是中学时的……"

"是吗?咦,但她读的不是女校吗?"

这位老板娘果然很了解伊庭家的事。

"我们不读同一所学校,但一起上补习班的暑期课程。"

"你们的年纪好像的确差不多。"老板娘一下子就相信了。

"听说院长病倒之后,诊所就歇业了,真的吗?"

老板娘皱着眉头。

"如果只是病倒,问题还不大,但后来就离开了人世。蛛网膜下腔出血,他已经八十多岁了,所以也算是努力到生命的最后一刻。"

"没有人继承家业吗?家里没有儿子吗?"

"他只有澄子一个女儿,所以才会找入赘女婿啊,只不过对方并不是医生。"

那个人就是被派去名古屋的女婿。

"澄子太太不是医生吗?"

"虽然她在诊所帮忙,但不是医生,是药剂师。她听从父亲的安排进了药学系,我记得她读庆明大学。"

那是私立的名校。伊庭孝美的母亲学业应该很优秀。

"好了。"老板娘把装了和菓子的盒子放在玻璃柜上。

"您很了解'伊庭诊所'的情况啊。"

"因为澄子经常来这里,她喜欢茶道,很喜欢吃和菓子。"

"她搬去名古屋后,她的小孩呢?"

"小孩子应该住在其他地方吧,我听说两个儿女都在读东京的大学。"

听到老板娘提到"两个儿女",苍太才想起孝美曾经说,自己或是弟弟必须继承家业。

"您知道他们读哪一所大学吗?"

"那我就不知道了。那时候弟弟还是高中生,但应该进了医学系吧,我记得澄子好像提过,她女儿和她一样读了药学系。对不起,我记不太清楚了。你既然和孝美读同一个补习班,可以问一下那时候的同学啊。"

虽然老板娘消息很灵通,但目前似乎和伊庭家没有来往。

"好,那我再问问,谢谢您。"

苍太付了钱,接过和菓子的盒子,走出店外。虽然多花了钱,但也因此打听到更有价值的消息。

回到家时,发现门锁着。母亲志摩子不在家,可能去买晚餐的食材了。他把和菓子的盒子放在桌上,回到了自己房间,拿出平板电脑,写了内容如下的邮件:

好久不见,我是蒲生,有急事相求。

请问有没有人认识庆明大学药学系的人?

我要找人,最好能够协助寻找庆明的毕业生或是在校生。

※ 我要找的人是女生。

他写上"打听消息"的主题后,发给了高中和补习班的同学。虽然这些老同学中有人进了庆明大学,却没有人读药学系,但也许和药学系的人有什么交集。

苍太不知道伊庭孝美有没有读庆明大学,只不过既然她追随母亲的脚步,很可能也读同一所大学,苍太猜想概率应该高于五成。

那天晚上吃晚餐时,志摩子问他:"那些和菓子哪儿来的?"

"我买回来的啊,你不是喜欢吃和菓子吗?"

"今天吹了什么风?你以前从来没有做过这种事。"

"有什么关系嘛,心血来潮啊。"

志摩子似乎无法释怀:"你去东上野干什么?"

苍太忍不住惊讶地抬起头。

"盒子的贴纸上印了店家的地址,是在东上野。"

"哦,是吗?"他再度低头吃饭。

"你到底去了哪里?你去东上野有事吗?"

苍太面带愠色,故意粗暴地放下筷子。

"我去那里能有什么事?我和朋友去看晴空塔,看完之后,顺便在附近散散步。你对我买和菓子这么不高兴吗?那就别吃啊。"

"我不是在说和菓子的事……不是在说这个……"志摩子用充满不安的眼神看着他,"你这几天在干什么?你不去学校,到底打算干什么?"

"我不是说过了吗?要考虑将来的事,我也和高中老师聊过了,搞不好会再读一次其他大学。"

他脱口而出的话并不完全是随口说说而已,而是最近闪过他脑海的想法。

"要重读其他大学吗?"

"还没有决定,只是其中一个想法。"

"真的是这样吗?只是在考虑自己的将来吗?"

"对啊,要问几次啊。"苍太站了起来,他已经没有食欲了。

回到房间,他拿起平板电脑,心里觉得很不痛快。为什么志摩子这么在意自己去东上野。

但是,当他确认邮件后,立刻把这件事抛在了脑后。高中同学园村回信给他,内容如下:

> 你好,我是园村。才在想你怎么会发邮件给我,看到奇怪的内容后,更吓了一大跳。
>
> 我是庆明毕业的,但不是药学系,而是工学系,抱歉啦。
>
> 但是,我社团的学弟读药学系,我可以随时联络他,只是不知道他能不能打听到女生的消息。那家伙很不起眼,所以我无法保证。
>
> 蒲生,听说你还在大阪,真的吗?

我好不容易找到了工作，没想到硕士这么不吃香，太失望了。不过，我还是会坚持下去的。

总之，就是这么一回事。保重。

园村

苍太看了两次，忍不住笑了起来。园村很机灵，经常说一些有趣的笑话，而且人很好，做事很牢靠。

他决定立刻回复，想了一下后，决定稍微透露一点内容。

谢谢你的回复，看到你没有把我的邮件丢进垃圾桶，松了一口气。

这件事请你不要张扬，我要找的人叫伊庭孝美，并不确定她是否读庆明的药学系，只是可能性很高。所以，可不可以请你问一下你学弟，他们系上有没有这个人？年纪和我们差不多，如果没有重考，应该已经毕业了。

另外，如果真的有这个人，也不要让她知道我在找她，因为事情有点复杂。

不好意思，拜托你这么麻烦的事，但还是请你帮忙啦。

蒲生苍太

一个小时后，苍太就收到了回复。园村似乎很积极地为这件事奔波。

打开邮件的瞬间，苍太感到浑身发热。

伊庭孝美＝庆明大学药学系生理学研究生院毕业。
恭喜，你猜对了。

24

秋山梨乃听完苍太的话，忍不住睁大了眼睛。

"太厉害了，终于找到她的下落了。"

"是啊，只是不知道接下来该怎么办。"

"啊？为什么？你朋友的学弟不是在药学系吗？只要拜托他，不是可以进一步调查吗？"

"不行啊，那个学弟和伊庭孝美不同组，从来没有见过她，而且这种事对他没半点好处，怎么好意思拜托他？"

"嗯，有道理。"梨乃用吸管搅动着柠檬苏打水。

两个人坐在第一次见面时的表参道咖啡店内，因为查到了伊庭孝美就读的大学，所以苍太联络了她，约她在这里见面。

"遇到这种情况，如果是警察就方便多了，只要去大学找相关人员打听一下就好。只要亮出警察证，大家都会乖乖配合。"

梨乃停下手看着他："好主意。"

"什么?"

"我们要去庆明大学,我们看起来像学生,不会被人拦下来。况且,即使不是大学的学生,也可以自由出入啊。你们学校不行吗?"

"除了戒备很严格的地方,其他地方都可以自由出入。"

"对吧?所以,即使不是警察也没关系,我们可以大摇大摆地走进药学系的系馆,去找伊庭孝美之前所在的研究室,研究室里一定有人,只要向那里的人打听一下不就好了吗?"

"打听?要怎么打听?"

"到时候自然会有办法。"梨乃用力吸着柠檬苏打水。

"慢着,你打算现在就去吗?"

"对啊,有什么问题吗?"

没有任何问题。苍太摇了摇头,喝完了剩下的冰咖啡。

数十分钟后,他们走进庆明大学别具一格的大门。虽然是暑假期间,但很多学生都在校园内走来走去,还看到不少运动社团的学生在练习。

"我还以为这里的学生都是书生,没想到并不是这么一回事。"梨乃和一个一身嘻哈打扮的年轻人擦肩而过后说。

"当然啊,无论哪所大学,都有各种各样的人,而且人不可貌相。"

"是啊,但伊庭孝美貌如其人。"

"是吗?"

"我觉得是。她一看就是个聪明的美女,脑筋果然很好。"

苍太也同意梨乃的意见,在中学二年级时,她看起来就很成熟。

不一会儿,他们来到药学系的系馆。生理学研究室在三楼。他们上了楼梯,沿走廊走去研究室。这里几乎听不到外面的吵闹声,虽然遇到了几个人,但没有人向他们打招呼。

苍太在挂着"生理学研究室"牌子的门前停下脚步,思考接下来该怎么办。

没想到梨乃毫不犹豫地打开了门,向里面鞠了一躬,说了声"打扰了",就走了进去。苍太慌忙跟在她身后。

有一个身穿白袍的年轻男生在里面,年龄似乎和苍太差不多。他戴着眼镜,理着一头短发,坐在桌前的他回头看向苍太他们,但脸上的表情并没有太惊讶。也许不时有陌生人造访。

"我有事想要请教,请问现在方便吗?"梨乃问。

"可以啊,有什么事?"

"请问伊庭小姐以前是不是在这个研究室?伊庭孝美小姐。"

"对,"男生点点头,"是啊。"

"请问你知道她现在人在哪里吗?是不是进了哪一家公司?"

"不,她在休学,明年春天就会回来。"

"休学……请问是怎么回事?"

"她打算继续留在这个研究室,但因为家里的事,所以休学一年。"那个男生说完,露出狐疑的表情,"你们是谁?"

他终于起了疑心，但梨乃的回答连苍太听了也吓了一跳。

"我们是电视台的。"

那个男生似乎也很意外："电视台？"

"这件事想要请你保密，有一位男士对伊庭小姐一见钟情，希望能够找到她，向她表白。目前通过各种渠道，终于查到伊庭小姐在这个研究室。"

苍太在一旁听得提心吊胆，搞不懂梨乃什么时候编了这个故事。

那个男生似乎相信了，忍不住笑了起来。

"电视台好像经常做这种节目。"

"对不起，好像很没创意。"梨乃鞠了一躬说。

"哪一家电视台？是新节目吗？"

"不，目前还在企划阶段，还不知道后续的情况，所以请你不要张扬。"

"原来是这样。"男生难掩失望的表情。

"所以，可不可以请你告诉我们，哪里可以见到伊庭小姐？"

男生摇了摇头。

"不知道，我和她并不熟。"

"那有没有她的电话？"

"应该可以查到，但因为有规定要保护个人信息，所以不能随便告诉外人。如果你们留下名片，下次她来这里时，我会转告她。"

"不，这不太方便，因为我们不想让当事人知道。"

"哦，是吗，"男生耸了耸肩，"总之，即使你们再问，我也无可奉告。不好意思，请你们去其他地方打听。"

"这个研究室应该还有其他人吧？他们今天会来吗？"

"不知道，应该不会来吧。"

"有没有和伊庭小姐比较熟的同学？"梨乃继续追问，她的锲而不舍令苍太感到佩服。

男生毫不掩饰不耐烦的表情。

"我不是说了吗？我不知道。我和她的研究课题不一样，指导教授也不同，如果你这么想知道她的事，可以去翻她的桌子啊。"

"桌子？"

"对啊，"说完，他用下巴指了指窗边的桌子，"因为她还要回来这里，所以东西还留着。"

"可以随便看吗？"

那个男生撇着嘴角，哼了一声。

"应该没有放什么不能让别人看到的东西，其他人也经常打开她的抽屉，借用里面的文具。"

"那就来看一下。"梨乃说着，走向那张桌子。

"但是，"那个男生叮咛，"不要在我面前翻，我会离开十分钟左右，等我回来时，请你们恢复原状。而且，即使你们被人看到，也不关我的事。"

"哦，好，知道了。"梨乃耸了耸肩。

男生站了起来，脱下白袍，放在椅背上，快步走了出去。

梨乃立刻打开抽屉，苍太也冲了过去。

"太幸运了，吉人自有天相。"

"太会演了，吓了我一大跳，如果你早有准备，应该事先告诉我啊。"

"我只是临时想到而已。"

"临时……"

"现在没空闲聊，要赶快找线索。"

两个人一起检查了抽屉内的东西，但正如刚才那个男生说的，并没有什么重要的东西，有几个记录实验数据的资料夹，但对了解伊庭孝美个人并没有太大的帮助，有一本记录行程的月历，却是去年的。

"果然一无所获……"苍太叹着气说道。

"你看这里。"梨乃把月历递到他面前，那是去年10月的记录。

"怎么了？"

"你看这里啊。"她手指着月历说。那是10月9日的栏目，上面写着"胜浦"两个字，而且箭头一直画到周末。

"我好像在哪里听过胜浦，"说完，他立刻想了起来，"啊，是在'KUDO's land'……"

"没错，那里贴了工藤旭别墅的照片，知基说，别墅是在胜浦。"

两个人互看了一眼，听到了咳嗽声。他们惊讶地一回头，发现刚才的男生瞪着他们。

"我刚才说了,等我回来时要物归原位。"

梨乃不理会他的话,拿着月历跑向他。

"请问这是怎么回事?去年10月,伊庭小姐去了胜浦吗?"

男生有点被她的气势吓到了。

"哦,你是说这个,对啊,她说因为研究告一段落,所以要去旅行……我还以为她要出国,没想到去这么近的地方,当时还很不以为然呢。"

"为什么要去胜浦?"

"我怎么知道,我也没问她。"

"谢谢。"梨乃道谢后,走向门口。她手上仍然拿着那本月历,那个男生似乎也无意制止,也可能惊讶得说不出话了。苍太也趁机走出研究室。

大学的餐厅有营业,他们坐在角落的桌子旁。

"你有什么看法?"梨乃问。

"我认为不可能没有关系,"苍太回答,"伊庭孝美是从去年年底开始出入'KUDO's land'的,如果是巧合,未免也太巧了。"

"我们之前认为,她为了黄色牵牛花试图接近我爷爷,为此加入了'动荡'……"

"她先接近工藤旭先生,作为这一切的准备工作。她可能从网上得知工藤先生的别墅在胜浦,决定直接上门,但也许没有成功。"

"所以,她就开始频繁出入'KUDO's land'。"

"目前还无法断言。"

苍太虽然这么说,但觉得这是唯一的可能。苍太和梨乃对望着,不约而同地点了点头。

"只能去看看了,"他先开口说道,"去胜浦。"

"对。"她也表示同意。

25

早濑合上早就记住哪一页有什么照片的资料夹,身体靠在椅背上。眼睛深处隐隐作痛,脖子也很僵硬。他用力伸直双臂,忍不住呻吟了一下。

坐在斜对面的后辈刑警石野抬起头,和他对望了一眼。高大的年轻刑警苦笑着。

"你好像很累,今天就早一点回家吧。"

早濑看了一眼手表,晚上八点多。

"对啊,即使留在这里,也不可能等到什么好消息。"

石野左右张望,确认四下无人后,微微站了起来。

"听说最近一课的人晚上都不留宿了。"

早濑用鼻子吐了一口气:"对啊。"

"这起命案到底要怎么解决?"

"不知道。"早濑偏着头回答。

最近每天都开侦查会议，但报告的内容一天比一天无聊。

目前的侦查重点在于调查本案和今年春天在世田谷区发生的偷盗事件之间的关联，因为两起案子都是独居的老人家中遭到窃盗，作案时间和弄乱房间的方式都有共同点。原本和早濑搭档的柳川立刻着手那起案子的侦查工作，整天都单独办案，从来没有向早濑打过一声招呼，对早濑来说，行动反而更方便。

早濑认为这起命案和世田谷的事件没有关系，世田谷事件只是一起单纯的偷盗案，最重要的是，世田谷事件中并没有黄花遭窃。

他不忍心责备指挥搜查的人，他们并不知道盆栽被偷的事，或许有接到报告，但可能他们认为和本案无关。如果早濑不说，他们不可能想到和命案的关联。

黄花应该是破案的重大关键，充分利用这个关键是身为辖区刑警的自己想要侦破这起案子的唯一方法。

想谈交易，至少自己手上要有牌——蒲生要介的话始终在他的脑海中萦绕。那个男人知道什么，也许已经察觉了命案的真相，所以最好的方法就是去问他。

出示怎样的王牌，才能让蒲生要介的态度软化？

早濑思考着这个问题，决定重新检视这个案子。他联络了秋山梨乃，一起察看命案现场也是其中一个环节。

然而，到目前为止，他没有掌握任何线索。虽然掌握了黄花这个关键,却迟迟无法踏出下一步。

早濑拿起放在桌子下的公文包,把资料夹塞进公文包,对石野说了声"我先走了",然后站了起来。

"哦,辛苦了。"

石野正在用电脑写报告。他目前正在调查秋山周治的人际关系,早濑在他身后看着电脑屏幕,忍不住停下了脚步。因为报告的内容引起了他的注意。

"被害人曾经去过大学?"

"对啊。"石野回头看着他,"差不多一个半月前,被害人去了母校的研究室,找了和他同届的教授。"

"被害人的母校是……"

"帝都大学的农学院生物系,现在已经改名称了。"

"他去干什么?"

"没什么特别重要的事,好像要求做一个鉴定。"

"鉴定什么?"

"呃,"石野看着手边的记录内容,"DNA分析,他拿了植物的叶子,问研究室的人能不能协助他鉴定种类,因为不是太困难的鉴定,所以就答应了。"

"是什么特殊的植物吗?"

"不,好像是一种牵牛花。"

"牵牛花……"

"教授说,那不是普通的牵牛花,而是容易发生突变的种类,有时候光凭外观，可能无法判断是什么花，所以秋山先生才会委托研究室做鉴定。"

"之后呢？"

"秋山先生最后一次去大学，是他拿报告时，之后连电话也没打过。"石野说完后，纳闷地抬头看着早濑问，"你很关心这件事吗？感觉好像和命案没有太大关系。"

"哦，不是，"早濑轻轻摇了摇手，"因为在侦查会议上没听说这件事。"

"因为不值得在侦查会议上提出来，我们股长说，根本是在浪费时间。"石野耸了耸肩。

"是吗……不好意思，打扰你了，那就明天见。"早濑轻轻拍了拍石野的肩膀，转身离开了。

走在路上时，他反复思量着石野的话，秋山周治委托研究室分析DNA的花卉一定就是那种黄花，原来是牵牛花。原本他以为是更特殊的花，所以不禁有点意外。

这代表秋山周治在培育那种花时，并不知道花的种类。这个事实绝对不能忽略。秋山周治为什么会这么做？而且，种花需要种子，他从哪里得到的花的种子？

原本以为彻底调查了秋山周治的交友关系，没想到仍然有很多无法了解的部分。早濑再次深刻体会到自己对被害人一无所知。

早濑在站台上等电车时，手机响了。一看来电显示，呼吸忍不住停了下来。是裕太打来的。从某种意义上来说，是他目前最不想交谈的人,但他还是按下通话键。

"喂。"

"是我,裕太。"

"嗯,我知道。"

"对不起,打扰你工作了,现在方便吗?"

"没问题,什么事?"

裕太停顿了一下说:"是关于案子的事,目前情况怎么样?"

"嗯……"早濑觉得说谎也没用,"老实说,案情陷入了僵局。"

"我就知道。"

"什么你就知道?"

"因为网上完全没有后续消息。"

他似乎持续关心命案的发展。

"侦查工作并没有停摆。"

"我知道,但如果抓不到凶手,根本没有意义。"

中学生说话没大没小,而且因为无法反驳,所以更让早濑火大。

电车进站了,车门打开,但早濑继续在站台上和儿子讲电话。

"一定会抓到的。"

"没骗我吧?"

"当然啊,爸爸会亲手抓到凶手。"

电话中传来叹气的声音。

"没关系,虽然最好是由你抓到,但任何人抓到都没有关系,只希望案情不要陷入僵局。"

他似乎对在辖区分局当刑警的父亲立功已经不抱希望了，照理说，早濑应该觉得卸下了担子，没想到心理压力反而更大了。

"我知道，一定会抓到凶手。"

"嗯，拜托了。"

"只有这件事吗？"

"对，只有这件事，那你就加油喽。"

"好。"早濑回答后，挂上了电话，他觉得有什么苦涩的东西在嘴巴里扩散。八成是裕太看到侦查工作没有进展，终于沉不住气打电话给自己。他为无法回应儿子的期待感到心浮气躁。

下了电车后，他走进车站旁的便利商店买了便当后走回家，突然想到这种生活不知道要持续到什么时候。回到没有人等待的家，吃不到别人亲手做的料理，没有说话的对象，疲惫不堪的身体倒在狭小的床上。

目前问题还不大，即使每天早上孤独地醒来，还可以去分局上班，但退休之后该怎么办？一整天窝在目前住的套房公寓内，到底要做什么？

想着想着，他不由得想到了秋山周治。那个老人如何过每一天的生活？听秋山梨乃说，花才是他说话的对象，他真的对这样的生活感到满足吗？

早濑很希望在他生前多和他谈一谈，正因为他有过这样的机会，所以如今备感懊恼。当初秋山周治救了儿子，至少应该登门造访，好好向他道谢。听说裕太曾经写信向他道谢——

早濑停下脚步，因为他突然想到一件事。他从内侧口袋拿出手机，按了几个按键。

"喂？"电话中传来裕太的声音。

"是爸爸，我有事想要拜托你，可以吗？"

"什么事？"

"你之前曾经写信去感谢秋山先生，他有回信吗？"

"有啊，怎么了？"

"可不可以让我看一下？还是说，你已经丢掉了？"

"当然没丢啊，但是，你为什么想要看？对侦查工作有帮助吗？"

"不知道，只是我想多了解秋山先生。"

"哦，原来是这样……"

"怎么样？如果你不愿意，就不必勉强。"

"不会不愿意啊，那要不要顺便看一下其他的信？"

"还有其他信吗？"

"有一两封，还有贺年卡，我们每年都会互寄。"

早濑完全不知道，他再度体会到自己是一个失职的父亲。

"请务必让我看一下。"

"好啊，我要怎么拿给你？"裕太的声音很兴奋，似乎觉得自己可能对侦查有帮助，为此感到雀跃。

"今天太晚了，而且你妈一定会不高兴吧？"

"那要怎么办?"

"你可不可以把信和明信片拍下来,然后用邮件发给我。"

"哦,对,好,我来试试。你的邮箱没变吧?"

"没变。"

"好,我一个小时以内会发过去。"

"嗯,拜托了。"

早濑把手机放回口袋,迈开步伐。虽然裕太很兴奋,但即使看了秋山寄给他的书信,也未必能够找到什么线索,相反地,早濑是为了自己,为了自己今后的人生,想要看那些书信。

回到公寓后,他大口扒着在便利商店买的便当,放在桌上的手机振动起来。裕太发来了邮件。

他放下筷子,查看了邮件的内容,主题是"秋山先生的信",内文写着:

如果看不清楚,记得告诉我,我会重发。拜托了。

裕太

他打开附件,最先出现的是占据整个屏幕的信纸。由于解析度很高,即使放大后,仍然看得很清楚,只是需要移动画面。

那似乎是秋山周治针对裕太的感谢信所写的回信,在季节问候之后写道:

谢谢你日前很有礼貌地寄了感谢信，听说最近的年轻人都不写信，看到你认真写的文章，既佩服，又感动，全拜你的父母教育所赐。

　　早濑越看越觉得无地自容。姑且不论母亲，他这个当父亲的并没有对儿子的教育有任何贡献，硬要说的话，只能祈祷儿子看到自己这个坏榜样，把自己视为反面教材。

　　秋山周治在之后又写道：

　　虽然你可能因为不愉快的经历，导致无法相信他人，但这个世界上有很多好人，绝对不要悲观，要对未来充满梦想。

　　早濑看了感动不已，照理说，这些话应该由自己这个当父亲的告诉儿子，他不由得再度对秋山周治充满感激。

　　他又确认了其他附件。正如裕太所说的，他们每年都互寄贺年卡，秋山周治向来不写那些陈词滥调的新年贺词，总是写一些对十几岁的年轻人有用的、意义深远的话。

　　痛苦的时候，不妨认为自己借由这种痛苦获得了成长，于是就会觉得这一年也很美好。

——这些名言佳句让人忍不住想要现学现卖一下。

还有另一张拍摄了信纸的照片,第一句话就是"谢谢你日前写信给我",似乎是写给裕太的回信。

接着,他又写了以下的内容:

> 可以想象,父母分居的事让你很苦恼,正如你在信中所说的,这是不同于死别的另一种痛苦。虽然你没有提及详情,但我可以猜到大致的情形。

早瀬惊讶不已,裕太似乎找秋山周治商量父母不和的事。他觉得家丑没必要外扬,但也许对裕太来说,秋山是可以讨论这种事的人。

> 但是,你父母绝对不可能不了解你的心情。虽然我只见过他们一面,但我可以感受到他们发自内心地关心你,随时都在烦恼,是否应该为了儿子,恢复以前一家三口的共同生活,之所以没有这么做,是因为他们无法很有自信地认为,这是正确的决定。

早瀬看着信的内容,觉得胃越来越沉重,好像吞下了铅块。裕太当然知道父亲会看这些信,难道他希望父亲看了之后,稍微清醒一点儿吗?

我能够了解你憎恨父亲的心情，但请容我为你父亲辩解，这个世界上的大部分男人都不是称职的家人，往往要到失去之后，才会发现什么是对自己最重要的东西。我也曾经是这种人，整天埋头研究，完全不照顾家里，甚至没有发现太太身体出了状况，当她病倒时，已经为时太晚了。但是，我太太没有半句怨言，在她去世之后，我才知道她暗自发愿，在我的研究有成果之前断茶。

我相信你父亲已经知道自己犯下的错，一定感到十二万分的自责。既然他是在这个基础上选择了目前的路，那就应该尊重他的结论。

你或许无法接受这样的回答，但我希望你能够了解，没有任何一个人，一辈子不犯任何错误。

看完最后一段内容，早濑的内心很复杂。秋山周治完全说出了他的心里话，但又同时有一种无力感，觉得自己的烦恼很平庸。

原本以为看完了所有的信，没想到还有另一张信笺的照片，上面写了补充内容。

补充：我太太死后，我也开始断茶，至少当作是一种赎罪。

早濑心不在焉地看着这行字，立刻对"断茶"两个字有了反应。他操作手机，查了这两个字的意思。

断茶——向神佛祈愿时，在某段时期戒茶。

早濑大吃一惊。秋山周治在戒茶吗？

秋山梨乃说，她爷爷喜欢速溶咖啡，所以想要吃西点。

事实很可能并非如此，只是他不能喝日本茶，只好喝咖啡代替。

可是命案现场的茶杯中有茶，而且茶杯上只有秋山周治的指纹。为什么会这样？秋山周治的戒茶期已经结束了吗？

早濑抓起手机站了起来，虽然便当才吃了一半，但他已经没有食欲了。

26

上午十点，苍太和梨乃面对面坐在前往胜浦的列车上。因为正值暑假，原本担心会挤满游客，但车上几乎没有看到游客的身影。也许因为是非假日，大家要等到中元节假期才会去家庭旅行。

苍太在手机上打开地图，那是千叶县胜浦市的地图，上面某个地点做了记号。

"这里就是工藤先生别墅所在的地点，交通很不方便，所以租车去可能比较好。"

"你居然可以查到地址。"

"虽然费了一点工夫,但并没有太困难,因为有这个。"

苍太从皮包里拿出一张照片,照片上是工藤旭的别墅。梨乃去了"KUDO's land",拍下了贴在墙上的照片,然后用邮件发给苍太,他再用电脑打印出来。

拍照片时,梨乃对店员说,最近打算去胜浦,如果有时间,想去工藤先生的别墅看看,她问了店员别墅的地址,可惜对方没有告诉她。虽然工藤旭的巅峰时期已过,但他目前仍然有很多粉丝,如果随便告诉他人地址,恐怕会引起后患。

梨乃看了照片,忍不住吃吃笑了起来:"感觉好像是一群可疑的坏蛋。"

照片上的人眼睛都用黑色马克笔涂黑了,难怪她会有这种感觉。

"没办法啊,因为要拿给很多人看,如果看到上面有工藤旭先生,一定会问东问西。"

"很多人是谁?"

"房屋中介公司,准确地说,是专门中介乡下房子的从业者。"

"乡下房子……东京有这种从业者吗?"

"有啊,"苍太指着照片,"这栋房子很旧,工藤先生在几年前买下这栋房子,你觉得他为什么特地挑选这么老旧的房子?"

"是因为地点很好吧?"

"这应该也是原因之一,但并不是最大的原因。我上网查到了工藤旭的官网,里面有'乡间报告'的专栏,用博客的方式记录了在别墅的生活,虽然没有拍到建筑物本身,但有不少周围风景的照片,另外还有练习音乐的情况,看了那些文章,可以充分了解工藤先生购买别墅的经过。看了之后才知道,工藤先生以前就很向往乡间生活,而且想要住老旧的民房。"

"特地住老旧的房子吗?真奇怪啊。"

"这种人还真不少,用'老房子'的关键词去搜寻,可以找到很多房子,向往乡间生活的人都想要找传统的老房子。"

"所以,工藤先生也是其中之一。"

"对,根据博客的文章描述,他想要找周围是一片大自然的环境,练习音乐时也完全不必在意会吵到邻居,最好附近有高尔夫球场的老房子。"

"所以,胜浦的别墅完全符合这些条件。"

"是啊,博客上只写着终于找到了房子,并没有提到是怎么找到的。但是,既然要找房子,还是必须仰赖专门的从业者,所以我猜想这栋房子以前也公开出售过,我查了一下,发现东京承接这种业务的人并不多。我去第一家房产中介时,对方说只知道目前出售的物业,把我赶了出来。第二家房产中介的人很亲切,帮我找了已经成交的物业。因为知道胜浦的地名,所以并没有花太多时间就找到了。"

"原来如此,"梨乃露出佩服的表情摇着头,"你果然很聪明。"

"为什么突然说这种话?"

"我之前就这么觉得,上次你不是告诉牙医师,你在大学研究科学吗?果然和我活在不同的世界。"

苍太的嘴角露出笑容,那是自嘲的笑容。

"我在无用的事上浪费了时间,那些研究完全无法发挥任何作用。"

"是吗?是怎样的研究?不过,就算你告诉我,我也听不懂。"

"不,那倒不会,只要你知道我之前在研究什么,也会觉得我在浪费时间。"

"到底是什么?你别卖关子了。"

"我没有卖关子,我研究的是恶名昭著的核能。"

"啊……"梨乃的声音没有起伏,"核电站吗?那真的很复杂。"

"我们这些研究人员即使被人问起在研究什么时,也不知道该怎么回答,或是拼命想要掩饰。唉,这是自作自受,只能说,我们缺乏先见之明。"自己说的话听起来很无力,更让他觉得窝囊。

"你说你在无用的事上浪费了时间,你以后不再做研究了吗?"

"至少不会再研究核能了,但这个领域的知识无法运用到其他方面,所以不知道接下来该怎么办,我正在为这个问题而烦恼,恐怕一毕业就要失业了。"

"即使是秀才,一旦选错了科系也会很头痛。"

"我不是什么秀才,"苍太皱着眉头,"你刚才说,我们活在不同的世界,也许你说对了。对我来说,以奥运会为目标的人根本就是外星人。"

梨乃用力撇着嘴:"我早就放弃了。"

"但你曾经有一段时间,很认真地以奥运会为目标,对我来说,这就够厉害了。"

"一点都不厉害,只是高估了自己的实力而已。周围人一吹捧,就自以为了不起。我才是浪费了时间。"

"不对,当时的经验一定会对日后的人生——"

"你很烦哦,"梨乃瞪着双眼,不悦地说道,"你对我一无所知,别说得好像很了解我。我自己做了这个决定,而且也接受了,不想听这些好像在指摘我的话。"

"不,我并没有指摘你……"

梨乃把头转到一旁,看着窗外的风景,似乎不愿意继续谈论这个问题。她的脸上充满愤怒和不悦。

"对不起,"苍太向她道歉,"你说得对,我对你几乎一无所知,只知道你曾经在游泳界很活跃,但也只是了解表面而已,不该随便发表意见。"

但是梨乃没有反应,继续看着窗外,好像对他的话充耳不闻。

苍太叹了一口气,操作手机,确认了预约租车的租车行位置。

梨乃小声说了什么。"嗯?"苍太看着她,"你说什么?"

"你会游泳吗?"她缓缓把头转向他,"你游泳游得好吗?"

"算是……普通吧。"他偏着头回答。

"一百米游几秒？"

"呃，我没测过一百米的速度，高中时测过五十米的速度。"

"多少？"

"我有点忘了，"苍太抱着双臂，"可能将近一分钟吧。"

"我一百米不用一分钟，而且游得很轻松。"梨乃说。

苍太瞪大眼睛："太厉害了。"

"但是，我最后留下的纪录是一分十秒，是正式的比赛纪录。"

"……发生了什么事吗？"

梨乃重重地叹了一口气，张开右手。

"距离终点还有五米，我确信自己可以夺冠，甚至觉得可以刷新自己的纪录，但就在这时，发生了可怕的事，世界开始旋转。"

"世界？"

"我突然迷失了自己前进的方向，而且也不知道自己在水中是什么姿势，我惊慌失措，手脚拼命挣扎。别人以为我抽筋了，最后虽然勉强抵达终点，成绩就如刚才说的，我立刻被送去医务室。那场比赛也变成一场可怕的比赛。"

"原因是什么？"

"据说是心因性头晕，但说白了，就是查不出原因。比赛后，就恢复了正常，我也不太记得当时的事。"

"那种症状之后还有出现吗？"

"没有，只要不游泳就不会出现。"

听到她的答案，苍太忍不住倒吸了一口气。

"即使游泳的时候，也有很长一段时间没有出现。我可以像以前一样游泳，成绩也不差，我以为完全没问题了。有一次去当义工，教小孩子游泳，我要示范标准动作，从游泳池的这一头慢慢游到那一头。因为不必在意成绩，所以根本没有压力，没想到那个又突然出现了。"

梨乃在说"那个"时加强了语气。

"我觉得脑袋里在打转。我明明是游自由泳，却不知道什么时候变成了仰式。我心想惨了，立刻停止示范，幸好没有人察觉，甚至有小孩子为我鼓掌。我向他们挥着手，努力让脸上的表情放松，但可以感受到心跳很快。那次之后，又有多次发生相同的情况。即使中途完全没有问题，到了终点附近，就会出现眩晕。最后，我变得害怕下水了。"

"你没有去医院吗，或是找教练商量？"

梨乃烦躁地摇了摇头。

"我去看了精神科、心理医学科、神经内科、耳鼻喉科……看了很多医生，但都找不出原因，都说是受到心理因素的影响，但没有人能够解决我的问题。教练也一样，虽然他在精神方面给了我很多建议，但是完全无法发挥作用。所以，我决定实践几乎每一个医生都对我说过的话，暂时远离游泳池，不去想游泳的事。从治疗的角度来说，这是正确的决定，因为之后从来没有出现过眩晕现象。"

苍太低着头，不知道该怎么安慰梨乃。

"请你不要同情我，我放弃游泳后，最讨厌的一件事，就是大家都对我有所顾忌。我是根据自己的意志做出了决定，不需要别人同情我，更不希望别人和我相处时，整天看我的脸色。"

"嗯，我似乎能够理解你的心情。"苍太低着头说。

"我带走了很多人的梦想，这才是最令我感到痛苦的事，尤其是我的父母，他们曾经对我充满期待，得知我放弃游泳时，他们很受打击，周围的人都纷纷安慰他们，我立刻变成了一个不孝女。"

"不会啦，儿女活在世上，并不是为了实现父母的梦想。"

"但是，父母把梦想寄托在儿女身上不是很正常吗？我无法为此责怪父母，也不能责怪他们因为梦想无法实现而感到失望。"梨乃说着，嘴角露出淡淡的笑容，"虽然很清楚这些道理，但还是感到很痛苦，所以我放弃游泳后很少回家，也不想和朋友见面，因为大部分朋友都是通过游泳认识的。我在放弃游泳后才发现，一旦我的人生中少了游泳，就什么都没有了，没有朋友，也无处可去，说起来真悲哀。"

苍太听了，突然想到一件事。

"所以你才去爷爷家吗？"

她无力地点点头。

"爷爷从我小时候起就比任何人都支持我，我参加比赛时，即使在比较远的地方，他也会赶去为我声援，但他从来没有在我面前提过'奥运'这两个字，只说他喜欢看我游泳，在我放弃游泳后，他也没有问过我原因，虽然我知道他一定比任何人都难过。我猜想爷爷很了解我的心，察觉我不知道未来的路要怎么走，也不知道该找谁商量。"

梨乃从皮包里拿出手帕，擦了擦眼角。

"为了你爷爷，也要解开黄色牵牛花之谜。"苍太说。

"嗯。"梨乃回答后，用充血的双眼看着他。

"我觉得我们两个人有点像，虽然坚定地走在自己选择的路上，却不知不觉迷失了方向。"

"没错。"苍太回答。

27

出了车站后，没走几分钟就到了租车行。他们预约了一辆以省油、好驾驶出名的小型车，他和梨乃一起坐上车，在卫星导航系统输入目的地后，小心翼翼地把车开了出去。他已经很久没开车了。

沿着小型商店林立的站前大道直行，很快来到一个很大的路口。根据地图显示，在这个路口左转后，沿着路行驶二十千米左右就能到达。那条道路的交通流量并不大，所以开车应该很轻松。

"刚才提到工藤先生的官网,我看了之后,了解了几件事。"苍太看着前方说道。

"什么事?"

"比方说,胜浦这个地方对工藤先生来说,并不是所谓特殊的地方,只是合适的房子刚好在胜浦而已,而且他在博客上甚至没有提到胜浦这个地名。我用各种关键词搜寻,在网上并没有查到工藤先生在胜浦有别墅这件事。"

"所以,你想说什么?"

"这就产生了一个根本性的疑问,假设伊庭孝美去别墅的目的是接近工藤旭先生,那她怎么知道别墅是在胜浦?她是在去了胜浦之后才开始出入'KUDO's land'的,所以在此之前,她应该并没有看过那张别墅的照片。"

"不知道,搞不好她朋友是工藤旭先生的歌迷,那些疯狂歌迷什么事都知道。"

"但是,即使她出于某种原因知道别墅的地点,也不可能为了和工藤旭先生交朋友而擅自上门。因为那栋别墅并没有对外公开,擅自上门的话,反而会引起警戒。与其这么做,还不如去'KUDO's land'这个社交场合,事实上,她也是在那里认识了工藤先生。"

"所以,这到底是怎么一回事?"

"嗯……"苍太虽然还没有完全把内心的假设整理好,但他还是决定把自己的想法说出来,"我在想,搞不好是相反的情况。"

"怎么相反？"

"伊庭孝美原本去胜浦的目的和工藤先生并没有关系，却出于某种原因，不得不接近工藤先生。"

梨乃沉默不语，可能正在思考苍太说的可能性。

"比方说，"苍太说，"如果她原本的目的是那栋老房子。"

"老房子？你是说工藤先生的别墅吗？"

"对，我刚才也说了，别墅是工藤先生和胜浦这个地方之间唯一的交集。如果伊庭孝美造访胜浦后试图接近工藤先生，一定是和别墅有关，也许她也对那栋老房子有兴趣。"

"你是说，她打算买下来吗？"

"也许吧，可能出于某种因素想要买那栋房子，但实地造访后，发现已经被人买走了。于是，她调查了屋主，试图接近他——从这个角度思考，就可以解释她的行为，当然，还是有很多疑问。"

"她为什么用假名字呢？如果想要买那栋房子，只要和工藤先生交涉就好，不是吗？而且，你刚才的假设也无法解释她为什么要加入'动荡'。她的目的不是我爷爷的黄色牵牛花吗？不是为了这个目的才先接近工藤先生的吗？"

梨乃接二连三的问题，让苍太有点招架不住。

"很遗憾，我目前还无法回答这些问题，也许牵涉到比我们想象中更复杂的事情，但有一件事可以确定，伊庭孝美想要做的事无法公开，所以才会看到我之后，立刻销声匿迹。"

"好像不是什么好事情，虽然我不想说你初恋情人的坏话。"

"没关系,我也这么想。如果不是坏事,根本不需要用假名,也不需要逃走。"

"……是啊。"梨乃有所顾忌地说。

车在路上行驶了一阵子后,苍太渐渐找回了开车的感觉,他握着方向盘,不禁思考起来。怎样才能查出伊庭孝美的目的?即使和工藤旭的别墅有关,就算找到了别墅,光看外观也无法找到解决的线索。

伊庭孝美的月历上显示,她在胜浦逗留了将近一个星期,为什么要停留这么长时间?

苍太把这个疑问告诉了梨乃,梨乃也表示同意:"对哦,真奇怪。即使是为了买老房子去实地察看,通常也不需要花这么长的时间。"

"是啊。"

但是,梨乃的意见启发了苍太。如果要买老房子,至少会先在附近打听情况。

"对了!"他脱口说道。

"你想到什么了吗?"

"首先去别墅周围打听一下,也许有人看到过伊庭孝美。"

"哇噢,感觉好像是连续剧里的刑警在办案。"

"我先声明,请你不要再像在庆明大学时那样,演一些奇怪的戏码。"

"为什么?那次不是很成功吗?"

"那只是巧合,这次万一有人起了疑心,去报警的话就惨了。"

梨乃大声咂着嘴,很无趣地说了声:"好吧。"

开了三十分钟左右,卫星导航系统终于指示要右转。那是一个没有信号灯的小路口,转弯后是一条很狭窄的路。苍太握着方向盘,渐渐不安起来。道路的左侧是一条河,右侧是一座山,山的前方是一片农田,根本看不到任何房子。

"哇噢,在这种地方吗?根本什么都没有啊。"

"如果是这里,即使发出比较大的声音,也不会吵到左邻右舍。"

卫星导航系统显示已经抵达目的地附近,接下来似乎只能靠肉眼寻找那栋房子了。

"卫星导航系统真没用,开什么玩笑嘛,居然把我们带到这种地方。"

"从照片来看,房子似乎在更里面。"

"但这里已经没路了。"

柏油路即将到尽头,虽然前方还有路,却是杂草丛生的泥土路,而且路面更窄了,万一车开进去开不出来就惨了。

"啊,是不是那栋房子?"梨乃叫了起来。

苍太踩了刹车,顺着她手指的方向看去。

在杂草丛生的平地前方有一小片树林,树林中间有一栋平房。仔细一看,有一条杂草割得很干净的小径,一直通往那房子,车也可以开进去。

"我们去看看。"苍太把脚从刹车上移开。

几分钟后,他们站在一栋老房子前,苍太和照片比较后,点了点头。

"没错,就是这栋房子。"

胭脂色的大屋顶、用木板拼接出复杂图案的墙壁、格子窗,都和照片上一模一样,只有周围树木的颜色不一样。

房子前有一块空地,可以容纳五辆小客车,只是不知道哪里到哪里属于这栋房子的土地,也许从柏油路到这里为止的平地都属于这栋房子,果真如此的话,房子占地至少有一千三百多平方米。

玄关是拉门,旁边装了一个和这栋老房子不太相衬的对讲机。苍太按了一下,听到屋内传来对讲机的铃声,但等了很久,都没有任何人应答。

他们又绕到屋后,发现有一座砖块搭的平台,可能是用来烤肉的,旁边有一个可以放二十个空啤酒瓶的啤酒箱,不难想象工藤他们在这里烤肉、喝啤酒、讨论音乐的情景。

苍太再度打量着房子。从外观来看,这只是普通的乡下老房子,但里面一定使用了最新技术重新装潢,住起来会很舒适。

"我捡到这个。"梨乃捡了一本旧杂志走过来,是音乐杂志。

"绝对是工藤先生的别墅,"苍太巡视四周,"我刚才说,要向邻居打听一下,但这里根本没人。"

"要不要重新回去国道?"

"只能这样了。"他们开车缓缓往回走。

"那栋房子是怎么回事？"苍太一边开车一边问，"为什么只有一栋房子孤零零地建在那里？"

"可能以前这里有一个村庄，但之后因为人口减少，就变成这样了。"

"但为什么那栋房子留了下来？"

"可能以前住在那栋房子的人不想离开。"

"是吗？我觉得那里交通很不方便。"

"每个人喜好不同啊。"

回到国道后，他们寻找着可以打听消息的店家。虽然很希望可以找到开了很多年的商店，但绕了很久都没有找到。无奈之下，只好走进一家便利商店。店员是一个年轻男子，店里并没有其他客人。

苍太买了口香糖后，向店员出示了老房子的照片，问他："请问你知道这栋房子吗？就在前面那条小路往里面走一点的地方。"

"不知道，"店员偏着头，"我是骑摩托车从隔壁镇来这里上班的，没有去过那里。"

这也难怪，因为那里根本什么都没有，当然没有理由去那里。

梨乃皱着眉头站在饮料区，苍太问她："怎么了？"

"我口渴了，想买啤酒，但这家店好像不卖酒。"

苍太的身体向后仰："啤酒？你让我开车，自己喝啤酒？"

"哦，对哦，"梨乃吐了吐舌头，"对不起。"

梨乃似乎并不是故意的,苍太苦笑着看着货架上的饮料,这时,突然想到一件事。

"那栋房子后方有啤酒箱,是他们自己带来的吗?"

"不会吧?应该是请酒铺送去的吧。"梨乃说完,惊讶地张大了嘴。

苍太跑去收银台问:"请问这附近有酒铺吗?"

店员有点不知所措,但还是告诉他们:"我只知道继续往前开五分钟左右有一家店。"

"还有没有其他店?"

"我不知道,"店员摇着头,"有时候会有客人来问,但我每次都告诉他们那家店。"

"是吗?谢谢你。"苍太向梨乃使了一个眼色,走出那家店。

他们坐上停在便利商店停车场的车,前往店员说的那家店,但开了很久,非但没有看到酒铺,连房子也没有看到。正当他们感到狐疑时,看到前方有几家商店,酒铺就是其中一家,同时卖果汁、点心和干货。

一个矮小的老人在看店,苍太买了洋芋片和乌龙茶,因为他不好意思什么都不买。

结完账后,他向老人出示了工藤别墅的照片。老人戴上老花眼镜看了照片后,"嗯、嗯"地点着头。

"我知道啊,我儿子去送过几次货,我记得是姓……"

"是不是工藤先生?"

老人听了苍太的提示，用力拍了一下大腿。

"没错没错，就是这个名字。他们来订啤酒时，我听到住址时吓了一跳，因为我一直以为那栋房子没人住。"

"您之前就知道那栋房子吗？"

"谈不上知道，只是从房子前经过而已。"

"您知道在变成空房子之前，是什么人住在那里吗？"

"不知道，十年前好像看过一个老太婆在那里出入，但不知道是不是住在那里。"

"请问您知道那栋房子的其他事吗？任何事都可以。"

"我不知道，所以也没办法告诉你什么，那栋房子怎么了吗？"

"因为我们在调查一些事……"

"那可以问现在住在那里的人啊，搞不好知道什么。"

如果可以这么做，就不必费这么大的功夫了，但又不能对这位老人说实话，只能不置可否地点点头说："是啊。"

"请问，"梨乃开了口，"您说您之前经过那栋房子，那您是为什么要跑到那么偏的地方去呢？"

"只要有客人订货，不管是哪里都要送去呀。"老人笑了起来，他没有门牙。

"但是，那附近并没有其他房子啊。"苍太说。

"有啊。从那栋房子继续往里面走，就有一个小村落，现在只有老头子、老太婆住在那里。啊，对了，你们可以去问住在那里的人，一定可以打听到消息。"

原来是那条路。苍太想起刚才柏油路前方的小路，小村落似乎就在那里。

他们道谢后，离开了酒铺。坐上车，再度驶向别墅。

回到别墅后，因为不能把车停在狭窄的路上，所以只好先把车停在屋前。

他们走在没有铺柏油的小路上，周围都是树木，看不清楚前方，甚至让人担心到底是否有村落在前方。

走了一会儿，路渐渐宽了，看到几栋木造的房子，都是老房子。其中有一栋庑殿屋顶[1]的大房子特别引人注目，屋后就是一片树林，感觉很气派。

他们走了过去，想要寻找玄关的位置，听到一个声音："请问是哪位？"一个驼背的老婆婆从旁边的仓库走了出来，"你们怎么可以随便闯进别人家里？"

"啊，对不起。"苍太慌忙道歉。原来他们闯入了私人土地。

"你们在打量我家的房子，有什么事吗？"

"嗯，那个……"苍太脑海中闪过一个念头，"我们正在研究日本传统住宅，觉得这栋老房子很气派。"

"哦，是吗？嗯，的确是老房子，是在战前建造的。"

"太了不起了。"苍太不是在演戏，而是真的感到惊讶。

1　庑殿屋顶：中国、日本、朝鲜的传统屋顶样式，又称"五脊殿"，常见于皇家及佛寺建筑，所代表的级别高于"歇山顶"。不过也有居民使用这种屋顶样式来防风。

"要不要进来看看?"

"好,请务必让我们参观一下。"

老婆婆驼着背走向房子,苍太他们跟在身后。

玄关在巨大的屋檐下方,有四扇很大的格子门,老婆婆走了进去。"打扰了。"苍太打了声招呼后也跟着走进去,脱鞋处铺着石板。

老婆婆指着梁柱和栏杆,向他们说明这栋房子多么牢固,当初多么用心建造。她告诉他们,她死去的丈夫对任何事都追求品质第一。

老婆婆还想带他们参观里面的房间,但苍太他们没时间,很有礼貌地婉拒了。

"是吗?那请你们下次有空的时候再来,我会带你们好好参观。"

"谢谢。对了,刚才来这里的路上,看到另一栋老房子,那里没人住吗?"

"嗯?是哪一栋房子?"

"就在柏油路旁。"

"哦,"老婆婆点了点头,"原来是那栋房子,最近好像有人买下了,曾经看到有男人进出,但不知道是谁。"

"之前住了什么人?"

"那栋房子啊……"老婆婆说到这里,突然压低了声音,"很久之前,住了一对夫妻,姓田中。和我家一样,自从老公死了之后，就只有太太一个人住在那里。"

"你们有来往吗？"

"嗯，"老婆婆发出低沉的声音，"在路上遇到时会打招呼，但也只是这样而已，因为他们不太和别人来往。"

"有什么原因吗？"

听到苍太的问题，老婆婆露出迟疑的表情，然后自言自语："反正现在也没什么好隐瞒了。"又接着说，"他们家的儿子在东京犯了案。"

"犯案？犯什么案？"

"很大的案子。在大街上发疯，杀了好几个人。"

苍太忍不住挺直身体，和梨乃互看了一眼。老婆婆说的事太出乎意料了。

"多久以前的事？"

"嗯，多久以前呢？差不多五十年前吧。"

"五十年……"因为太遥远了，所以完全没有真实感，"他肯定已经被抓了吧？"

"那当然啊，报纸上也登得很大，有很多传言，当我知道是田中家的儿子时，吓了一大跳。"

苍太听着老婆婆的话，暗自思忖着，这么久以前的事，和自己正在调查的事有关吗？

"那个人为什么要杀人？"梨乃问。

"他发疯了啊。他很迷一个外国女明星，那个女明星死了，所以他也不想活了，反正就是这种乱七八糟的事。"

"那个女明星叫什么名字？"

"我才不知道她叫什么名字，只知道很有名。"

这件事的确很奇怪，但无论怎么想，都不觉得和伊庭孝美有什么关系，那是她出生很久以前的事。

苍太从怀里拿出一张照片给老婆婆看，那是向田原借来的、疑似伊庭孝美的照片："这个人有没有来过这里？"

老婆婆眯起眼睛看了照片后，摇了摇头："我没见过。"

"请问关于那栋房子，您还知道什么？任何琐碎的事都无妨，比方说，她丈夫以前的职业是什么？"

老婆婆皱着眉头想了一下，最后用力叹了一口气。

"不好意思，我想不到其他的事。我刚才也说了，我们并没有来往，真对不起啊。"

"不，是我们打扰了。"苍太对老婆婆鞠躬。

回到车上，苍太坐在驾驶座上，再度打量着工藤的别墅。

"结果还是没有找到线索。"他喃喃说道。

"那件事没有关系吗？杀人的事。"

"那是在东京发生的，不是在这栋房子里发生的。"

"嗯……也对。"

苍太发动了引擎，一看时间，已经下午两点多了。想到还没有吃午餐，顿时觉得饥肠辘辘。

他们把车还给租车行后，走进了车站前的食堂。这里的生鱼片套餐便宜得吓人。

梨乃一边吃饭，一边操作着手机。

"你在干什么？"苍太问。

"我在查那个女明星，就是凶手很迷的女明星。"

"你还是放不下那件事吗？"

"因为很在意啊，这是我们打听到的唯一关于那栋房子的事，所以就想查清楚。"

"好吧，但要怎么查？目前只知道是外国女明星而已。"

"我猜外国指的是美国，所以我用'好莱坞明星'和'20世纪60年代'这两个关键词来搜寻，目前找到了几个人。克劳黛·考尔白、葛丽泰·嘉宝、海蒂·拉玛……你听过吗？"

苍太耸了耸肩："完全没听过。"

"我也没听过，还有费雯·丽、英格丽·褒曼、琼·芳登、丽塔·海华斯……"

"我知道丽塔·海华斯，《肖申克的救赎》里有提到她。"

"当时的日本人知道这些人吗？玛丽莲·梦露、奥黛丽·赫本、格蕾丝·凯莉、伊丽莎白·泰勒……这些名字我倒是听过。"

"听老婆婆说，那个女明星在那时候死了。伊丽莎白·泰勒不是最近才死吗？"

"啊，对，那就排除伊丽莎白·泰勒。"梨乃在操作手机的空当，吃着生鱼片。苍太忍不住在心里嘀咕，"这样会消化不良。"

"啊！"她突然叫了起来。

"怎么了？"

"费雯·丽，"说着，她把手机屏幕转向苍太，"是1967年死的。"

"啊，"苍太也忍不住叫了起来，"大约五十年前。"

"她主演了《乱世佳人》，日本应该也有很多她的影迷吧。"

"搞不好就是她。"

"现在还说不好，我再查查看其他人。"

"我也来帮忙。"苍太放下筷子，从旁边的皮包里拿出平板电脑。

不一会儿，他也找到了条件相符的女明星。朱迪·嘉兰，死于1969年。

"她的代表作是《绿野仙踪》和《一个明星的诞生》，我听过这两部电影，但在日本应该不算太有名。"

"我也这么觉得，你看，我又找到另一个人。"梨乃说，"玛丽莲·梦露，死于1962年，据说世界各地都报道了她的死讯，引发了极大的冲击和悲伤。"

"我听说过，她死得很离奇。原来是1962年的事。"

虽然苍太从来没有看过玛丽莲·梦露演的电影，但脑海中立刻浮现出她的身影，就是经典的飞裙画面，只不过是从电视上的怀旧节目中看到的黑白影像。

梨乃突然睁大眼睛，用手掩着嘴。

"又发现了什么？"

她看着苍太，连续眨了好几次眼睛。

"我在网上查玛丽莲·梦露,发现了一件惊人的事。"

"什么事?"

"名字缩写。梦露的影迷有时候会用她的名字缩写来叫她。"

"那又怎么样?玛丽莲·梦露……所以是MM。"说出口之后,发现似乎有哪里不对劲。MM——好像在哪里听过。他很快想起来了,"啊,'MM事件'……"

梨乃睁大眼睛:"你哥哥曾经问我,有没有从我爷爷那里听说过'MM事件'。"

这绝对不是偶然,苍太把平板电脑丢进皮包:"赶快吃,我们要回东京。"

28

他瞥了一眼手表,时针即将指向六点。他立刻抬起头,看向马路对面的车站。他好不容易找到这家玻璃外墙的咖啡店,坐在面向马路的吧台座位,简直就是监视的理想位置,绝对不能因为东张西望而错过了目标人物。他面前的咖啡杯早就空了,但因为怕点咖啡时不小心错过了要监视的人,所以一直忍着没有续杯。

可能有新的电车到站,很多人从车站走了出来。他定睛确认每一个人,自己要找的人似乎并没有搭这班车。

早濑从三十分钟前就坐在这里，但是，他一点都不着急，因为他早就掌握了对方的行动，知道对方绝对很快就会出现。

他把早就想好的策略又重新在脑海中整理了一次。他预测了对方的态度，准备了不同的对策。这个过程有点像在确认将军的步骤。无论敌方用什么招数，都一定要把他逼到有利于自己攻击的位置。

他似乎在不知不觉中紧张起来，手心冒着汗。他把双手在裤腿上擦了擦，正准备把手肘放回桌上，却在中途停了下来。因为他看到了目标。那个人把西装上衣搭在肩上，迈着疲惫的脚步走来。

早濑立刻站了起来，把喝完咖啡的杯子放回指定的位置，快步走出咖啡店。他知道对方要去哪里，所以不必着急，但还是难以克制内心的兴奋。

天色并没有太暗，即使站在稍远处，也可以看到那个男人的身影。早濑小跑着跟在那个男人的身后，对方毫无警戒心，也没有回头。

早濑追上他时，说了声："你好。"

男人停下脚步，转头时惊讶地瞪大了眼睛。

早濑挤出笑容，向他靠近一步说："前几天打扰了。"

"你是……"日野和郎拼命眨着眼睛，微张着嘴巴。他似乎记得早濑。

"我是西荻洼分局的早濑，曾经为秋山先生的命案去拜访过你。"

日野似乎有点慌张,脸上的表情更僵硬了:"还有事要找我吗?"

"不,只是有几件事想要确认一下,现在方便吗?"

"没问题。"

"那要不要回车站,站着说话不方便。"

"哦。"日野露出警戒之色,含混地应了一声。

两个人转身沿着来路折返。早濑可以清楚猜到日野心里在想什么,他的脑海中一定有各种想法窜来窜去。

"那个……请问你是在哪里等我?"

"当然是车站啊,车站前不是有一家咖啡店吗?"

"为什么在那里?你上次不是来我们公司吗?"

早濑面带笑容,转头看向日野。

"因为目前的情况和那时候不同了,如果去公司,可能不太方便。若是看到你和刑警单独谈话,上司一定会问你发生了什么事,所以这是为你着想。"

日野一脸愁容,但他什么都没说,继续往前走。

回到车站前,经过刚才那家咖啡店,但早濑并没有停下脚步。

"不去这家店吗?"日野问。

"我刚才喝过咖啡了,而且最好不要有旁人干扰。如果在意别人可能在竖耳偷听,就无法专心了。别担心,我找到一家理想的店,就在前面。"早濑把手放在日野的背后,轻轻推了他一把,这个矮小的男人身体抖了一下。

那家店就在小钢珠店隔壁，门口有一块麦克风形状的大招牌。

"这里吗？"日野露出不安的眼神抬头看着KTV店。

"这里有包厢，隔音设备也很好，是最适合密谈的地方。来，进去吧。"早濑让日野先走进去，自己跟在后方。

楼梯上方是柜台，男店员问他们要唱多久，早濑回答说："一个小时。"其实他并不想花太多时间。

走进指定的包厢，店员很快就进来为他们点饮料。

"你要点什么？不必客气。"早濑把饮料单放在日野面前。

"我都可以。"

"是吗？那就两杯乌龙茶。"

年轻店员面无笑容地走了出去，内心可能对两个一把年纪的男人这么早就跑来唱歌很不以为然。

早濑环视包厢内，壁纸的某些地方已经剥落，椅子的塑胶皮也破了。也许这家店并没有多余的钱花在内部装潢上。当今的日本，无论哪一个行业都在硬撑。

屏幕上出现了点歌排行榜，早濑瞥了一眼，忍不住苦笑起来。

"都是一些陌生的歌，不管是歌名或歌手名都没听过，而且连哪里是歌名、哪里是歌手名都分不清楚，时代的变化太可怕了。"

"那个，刑警先生，可不可以请你有话快说？"日野终于忍不住开了口。

早濑缓缓看着猎物："我也很想速战速决，只是不希望话说到一半被人打断,所以先闲聊一下。"

日野抿着嘴,从裤子口袋里拿出手帕,擦了擦额头上的汗。

"你觉得热吗?要不要把温度调低?"

"不,没关系。"

门打开了,店员走了进来,把两杯乌龙茶放在桌上,阴阳怪气地说了声"请慢用",就走了出去。

"现在就不必担心被打断了。"早濑把其中一杯乌龙茶放在日野面前,"放轻松嘛,这里不是公司,更不是侦讯室。"

日野睁大眼睛,他的眼里有好几条血丝。

"那就开始说正事吧。"早濑从口袋里拿出记事本,"7月9日是秋山先生遇害的日子,可不可以请你说一下那天做了什么?从下午开始就好。"

"我上次已经说了……"

"对不起,请你再说一次。因为可能会听漏。"

"听漏?听漏什么?"

"总之,请你再说一次。"早濑做出准备记录的样子,"你有记事本吗?"

"哦,有啊……"日野从皮包里拿出一本厚厚的记事本,低头翻了起来,挺直了身体,"那天像往常一样,在员工食堂吃了午餐,下午一点半开始开会,三点左右结束。当时和我一起开会的室长也可以证明。"

"我知道,所以我对于这件事没有任何疑问,问题是之后。"

"之后？"

"会议结束的三点之后，我是说，三点之后的行动我可能听漏了。"

"呃……"日野的脸扭曲起来，他可能想挤出笑容，但脸颊肌肉很僵硬，"这是怎么回事？命案不是发生在正午到下午三点这期间吗？我记得上次是这么听说的。"

"的确，上次确认了你正午到下午三点的行动，但并不代表那就是命案发生的时间。"

"……不是这样吗？"

"我只是说，有可能不是这样，所以才会再次请教你。不好意思，又来麻烦你了，请你提供协助。请问那天三点以后，你在哪里？做了什么？"

"那天……"日野再度低头看着记事本，翻页的动作有点笨拙，"开完会后，我就回自己的座位，一直到下班。"

"在自己的座位上工作吗？可以证明吗？或是有人可以为你证明吗？"

"证明……吗？"

"任何方式都可以，比方说，和谁在一起，或是用内线电话和谁通过话都可以。"

"呃，我记不得了，好像有遇到其他人。"日野看着记事本，但早濑猜想他应该不是在看上面写的字。

"听福泽室长说，"早濑开了口，"你的部门只有你一个人，主要工作就是整理秋山先生之前所做的研究，也不会有其他员工去你的部门。根据我的想象，那天三点之后，你和平时一样，并没有见到任何人。"

日野的动作像慢动作般停了下来，几秒钟后，他合上记事本，用力深呼吸后，看着早濑。

"你想说什么？"虽然他说话很小声，但语气中已经没有刚才的怯懦。

他似乎做好了心理准备，早濑心想。他拿起乌龙茶，喝了一大口。

"味道真淡，便宜的店不管喝什么都淡而无味。虽然应该不可能，但我总怀疑他们掺了水。"

"刑警先生，我——"

"断茶的时候，"早濑说，"连乌龙茶也不能喝吗？"

日野皱起眉头："请问你在说什么？"

早濑把杯子放在桌上："在说断茶的事。"

"断茶？什么意思？"

"你不知道断茶吗？就是一种许愿的方式，在愿望实现之前都不喝茶。如今有各种饮料，所以并不至于太困难，但在没有咖啡，也没有果汁的时代，忍着不喝茶应该很痛苦。"

日野似乎内心烦躁，身体微微摇晃着："那又怎么样呢？"

早濑探出身体，"秋山先生啊，"他把脸凑到日野面前继续说道，"自从他太太死了之后，就开始断茶。"

日野的眼神不知所措地飘忽起来："秋山先生……"

"你和秋山先生不是在一起研究蓝玫瑰很多年吗？"

"是啊，怎么了？"

"秋山太太用断茶的方式祈愿你们的研究获得成功，秋山先生在他太太死后才知道这件事，决定这辈子不再喝茶。秋山先生在写给别人的信中提到了这件事。"

日野的喉结动了一下，似乎在吞口水。

"所以，重新回顾这次的命案现场时，发现有一个疑点让人匪夷所思。矮桌上有一个茶杯，上面有秋山先生的指纹，代表是秋山先生用过的杯子。但茶杯里装的是茶，矮桌上有瓶装茶，所以可以认为是将塑料瓶里的茶倒进了茶杯。在此之前，我对这个问题完全没有任何疑问，但在得知秋山先生断茶后，就不能轻易忽略这件事了。为什么秋山先生那天会喝茶？还是说，他已经不再断茶了？"早濑看着日野的脸，"你对这件事有什么看法？"

日野的身体向后仰，似乎有点畏缩："我的看法……"

"我认为他还在保持断茶。有几件事可以证明这一点，在调查秋山先生的家后，发现家里虽然有茶壶，却没有茶叶。根据经常去他家的孙女所说，秋山先生最近总是喝速溶咖啡。"

"但不是有瓶装茶吗？可能他觉得自己泡茶很麻烦，所以改买瓶装茶。"

"不排除有这个可能，但我认为可能性极低。"

"为什么？"

"通常喝瓶装茶时,不会用茶杯,而是会用玻璃杯,如果家中没有玻璃杯或许情有可原,但他家的碗柜里有好几个玻璃杯。"

"这……也许吧,但无法一概而论。"

"的确是这样,但还有其他的理由。水壶放在煤气炉上,"早濑做出拿水壶的动作,"秋山先生的个性一丝不苟,餐具和烹饪器具用完之后会马上清洗,放回原位。水壶放在煤气炉上,代表他刚用完,而且水壶里有水,他烧过开水。到底为什么烧开水?我刚才也说了,家里没有茶叶,如果想喝咖啡,应该会拿咖啡杯,还有小茶匙,但是,现场都没有看到这些东西,也没有吃过泡面的痕迹。"

日野拼命眨着眼睛,眼神飘忽不定。

"既不是咖啡,又不是茶。到底为什么烧开水?我认为真相其实很简单,就是想要喝水,所谓的白开水。秋山先生喝白开水代替喝茶,对戒茶的人来说,这是很普遍的现象。"

"怎么可能?"日野的眼睛有点红,"那瓶茶明明……"

早濑目不转睛地看着对方:"你刚才说了明明吗?你说'那瓶茶明明'。你当时并不在场,为什么会这么说?"

日野脸色发白,嘴唇微微发抖。

"好吧,这件事晚一点再谈,关于塑料瓶的事我也有一番推理。既然秋山先生戒了茶,可见不是为自己准备的,而是放在冰箱里招待客人的。"

"客人……"

早濑拿出手机，单手操作起来。

"现在越来越方便了，以前即使拍了照片，还要冲洗，很久以后才能看到照片，现在不一样了，可以马上拍，马上看，而且可以记录数千张照片，啊，找到了，你看一下这张照片。"

他把手机屏幕朝向日野。

"这是……"

"秋山先生家的碗柜，放了好几个玻璃杯，你有没有发现什么？"

日野凝视着画面后，嘀咕说："最前面的杯子和其他杯子相反……"

"没错，其他杯子都是倒扣着，只有最前面的杯子杯口朝上，你认为这是怎么一回事？"

"是别人放的？"

"这种推论最合理，秋山先生为了请客人喝塑料瓶里的茶，用了玻璃杯。那个客人用了杯子后，自己洗干净，擦拭后，放回了碗柜。之后，那个人就离开了秋山先生家。两个小时后——"早濑竖起食指，"另一个客人上门了，于是，第二幕开始了。"

日野一惊，睁大了眼睛，缓缓低下头。

"目前无法知道第二个客人在秋山先生家做了什么，但可以确定的是，那个人把塑料瓶里的茶倒进了秋山先生用的茶杯里。那个人为什么要这样做？这张照片可以解开谜团。"

日野瞥了照片一眼，但他的表情并没有太大的变化。

"如你所看到的,坐垫湿了,弄湿坐垫的只是普通的水,这件事让鉴定人员感到不解,到底是哪里来的水?因为他们在周围找不到任何装水的东西,但是只要时间倒转,就可以轻易找到答案。你应该已经知道了,就是茶杯里的水。原本茶杯里应该装了白开水,第二个客人可能不小心弄洒了,所以他擦了矮桌上的水,但并没有发现坐垫也湿了。然后,他觉得茶杯空空的不妥当,想要把一切都恢复原状,就把塑料瓶里的茶倒进了茶杯。这是重大的失误,但不能怪他,因为通常不会想到用茶杯喝白开水。"

早濑伸手拿起乌龙茶的杯子,润了润喉,看着垂头丧气的日野。

"我认为第二个客人掌握了破案的关键,所以我决定追查第二个客人到底是谁。在经过多方调查后,终于锁定了一个人,所以才会问你那天三点之后的不在场证明。日野先生,请你老实告诉我,你就是第二个客人吧?"

日野一动也不动,闭上双眼,放在腿上的双手紧握着。

"你刚才说'那瓶茶明明',为什么会这么说?因为你当时明明看到那瓶茶摆在旁边,对不对?"

日野没有回答。照理说,眼前的事实已经不容他狡辩,但他可能还没有放弃最后的希望。

"不说话吗?真伤脑筋啊,"早濑叹了一口气,"秋山先生家院子里的盆栽被偷了,是一盆黄色的花,是牵牛花。我最近才知道,目前市面上没有黄色牵牛花,一旦研发成功,就是很大的发明。但是，应该很少有人知道这件事，如果是秋山先生周围的人，就更有限了。而且，如果要偷盆栽，要怎么搬呢？不可能放在皮包里带走，开车当然最好，但秋山先生家门口的路很窄，不可能把车停在路边，只能把车停去停车场。所以，我清查了附近的每一处停车场，现在每一处停车场都装了监视器，我看了所有的影像。案发之后，负责在周围查访的刑警看过，只可惜当时并没有找到任何线索。这也难怪，因为他们锁定了秋山先生遇害的下午一点到三点期间的影像，我看了之后的影像，终于找到了。"

早濑再度打开皮包，拿出一张 A4 纸，上面打印了某个影像。他把那张纸放在日野面前。

"这是距离秋山先生家两百米的投币式停车场，我把那里的监视器拍到的影像打印出来了。"

画面上停了几辆车，有一个男人走向其中一辆车，手上拎着一个大袋子。

"刚才我去你家确认了你的车，无论是车型还是车牌号都和上面的车一致，而且这个人和你很像。你要如何解释这个事实？"

日野用空洞的眼神看着照片，他整个人都呆住了，嘴巴一动也不动。

"请你回答，你就是第二个客人吧？是你偷走了黄色牵牛花，对不对？"

日野的表情终于有了变化，他缓缓抬起头，看着早濑的眼睛。

"不对。"

"不对？哪里不对？"

"我不是偷走，"日野用无力的声音继续说道，"只是……把牵牛花暂时放在我那里。"

29

苍太他们在傍晚六点多来到图书馆。他们事先调查过，这个图书馆可以调阅报纸的缩印本。图书馆八点关门，时间还来得及。

他们走去柜台，说明了来意。中年女职员问他们要哪一年哪一月的缩印本。原来缩印的报纸每个月装订成一册。

玛丽莲·梦露死于1962年8月5日，如果是因为这个消息受到打击而行凶杀人，应该不至于相隔太久。

他们指定了1962年8月到10月的报纸缩印本。

"请稍候。"女职员走去里面。

"不知道能不能找到当时的报道。"梨乃一脸不安地说。

"听那个老婆婆说，凶手杀了好几个人，这么大的事，报纸不可能不登。"

听到苍太的回答，她点了点头："你说得对。"

从胜浦回来的电车上，他们在网上查了"MM事件"，找到了几则消息，但都和事件本身无关。可能因为已经是五十年前的事了，现在没什么人讨论，或是用了其他称呼命名这起事件。

女职员回来了，双手抱着三本报纸缩印本，每一本都有好几厘米厚，版面也很大。

他们在柜台接过报纸缩印本，走向阅览区。大桌子的角落有空位，两个人一起坐了下来。

首先翻到8月5日，从那一天开始往后看。先看了头版消息，因为超级巨星突然去世，他们理所当然地认为应该刊登在头版，然后再看社会版，跳过政治栏和运动新闻。

5日的报纸上并没有报道玛丽莲·梦露的死讯。也许是因为时差的关系，来不及在当天刊登。

但是，翌日的头版也没有关于她死讯的报道，他们很纳闷地继续往后看，在社会版的下面有一小篇"梦露骤逝"的报道，报道中提到，死因可能是服用过量安眠药，自杀的可能性相当高，之后只是简单介绍了梦露的经历。

"啊？就这样而已？"梨乃难掩失望地说，"迈克尔·杰克逊死的时候，各种报道简直到了铺天盖地的程度。"

"可能时代不同，对当时的日本人来说，美国是很遥远的外国。那个老婆婆也只知道是外国女明星，甚至不知道玛丽莲·梦露的名字。虽然梦露在一部分影迷眼中很有名，但大部分日本人可能并不认识她，所以关于她的死亡报道也不可能占太大的篇幅，能够登在报纸上就已经很了不起了。"

"是吗，有道理。"梨乃也表示同意。

他们继续往后翻,没有再找到有关玛丽莲·梦露死亡的后续报道。苍太刚才在网上查到,关于她的死亡有几个疑问,可能美国方面没有准确的消息,日本的报社也不敢随便乱写。

苍太他们来这里的目的并不是调查好莱坞女明星的死,而是寻找因为这件事受到打击,导致精神错乱的男子在街上行凶杀了好几个人的事件。

他们找遍了8月的每一篇报道,都没有找到相符的内容。一看时钟,已经七点多了,必须赶快找。

"我们分头找,我看9月的,你看10月的。"

"好。"他们分头找了不一会儿,梨乃"啊!"了一声,拍了拍苍太的肩膀。

"怎么了?"

"这个。"她指着社会版上一个小标题,苍太看了,立刻倒吸了一口气。因为标题上写着"犯案动机是玛丽莲·梦露?目黑区大马路上杀人"。

他看了报道,大致内容如下:

> 上一个月在目黑区发生的杀人事件,侦查人员透露,嫌犯田中和道因为沉迷于八月死去的电影明星玛丽莲·梦露,在她死后,感到人生无望,开始自暴自弃。之所以选择上个月五日在大街上行凶,是因为那天刚好是梦露去世满一个月。

根据报道，9月5日清晨七点左右，一名手持武士刀的男子在目黑区住宅区，挥刀狂砍附近的居民和正准备去上班、散步的行人。被害人立刻被送往附近的医院，造成三人死亡，五人身受重伤。目黑警察分局员警在案发后大约二十分钟赶到现场，男子已经砍断自己的脖子自尽了。调查后发现，该男子是住在附近，自称艺术家的田中和道，年龄为三十岁。

报道的内容和在胜浦听老婆婆所说的完全一致，"田中"的姓氏也一样。

"你看。"梨乃似乎又发现了什么，拉了拉他的袖子。

"又发现了什么？"

"你看一下这篇报道。"

苍太看着梨乃手指的位置。那是报社的社论，看到标题时忍不住一惊。"'MM事件'带给我们什么启示？"

他急忙看了文章的内容，"MM事件"的确是指目黑区发生的那起事件，从文章内容来看，侦查人员似乎以此来称呼那起事件。

"这样就可以确定了吧？你哥哥说的就是这起事件。"

"好像是这样，但是这起事件和黄色牵牛花有什么关系？"

"一定有什么关联，所以伊庭孝美才会对那栋房子产生兴趣。"

苍太摇了摇头："搞不懂，我脑袋一片混乱。"

坐在斜对面看书的男子故意用力咳嗽了一下，他们讨论得太热烈，说话不小心越来越大声。

"我们把所有的相关报道都复印下来。"苍太站了起来。

复印机就在柜台旁。9月5日晚报的社会版有更详细的报道，他们先复印了那篇报道。那篇文章的标题是"目黑随机杀人事件，无力抵抗的民众沦为刀下亡魂，上班途中的上班族身负重伤"。

梨乃在找其他报道时，苍太看了复印的报道内容。

> 目黑区宁静的住宅区传来惨叫声，居民穿着睡衣四处逃窜。一名男子手拿沾满鲜血的武士刀在陷入恐慌的街头徘徊。五日清晨突然发生的伤害杀人事件，把刚迎接美好早晨的居民推入了恐惧的深渊。

以这段文字开始的报道，详细描述了当时那起事件有多么残虐血腥。

> 男子拿着武士刀走出家门后，在距离家三十米的路上，从井上昭典先生（六十八岁）的脖子砍向他的胸部。井上美子女士（三十八岁）察觉异常，从家中出来察看时遭到攻击，美子女士转身逃走时，男子将刀刺进了她的后背。昭典先生当场死亡，美子女士在送往医院后停止呼吸。
>
> 男子又闯入对面的山本京子女士（四十五岁）家中，

刺向山本女士，导致山本女士身负重伤。之后，男子离开山本女士家，前往第二现场。第二现场位于站前路上，上班途中的上班族日下部真一先生（三十二岁）腹部遭刺，送真一先生上班的妻子和子太太（二十六岁）背后中刀。真一先生当场死亡，和子太太身负重伤，送往医院后陷入昏迷，但和子太太怀里抱着的一岁的志摩子平安无事。

之后，男子挥着武士刀攻击四处逃窜的民众，刺伤清水久子女士（四十八岁）、桑野洋一先生（七十岁）和米田诚子女士（五十六岁）后，冲上附近大楼的楼梯，大声叫喊着砍向自己的脖子，鲜血从颈动脉喷了出来，沿着楼梯滴落，男子随即断气。

附近的商店老板脸色发白地说："我听到惨叫声，跑出去一看，看到一个手拿红色棍子的男人在街上发疯，仔细一看，原来是被鲜血染红的武士刀。我吓得赶快逃回家里。"

根据目前的调查发现，男子住在町内的透天厝，自称艺术家，名叫田中和道（三十岁），他独居，屋内像是工作室。邻居说，他整天游手好闲，至于作案动机，将会在日后进一步厘清。

苍太看了两遍，第一次粗略地浏览时，脑袋里觉得有什么地方不对劲。不,不是脑袋,而是眼睛,他的眼睛对熟悉的文字产生了反应。

他立刻找到了那几个字:志摩子。

和子太太怀里抱着的一岁的志摩子平安无事——

苍太当然知道,母亲婚前的姓氏就是"日下部"。
"怎么了?上面写什么?"
梨乃摇晃着他的身体,但他说不出话。

| 30 |

离开图书馆后,他们走进附近的家庭餐厅。苍太邀梨乃一起吃晚餐,因为他不想回家吃晚餐。回到家中,看到母亲志摩子,一定会忍不住问东问西,根本无心吃饭。

但是,毫不知情的志摩子一定会做好晚餐等儿子回家,苍太走到餐厅外,打电话告诉志摩子,自己会吃完晚饭再回家。志摩子在回答"知道了"时,声音中带着讶异,她一定很在意儿子这么晚在外面忙什么。

苍太差一点儿脱口说出"MM事件",好不容易才把话吞进肚子。这一连串事件的背后，一定隐藏着无法在电话中说清楚的漫长故事。但是，苍太还是问了母亲一件事。

"妈，我问你，外公叫什么名字？"

电话的另一头沉默了片刻，"你为什么问这件事？"志摩子反问他。

"没有特别的理由，只是突然想到而已。我记得外公叫真一，外婆叫和子，没错吧？"

电话的另一端再度沉默片刻，"是啊，"母亲回答，"你记得真清楚。"

"我只是隐约有印象，那就先这样。"

"不要太晚回家。"

"嗯。"他应了一声，挂上了电话。

苍太对志摩子说了谎，他并不知道外祖父母的名字，志摩子从来没有告诉他，他是从刚才的报纸上看到真一、和子的名字的。

回到座位后，他把和母亲通话的内容告诉了梨乃。

"所以，你妈妈果然是'MM事件'的遗孤……"梨乃有所顾虑地说。

"好像是这样。真是太惊讶了，不，已经不是惊讶，而是头晕目眩了。我做梦都没有想到，原本在追查谜团，结果竟然会查到自己的母亲。"

"你从来没有听说过你外公、外婆的事吗？"

苍太摇了摇头。

"我对外公、外婆几乎一无所知,不光是名字,连住在哪里,以前是做什么的也统统不知道,只知道他们在我妈小时候就意外身亡,所以我妈从小轮流住在亲戚家,她从来没有告诉过我详情,我以为是痛苦的回忆,所以不想提起……"

梨乃摊开那篇报道的复印件。

"上面写着和子太太身负重伤,陷入昏迷,不久之后就死了吗?"

"应该吧,我妈因为'MM事件'失去了父母。"

"真可怜。"梨乃小声地说,"但这么一来,终于可以理解你哥哥的行动了。"

"怎么说?"

"你哥哥应该在调查'MM事件',你妈妈因为这起事件,成为被害人家属,他身为儿子,当然想要详细调查当时的情况。"

"那为什么不告诉我?我哥哥和我妈没有血缘关系,我才是她的亲生儿子。"

"这……我就不知道了。"梨乃吞吞吐吐起来。

还有另一件匪夷所思的事。就是伊庭孝美。她也在追查"MM事件"吗?果真如此的话,又是为什么?

虽然有梨乃作陪,但也没什么食欲,离开餐厅时点的咖喱饭还剩下三分之一。

"如果你妈妈告诉你详情,可不可以告诉我?"临别时,梨乃对他说。

"当然,"苍太回答,"谢谢你今天陪了我一天。"

梨乃嫣然一笑，点了点头，走下地铁站的阶梯。如果不是因为调查，而是和她单纯约会，一定很开心——苍太的脑海中掠过这个念头。

苍太在十点多回到家。他站在门前深呼吸，还没有想好要怎么对志摩子开口，但猜想自己应该会直截了当地发问。

他拉了玄关的门，发现门锁住了。志摩子很少锁门，但可能是时间已晚的关系。苍太自己拿出钥匙开了门，进屋说了声："我回来了。"

他没有听到原本以为会立刻听到的回应，于是脱下鞋子，沿着走廊走进屋内。客厅的门虚掩着，灯光泻了出来。他向客厅内张望，不见志摩子的身影。

苍太上了楼梯，但走到一半就发现二楼一片漆黑。他立刻转身下了楼，回到了客厅。客厅内整理得很干净，志摩子不像独自在家里吃了晚餐。餐桌上放了一张信纸，纸上是志摩子的笔迹。

苍太：

　　我知道你在调查很多事，今天应该也是为了这件事出门。

　　我之前也说过，我们希望你得到幸福。无论是爸爸还是要介，都把这件事视为头等大事。对你所做的一切都是基于这种想法，如果因此让你感到烦恼，可能是我们的做法错了。

很抱歉，我现在还无法和你谈。因为我不知道该怎么说，也不知道该说多少。

我会和你说明的，相信不会让你等太久，请你先暂时忍耐一下。

母字

苍太拿着信纸，在旁边的椅子上坐了下来。他感到浑身瘫软。

"不会吧……"他忍不住嘀咕。

31

早濑站在咖啡厅入口，穿白衬衫、黑色长裙的女人露出高雅的笑容迎上前来："请问是一位吗？"

"不，我约了人，"他迅速巡视了咖啡厅内，看到里面有一个熟悉的背影，对那个女人点了点头，"找到了。"

午后的酒店咖啡厅内有不少客人，早濑从桌子间走了过去，走向他约的人。

"让你久等了。"他在那个人的背后说。

正在看资料的蒲生要介并没有过度的反应，缓缓地转过头。

"并没有等很久，我也才刚到。"

他说的可能是事实，他面前放了咖啡杯，里面的咖啡几乎没减少。

早濑绕到桌子的另一侧，在蒲生对面坐了下来。蒲生目不转睛地看着他的所有动作，眼神中充满警戒。

长裙女人走了过来，早濑和上次一样，点了一杯咖啡。

"对不起，突然约你出来。不瞒你说，我打电话时，还担心你不愿意和我见面。"

蒲生听了早濑的话，也完全没有改变脸上的表情。

"我很忙，所以一旦发现你说的事不值得一听，我会立刻走人。虽然我希望不会发生这种情况。"

"我相信足以回应你的期待，你曾经对我说，想谈交易，至少自己手上要有牌，你还记得吗？"

"当然记得，所以你今天带牌来和我交易吗？"

"对，没错。我觉得是很不错的一张牌。"

"你好像很自信。到底有多少价值？"

"那就要请你亲眼，不，亲耳确认了。"早濑从皮包里拿出录音笔放在桌上，上面附了耳机。

"这是什么？"

"这是日野和郎供词的录音，你应该认识日野吧？"

蒲生似乎很惊讶，眼珠子大幅地转动了一下："'久远食品'的……"

"在研究开发中心和秋山先生一起工作的人。"

"他的供词？他和本案有关吗？"

"你先听了再说，我来好好品尝高级咖啡。"早濑说完，咖啡刚好送上来。

蒲生拿起录音笔，顺从地把耳机放进耳朵。早濑看着他的样子，想起了和日野之间的对话。

| 32 |

我和秋山周治，算上他被返聘的时间在内，前后一起工作了整整十三年。工作内容上次也稍微提过，就是开发植物的新品种，尤其我们将研究重点放在蓝玫瑰上，一旦研发成功，市场的需求量很值得期待。

但是，你也知道，我们并没有在蓝玫瑰的开发竞争中获胜。虽然这样听起来好像我们不服输，事实上，我们真的只差一步而已。如果从技术层面来说，我们并没有输，败因就在于缺乏组织力。我总是忍不住想，如果上面的人能够更了解实际情况，给我们足够的人员和预算，现在就会有不一样的结果。

只可惜公司高层的态度很冷淡，研究人员一旦没有做出成果，就会被打上失败者的烙印。在公司高层眼中，秋山先生是"特地返聘回来，却做不出任何成果的无能者"。之后，公司没有继续和秋山先生续约，新品种开发部门也被裁撤，只剩下我一个人。

我的确有很长一段时间没有和秋山先生见面，但今年6月底时，突然接到了他的电话，说有东西给我看，问我能不能马上见面。我问他是哪方面的事，他告诉我，是关于花的事，而且很可能非同小可。我当然很在意，而且秋山先生充满兴奋的声音也刺激了我的好奇心。

我充满期待地去见秋山先生，秋山先生带我去他的院子。那里种了很多植物，让我感到很惊讶，觉得他仍然对花卉充满感情，是发自内心地喜欢花。

更令人惊讶的在后面。秋山先生给我看了一盆盆栽，问我知不知道那是什么花。那盆盆栽并没有开花，但我毕竟研究花卉多年，从藤蔓和叶子的形状大致可以猜到花的品种，所以就回答说，看起来像旋花科。

秋山先生笑了笑，叫我跟他进屋后，给我看了一张照片。

那是一张花的照片，我立刻知道就是刚才那盆盆栽开的花。秋山先生问我，看了之后，有没有什么想法。

我当然知道他想说什么，于是回答说，是花的颜色。因为那朵花呈现鲜艳的黄色，旋花科的花中，很少有黄色的花。

秋山先生又问我，觉得这是什么花？我运用脑袋里为数不多的知识，回答说是非洲牵牛花。因为我只想到这个可能性。伞花茉栾藤有黄色的种类，但那朵花明显不一样。

秋山先生听了，拿出一份钉在一起的报告给我看。报告上印着秋山先生母校的名字，秋山先生说，他把该植物的叶子送去母校基因分析中心，请他们鉴定了品种。

看了报告后，我不由得倒吸了一口气，因为上面写着"推测为某种牵牛花"。

我太惊讶了。我刚才说，旋花科很少有黄色的花，但牵牛花根本没有黄花。虽然记录显示曾经有过，但黄色牵牛花的种类已经完全消失了。偶尔会有接近黄色的花，但根本称不上是鲜黄色。

然而，照片中的花正是鲜黄色。我问秋山先生，到底是怎么种出来的。

秋山先生的回答让我很意外。他说，没什么大不了，只是受人之托，培育了那个人给他的种子，结果就开出了这种花。出于某些原因，无法公开那个人的身份，但那个人并不是植物方面的专家。

我问他打算怎么处理这种花，他说当然要拿来研究，所以才会联络我。

首先继续培育这种花。既然是牵牛花，可以期待日后也会不断开花，然后持续观察，如果可以收集到种子，再从种子开始种，确认下一个世代的花是否能够继承相同的形态。同时要分析花的基因，了解产生黄色的原理——这就是秋山先生的计划。

听了他的计划，我兴奋不已。如果能够收集种子，持续开出相同的花，就是重大发现。即使无法做到这一点，只要能够借由研究稳定地培育出黄色牵牛花，也将会成为划时代的发现。

秋山先生希望我提供协助，我欣然答应。我一开始就说了，我目前所在的部门只是虚有其名，每天没做什么像样的工作，只是在等退休而已，所以当然没有理由拒绝，我希望能够在公司那些人面前争一口气。

之后，我开始收集牵牛花相关的资料，并着手进行基因分析的准备，但没有向任何人提起黄色牵牛花的事。因为一旦告诉别人，一定会有人想要抢功劳。我和秋山先生约定，这件事就当作我们两个人的秘密。

可不久之后，就发生了那起命案。

那天，我去秋山先生家中，打算采取花的一部分进行研究。我事先打了电话，但电话没有通，我就直接上门了。之所以会开车，是因为可能需要把整盆花都带回来，所以我也带了可以装盆栽的大袋子和棉手套。

我把车停在附近的投币式停车场，去了秋山先生的家。我按了门铃，没有人应答。我想他果然出门了，我又打了一次电话，还是没有接通。我很伤脑筋，在离开前看向玄关时，发现一件奇怪的事。因为门开了一条缝，仔细一看，门缝中夹了一只鞋子。虽然觉得擅自走进去不太好，但还是走到了玄关，打开了门。

一进屋，立刻感到惊愕不已。因为旁边的纸拉门敞开着，我看到秋山先生家里好像遭了小偷。各式各样的物品散乱在榻榻米上，似乎有人把壁橱里的东西都翻了出来。

我叫着秋山先生的名字往里走，发现秋山先生倒在客厅里。

我叫着他的名字,摇着他的身体,但他完全没有反应,显然已经太迟了。我心想必须报警,拿出了手机,这时看到矮桌上有一个信封,里面有一张照片露了出来。

那张照片就是黄色的牵牛花,我不知道秋山先生为什么会准备这张照片,但看到照片后,我忍不住犹豫起来。如果立刻报警,秋山先生的家就会遭到封锁,所有的东西都可能被警方扣押,警方也会调查这张照片,一旦知道这是牵牛花,就会引起和命案本身毫无关系的骚动,植物专家和研究人员都想要掺一脚。这么一来,我们的计划就泡汤了。

于是,我决定在报警之前,先拿走牵牛花相关的物品。我把花的照片放进信封,把信封塞进口袋。为了防止留下指纹,我戴上手套,抱起放在书桌上的电脑,因为我知道里面记录了很多资料。

当我站起来,想要穿越房间时,电脑的电线钩到放在矮桌上的茶杯。我看到矮桌湿了,慌忙用面纸擦干,也把茶杯放回原位,但觉得空杯子放在那里似乎不太妥当,于是就拿起旁边塑料瓶的茶,倒了一点进去。当时并没有想太多,只是想让一切恢复原状。

我来到院子,把那盆花装进袋子,拿着电脑和袋子走回投币式停车场,把东西放上车后,再度前往秋山先生的家。我之所以没有在停车场打电话报警,是因为我想到一旦报警,接电话的人一定会问我现场的状况,到时候就得解释我为什么离开现场。

但是,当我来到秋山先生家附近时,发现有一个年轻女人站在他家门口。我停下脚步,躲在暗处观察,那个女人果然走了进去。

于是,我转身回车上。因为我知道那个女人应该是秋山先生的孙女,我曾经听秋山先生提过她,我确信她一定会报警。虽然这么做有点过意不去,但我决定隐瞒自己当天去过秋山先生家的事,这么一来,也不必向警方报告黄色牵牛花的事。

我把花带回家里,现在仍然在我家的阳台上。我太太和儿子并不知道那是极其珍贵的花,以为是我的兴趣。

以上就是我和那起命案之间的关系,我对从现场带走宝贵的证据很抱歉,但当时我以为是强盗杀人,完全没有想到和那种花有关。

请你相信我,秋山先生并不是我杀的,我去的时候,他已经死了。

我原本打算等这起命案解决后,好好研究黄色牵牛花,但我失算了。几天前,秋山先生的孙女来找我,她似乎着手调查了那种花。日后一旦公布我研发出黄色牵牛花,她一定会怀疑我在这次命案时偷走了那盆花。我再三向她强调,我不认为秋山先生在研究黄色牵牛花,也不曾听说他培育了那种花。我不知道她是否相信了我的说法,于是请她去找对牵牛花很了解的田原,田原对黄色牵牛花的复活抱着怀疑的态度,所以我期待他对于秋山先生培育的那种花有合理的说明,秋山先生的孙女应该能够接受。

以上就是我所知道的一切。现在我只担心那盆花,你们会没收那盆花吗?如果非没收不可,可不可以等我完成基因分析之后呢？如果日后要在其他研究机构分析，可不可以让我参加，即使不付我任何报酬也没有关系。

33

看到蒲生拿下了耳机，早濑开了口："怎么样？"

蒲生默不作声地伸手拿了咖啡杯，眉头深锁。

"容我补充一句，这并不是在侦讯室正式侦讯的内容，而是非正式的问话内容，当时只有我一个人在场。其他侦查员不知道这件事，我也没有向上司报告。现阶段，搜查总部只有我一个人对那个年迈的研究员有兴趣，他的这篇告白也只有我、他自己和你三个人知道。"

蒲生抱着双臂，垂着视线。

"咖啡要不要续杯？"早濑发现蒲生的杯子空了，所以就问他。他记得酒店的咖啡可以无限免费续杯。

不一会儿，蒲生抬起头："好啊，那就再来一杯。"

他脸上渐渐露出温和的表情，至少已经感受不到他刚来这酒店时全身散发出的警戒。

早濑找来长裙的服务生，请她为蒲生的咖啡续杯后，再度看着蒲生。

"日野应该没有说谎,案发时,他有不在场证明,所以在侦查的初期阶段,就已经排除了他的嫌疑。"

"但是,你还是注意到这个人,查到他和案件的关系,太了不起了。"

早濑苦笑着,轻轻摇了摇手。

"这些无聊的奉承话就免了,我刚才也说了,日野不是凶手,我并没有查到任何有助于找到凶手的线索。如果是侦办其他案子,遇到这种状况就必须一切从头开始,但是蒲生先生,我认为这次的案子不一样。"

早濑喝完杯中的咖啡时,服务生刚好拿着咖啡壶走了过来,为他们加了咖啡后,转身离去。

"你想说什么?"

早濑喝了一口咖啡,点了点头。

"真好喝啊,而且可以免费续杯。以前我一直搞不懂为什么有人要来这种地方喝贵死人的咖啡,现在觉得这才是真正的享受。"他放下杯子,从上衣内侧口袋中拿出手机,找出手机内储存的一张照片,显示在屏幕上。"我之前也说过,你的目的并不是逮捕凶手,而是另有目的,我没说错吧?"

蒲生拿起咖啡杯:"请继续说下去。"

"我不喜欢卖关子,所以就亮出底牌吧,这就是我手上的王牌。"早濑说完,把手机屏幕出示在蒲生面前。

照片中是日野放在家中阳台的那盆盆栽,虽然没有花,但他主张那是黄色牵牛花。

"我还有另一张牌。"早濑从皮包里拿出塑胶袋放在桌上,塑胶袋里是一个信封。

"这是什么?"蒲生问。

"日野的供词中不是提到吗?就是放在秋山家矮桌上的信封,请你看一下里面的东西,但务必小心。"早濑从皮包里拿出白色手套,放在塑胶袋旁,"警察厅的人应该不会随身携带手套吧。"

"借我用一下。"蒲生说完,戴上手套,伸手拿起塑胶袋,打开里面的信封,把照片拿了出来。那是黄色牵牛花的照片。

"怎么样?"早濑看着蒲生的表情,"还是你认为这是假的。"

"不,我并没有这么说,你打算怎么办?"

"我刚才也说了,只有我注意到日野,我也再三叮咛日野,除了我以外,不要和其他侦查员接触。我愿意把这张王牌交给你,只是看你要怎么展现诚意了。"

蒲生慢条斯理地喝着咖啡,他当然是为了拖延时间,让自己充分思考对策。他终于抬头直视着早濑。

"你曾经说,希望自己亲手逮捕凶手,是有什么原因吗?"

"非告诉你不可吗?"

"我只是想知道,如果不方便,不说也没关系。"

"不,"早濑摇了摇头,"只是说来话长。"

他简短地说明了两年前的偷窃事件。

"所以,我欠了死者秋山周治先生一份很大的人情。如果不是他，我儿子就会被栽赃，可能会对他日后的人生造成很大的影响，所以我和儿子约定，一定会亲手逮捕这起命案的凶手。"

蒲生频频点头："没想到有这种事，我很理解你的心情。"

"蒲生先生，怎么样？我亮出了所有的底牌，你可以亮出你的牌吗？"

蒲生似乎无法下决心，再度看着黄色牵牛花的照片，又默默地把照片放回信封，这时他似乎发现了什么。

"信封里好像还有其他东西。"

"没错，只是不知道为什么会放在里面，日野说，他也不知道。"

蒲生把戴着手套的手指伸进信封，把里面的东西拿了出来，是三张细长的纸。

"这是……"蒲生露出意外的表情。

"我打算针对这个问题进行调查。"

但是，蒲生似乎对早濑的话充耳不闻，露出凝重的表情看向远方，不一会儿，他的表情渐渐柔和，他轻轻地笑着，身体微微摇晃着。

"怎么了？"

"没事，不好意思，"蒲生摇着戴着手套的手，"早濑先生，你原本想要抓到凶手，是想要报恩吧？"

"是啊，有什么问题吗？"

"你的报恩可能会创造出另一段恩情。"蒲生目不转睛地看着早濑的脸。

"什么意思？"

"就是因为你的努力，保护了很多人的意思。我知道你费了很大的功夫，但这起命案似乎已经解决了，我必须向你道谢。"蒲生说着，露齿笑了起来。

34

不出梨乃所料，最后一首曲子果然是 Hypnotic Suggestion，前奏响起时，Live House 内立刻响起一阵欢呼。大家果然都知道，这首歌是"动荡"的代表作。

大杉雅哉开始唱歌时，场内的欢呼声立刻消失，谁都知道，用欢呼淹没这首名曲是一种罪恶，谁都想好好欣赏这场表演的最后一首歌。梨乃也有同感。

今天她来到新宿的一家小型 Live House，"动荡"又换了新的键盘手。这次是阿哲的朋友，一头长发染成金色，梨乃虽然听不出这个年轻人弹得好不好，但感觉很不错，和其他成员配合得也很好。

得知他们要表演时，她原本想约蒲生苍太一起来，因为他应该还在东京，但想到前几天的事，就忍不住犹豫起来。

当初因为爷爷遭人杀害，他们开始追查黄色牵牛花，没想到因为某种奇妙的偶然，开始调查蒲生苍太的初恋女友，最后竟然追查到大约五十年前，蒲生苍太的外祖父母遭到杀害的事件，在此之前，他根本不知道这起事件的存在。

之后，她和苍太互通了一次邮件。苍太在邮件中说，那天他回家后，发现母亲消失了，留下一封信，所以代表她是主动离家。

> 我哥哥也不知道去了哪里，至今仍然没有回家，现在连我妈也离家了，他们都没有和我说清楚，就从我的面前消失了。我不知所措，完全无所适从，我干脆也闹失踪好了。

她从邮件中可以充分感受到苍太的无奈和无力。

到底是怎么回事？就连梨乃这个外人也不由得感到担心。不，她虽然不是苍太的家人，但也不是毫无关系，有权向他了解详细情况，所以写了邮件给他，希望有进一步消息后立刻通知她。苍太回信说，没问题，之后就完全没有联络。

雅哉的歌渐渐进入佳境，听起来宛如咒术师在念咒语，又像是僧侣在念经。在单调的重复中，隐藏着微妙而细密的旋律，在内心深处回响。雅哉和尚人是天才——梨乃再度这么想。

歌曲结束后，观众的反应一如往常。每个人都呆若木鸡，甚至忘记发出声音。数秒后，才终于响起嘈杂声，声音越来越大，变成了如雷的欢声。今晚也一样。梨乃拍得手掌都痛了。

乐队的成员消失在舞台后方，演唱会结束了。以年轻女性为主的观众都露出心满意足的表情走出会场，今天独自前来的梨乃也和他们一起走向出口。

正当她打算走出去时，看到走廊角落有几个男人感觉明显和其他观众不同，他们都穿着西装，个个看起来都很不寻常，而且每个人看起来都很严肃。

梨乃认识其中一个人，他是刑警早濑，所以那些人应该都是警察。

为什么警察会来这里？早濑他们在调查周治的命案，来这个业余乐队的表演会场干什么？

梨乃内心的不安骤然增加。她的不安是有原因的，因为今天白天她和早濑见了面。和之前一样，早濑打她的手机，说有事想要问她，希望可以见面谈。

当时，梨乃觉得并不是什么重要的事，早濑也说只是确认而已。梨乃如实回答了他问的事，因为那件事根本没什么好隐瞒的。早濑问完之后，很快就离开了。

难道和那件事有关吗？

梨乃忍不住往回走，她离开了往外走的人群，转身走向舞台旁。乐队的成员像往常一样，正在整理乐器。

"咦？梨乃，你怎么了？"阿哲最先看到她。阿一和雅哉，还有新加入的键盘手也都纳闷地看着她。

然而，下一刹那，他们的视线都同时移向她的身后。她也察觉到动静，转头看向后方。

几名身穿西装的男人走了进来，他们没有看梨乃一眼，笔直走向舞台。一名身材魁梧的男子走到前面，抬头看着舞台上的雅哉。

"请问是大杉雅哉先生吗？"

雅哉轻轻点了点头，他的眼神显得有点慌乱。

"我们是警察，关于秋山周治遭害的事，有几件事想要请教你，可不可以麻烦你跟我们去西荻洼分局走一趟？"

"喂，现在是怎样？"阿一站了起来，"这是怎么回事？为什么你们要带走雅哉，他做了什么啊？"

阿一看着雅哉和警察，但是没有人看他，也没有人回答他。

"大杉先生，"刑警用没有起伏的语气说，"你愿意跟我们走一趟吗？"

雅哉站在原地，低垂着头。梨乃看到这一幕，感到浑身的汗毛倒竖。她确信自己做了无可挽回的事，自己对早濑说的话果然很不妙。

但是，怎么会这样？她的心跳加速，既发不出声音，身体也无法动弹，只能看着眼前的事态发展。

"雅哉，"阿哲又开了口，"你倒是说话啊。"

雅哉脸色铁青地转头看着乐队的其他成员，"对不起，"他的声音很轻，而且很沙哑，"我去一下，不好意思，其他的事就拜托了。"

其他人忍不住倒吸了一口气，"雅哉！"阿一呻吟着叫了他的名字。

雅哉缓缓走下舞台，低着头，走向那几个男人。

几名刑警围住雅哉后开始移动，虽然看起来是雅哉自己同意跟他们走，但眼前的情况，根本是雅哉被他们带走。

早濑走在那些刑警的最后方，当他走过梨乃面前时看了她一眼，轻轻向她点了点头。他脸上的表情夹杂着懊恼和歉意。

当他们带着雅哉离开后，会场内只剩下一片寂静，没有人开口说话。梨乃呆然地站在原地，回想起白天和早濑之间的对话。他的问题很简单，只是拿出一样东西给梨乃看，问她是否知道那是什么。那是三张餐券的复印件，据说那三张餐券是在周治家中找到的。梨乃看过那三张餐券，尚人的守灵夜时，周治曾经出示过相同的餐券。

"我知道啊，"梨乃回答，"这是'福万轩'的餐券吧？"

当早濑问她，为什么周治会有这些餐券时，她很干脆地回答。因为尚人想带他的乐队朋友去那家餐厅，周治得知后，打算送他们餐券，可惜尚人死了，所以无法成行，葬礼时，周治把其中一张放进棺材，所以还剩下这三张。

早濑似乎接受了她的答案，很恭敬地向她说了声"谢谢"后，就离开了。

那件事到底和命案有什么关系？为什么会变成把雅哉带走？

梨乃仍然呆立在原地。

35

指挥这次侦查工作的警部负责侦讯大杉雅哉，令人惊讶的是，他居然要求早濑负责记录，警部语带挖苦地说："因为高层指定，说早濑先生是适当人选。"

早濑完全不知道高层谈了些什么，大部分侦查员也完全搞不懂，只知道有一天不知道从哪里突然冒出来几个证据，在之前侦查过程中完全不曾提到的大杉雅哉变成了嫌犯。在这些侦查员中，只有早濑察觉到警察厅，也就是蒲生要介在暗中发挥了重要作用。

那天在酒店的咖啡厅见面后，他和蒲生之间持续保持联络。蒲生对早濑说，有两件事想要拜托他。

"首先是餐券的事，请你去向秋山梨乃确认，是否知道这几张餐券，她的回答一定会符合我们的期待。"

蒲生似乎已经掌握餐券是破案的关键，只是这件事无法对外公开。

"侦查报告上的内容必须符合逻辑，我的消息来源是所谓无法对外公开的渠道，无法昭告大众。"

蒲生也没有告诉早濑到底是从哪里得知的消息。

在说第二件事时，蒲生的语气有点沉重。

"这件事有点难以启齿,其实是关于逮捕的事。你希望可以亲手为凶手戴上手铐,很遗憾,只能请你打消这个念头了。"

早濑以为是搜查一课想要抢功劳,但蒲生说,并不是他想的那样。

"是在此之前的问题。我没有把手上掌握的消息告诉搜查总部,在这件事上理亏,为了圆满解决这件事,必须让警察厅有足够的面子,但是我绝对不会忽略你,我会安排你去逮捕嫌犯,也会让你参与其他重要的场合,这样你能接受吗?"

虽然他的话说得很客气,却有一种让人无法拒绝的威严,而且所说的话合情合理,不愧是顶尖的公务员。早濑接受了他的提议,况且又不是演连续剧,他原本就不奢望亲自为凶手戴上手铐。

大杉雅哉被带进侦讯室后,满脸憔悴,失魂落魄。原本白净的皮肤几乎变成了灰色,嘴唇也发紫。

在回答完姓名、地址等简单的问题后,警部进入了正题。首先是关于他案发当天的行踪,问他那天在哪里,做了什么。

大杉雅哉没有回答,双眼盯着桌子表面。

"怎么了?无法回答吗?"警部再度追问。

大杉雅哉仍然不发一语。早濑发现他并不是在抵抗,他连说谎的力气也没有了。

警部似乎也有同感,立刻用了下一招。他出示了那几张餐券,说是在矮桌上的信封中找到的。

"目前已经从多人口中证实,秋山周治先生生前想要请他的外孙尚人和'动荡'乐队的成员去'福万轩'吃大餐,事实上,他把其中一张餐券放进了尚人的棺材,所以秋山先生准备这几张餐券,是打算交给乐队的其他成员。在其他成员中,只有你是尚人高中时代的同学,知道秋山周治家的可能性最高,所以才会请教你这个问题。怎么样?那天你有没有去秋山先生家?"

大杉雅哉终于有了反应,他抬起头,发白的嘴唇动了动。

"餐券……那个爷爷居然准备了这个。"他的声音像女人一样轻柔。

"可不可以请你说实话?如果你仍然主张和你无关,就要请你做 DNA 鉴定。"

"DNA……"

"从犯罪现场采集到几个被害人以外的 DNA,我们将进行比对,确认有没有你的 DNA。你应该会同意吧?如果拒绝,必须请你陈述理由。"

警部的语气充满自信。这很正常,因为 DNA 鉴定早就已经完成了。

在秋山周治厨房的抹布上采集到了 DNA,搜查总部听取了早濑的建议,注意到那个杯口朝上的玻璃杯曾经被人仔细擦干净,推测擦拭时,使用了挂在流理台旁的抹布。因为是用手直接拿抹布,皮脂和手上的老旧废物很可能附着在抹布上。分析结果显示,上面果然有秋山周治以外的 DNA。于是,他们偷偷采集了大杉雅哉的毛发进行鉴定,确认 DNA 一致。这当然不符合常规流程,在法庭上无法作为证据使用，所以必须经由正当的手续，重新进行鉴定。

大杉雅哉叹了一口气，同时他的表情松懈了。早濑知道一切都结束了。

他的直觉完全正确。大杉雅哉直视着警部的脸说了声："好，我说。"然后又继续说，"那天，我去了秋山先生家，是我杀了秋山先生。"

大杉雅哉说完这句话，好像突然回了魂。他不慌不忙，淡淡地说出了那天之前和那天发生的事，好像在感受自己的罪孽有多深重。

| 36 |

大杉雅哉在中学时开始感受到音乐的魅力，他的叔叔送了他一把旧吉他，成为他爱上音乐的契机。起初只是随便乱弹，渐渐有了表演欲望，于是去了吉他教室学吉他。吉他老师说他很有天分，他听了很得意，开始努力练习。摇滚、爵士、蓝调——只要是音乐，任何种类的都无妨。他喜欢听音乐，也觉得演奏乐趣无穷。不久之后，开始希望自己未来能够从事音乐方面的工作。当然，那时候只是笼统的梦想而已。

他在高一时和鸟井尚人同班。尚人学习很好，运动方面也很强，但没有朋友，总是独来独往。脸上很少有笑容，总是露出冷漠的眼神，让人不敢轻易向他打招呼。

那天，雅哉刚好要去 Live House，偶然在街上遇见了尚人。在此之前，他们几乎没有说过话，但因为双方都是一个人，所以就聊了起来。

雅哉提到 Live House 的事，尚人想了一下，然后问他："我可以一起去吗？"

雅哉很意外，问他是不是喜欢音乐。

"不讨厌啊，而且我以前弹过钢琴，但从来没有去过 Live House。"

"那就一起去吧。"雅哉在回答时，突然有一种预感，觉得在街上遇到尚人似乎象征着某种开始。

那天看的是业余乐队的表演，尚人似乎很满意，回家的路上用兴奋的语气谈论着感想，甚至说，他第一次知道有那样的世界。最令人惊讶的是几个星期后，尚人说，他买了一个键盘，每天在家里练习。

那要不要一起组乐队？雅哉主动提出邀约。他也持续练习吉他，内心一直希望可以正式走上音乐之路。

他们决定组乐队，但并没有立刻召集到其他成员，所以一开始是只有他们两个人的乐队。

起初他们都是练习别人的歌曲，但渐渐觉得不过瘾。有一次，雅哉给尚人看了一首歌的乐谱，那是他自创的歌曲，因为觉得很不好意思，所以没有给任何人看过。

演奏之后，雅哉问了尚人的感想。尚人一脸无奈的表情，摇了摇头。"果然不行吗？"雅哉问。尚人回答说："不是你想的那样。而是完全相反，实在太棒了。我原本以为你一定是抄别人的，但完全不是这么一回事，我从来没有听过这首曲子。雅哉，你根本是天才。"

"怎么可能？你是故意吹捧我吧。"雅哉害羞地说。尚人一脸认真地说："才没有呢，我是认真的，我才没有吹捧你。你和我不一样，你很有才华。"尚人又叹着气说："我老是这样，无论做什么都敌不过有才华的人。"

雅哉有点不知所措，不知道尚人为什么这么烦躁。尚人突然回过神，露齿一笑说："对不起，我有点嫉妒了，可见你创作的乐曲有多棒。"

雅哉松了一口气，真诚地向他道谢，并建议尚人也尝试创作。"我行吗？"尚人虽然偏着头表示怀疑，但答应他会挑战看看。

不久之后，尚人果真创作了一首乐曲。当他演奏后，雅哉十分惊讶。虽然尚人的乐曲很朴素，却有着和自己完全不同的风格。

"我们是最佳搭档。"两个人都这么说，并发誓要成为超越约翰·列侬和保罗·麦卡特尼的搭档。

之后，两个人都上了大学，但要走音乐之路的决心并没有改变。他们上大学只是为了对父母有个交代。进大学后不久，他们的乐队又开始练习。虽然出于各种因素，乐队的成员换了几次，最后在鼓手桥本一之和贝斯手山本哲加入后，乐队终于成军了。

在"动荡"乐队成立的两年后，所有成员都开始以专业乐队为目标。他们当时的成绩已经让他们敢于把这个想法说出口。

但是，雅哉也同时感受到瓶颈。当他和尚人两个人单独相处时，他提到了这件事。

"还差一步。"

好友尚人完全理解雅哉这句话的意思，他回答说："好像还缺了什么。"

"对，还缺少什么。"

"我们没有成长。"

"对，的确没有成长。"

这是从乐队起步时就朝夕相处的他们才能体会的感觉。他们的技术的确有进步，也许已经达到了职业的水准，但也仅此而已。专业乐队比比皆是，他们必须以顶尖为目标。

该怎么办？不知道——即使两个人多次讨论这个问题，也始终没有结论。

他们从两年前开始出入"KUDO's land"，有时候会在那里表演，有时候只是纯粹当客人，和老板工藤旭也很熟，工藤旭是他们少数可以请教音乐方面问题的人物。

雅哉告诉工藤，自己遇到了瓶颈，工藤冷笑着说："艺术家没有瓶颈，如果感觉到瓶颈，不如趁早放弃。不进步又有什么关系？只要乐在其中就好，我几十年都在做相同的事，完全没有进步。我觉得这样很好，我的客人也很满意。"

工藤的这番话是成年人而且专业的意见。他们终于知道，自己只是在为一些低层次的问题烦恼。

又过了几天，雅哉遇到工藤时，工藤先对他说："这件事你要绝对保密。"然后拿出一个小布袋，里面装满了很多小颗粒的东西。

"我们在胜浦集训时，偶尔会用这个，有时候可以得到灵感，感觉像是转换一下心情。对艺术家来说，发现沉睡在自己内心的东西也很重要。"

工藤把布袋里的东西放在手掌心，原来都是一些几毫米大小的黑色颗粒，仔细一看，原来是植物的种子。

雅哉问他是什么，工藤告诉他，要咬碎之后吞下去。

"只要吞下去，你就会发现世界不一样了，只要试一下就知道了。很难用言语形容，别担心，这些不是违法的东西，只是服用之后，会有点想吐和肚子痛，但在可以忍受的范围。如果服用之后感到不舒服，以后就不要再服用了。到时候记得把剩下的种子还给我，因为这些东西很珍贵。"

雅哉注视着这些小种子。世界会不一样？——他完全感受不到这些种子隐藏着这种力量。

那天晚上，雅哉独自在房间里时，决定试一下。工藤建议他试的时候可以放一些音乐，所以他打开了CD播放器的开关，扬声器内传来最近录制的自创歌曲，之前录进CD后就没再听过。

他从袋子里拿出种子，工藤告诉他，每次只要吞五颗就足够了。虽然他有点害怕，但他还是放进嘴里，闭上眼睛，和可乐一起喝了下去。因为工藤告诉他，配可乐比较容易吞，然后他坐在床上。十几分钟后，正当他觉得没有任何变化时，变化突然出现了。

眼前的景物开始摇晃。一开始他以为是视力出了问题，但后来知道并不是，他发现景物的摇晃有方向性和节奏，不一会儿，终于知道是怎么一回事。是扬声器播放的音乐，周围的景物随着音乐的旋律和节奏开始摇晃。

并非只有视觉发生变化而已，雅哉发现听觉也变得十分敏锐，不光是耳朵在听，而是全身在感受音乐，可以准确捕捉所有乐器的声音，可以感受到自己的细胞在呼应每一个音符。

他好像突然顿悟了一切。这才是真正的音乐。音乐不是创作出来的，也不是组合出来的，为什么之前没有发现这么简单的事？

同时，他感受到一种难以形容的幸福感。似乎除了音乐的本质，更洞悉了各种事物的真理，了解自己为什么会来到这个世界，同时充满了对父母深深的感情。雅哉泪流满面。

他想用某种方式为这份心情留下记录。当他回过神时，发现自己拿着吉他，手指不由自主地在吉他上弹了起来，接二连三地弹奏出以前从来没有想到的旋律。

种子的效果持续了大约两个小时，效果并不是在两个小时后突然消失，而是渐渐消退，最后恢复了平常的状态。

雅哉清楚地记录恍惚期间的事，并没有陷入疯狂，只觉得精神世界进入了更高的层次。他的内心仍然留下了恍惚期间产生的对父母的感谢之情，证明自己体验到的一切并不是错觉。

日后，他把当时的体验告诉了工藤，说话时难掩兴奋的语气。

"是不是有一种抓到什么东西的感觉？"工藤对雅哉的反应很满意，"但要节制一点儿，不能全都仰赖它，毕竟不是魔法。"

"好。"雅哉回答。

他把种子的事也告诉了尚人，但尚人半信半疑，雅哉对他说，试试看就知道了。

某天晚上，他们一起吃了种子，不一会儿，那种感觉再度出现。尚人的精神也出现了变化，他开始弹奏吉他，雅哉也跟着弹起了吉他，他们把接连弹出的旋律录了下来。

当意识恢复正常后，他们听了录音的乐曲，那是以前从来没有听过的音乐。雅哉和尚人都兴奋不已，忍不住尖叫起来。

我们是天才——他们有生以来第一次真心这么觉得。

那时写的曲子——Hypnotic Suggestion 也让乐队的其他成员叹为观止，大家都问他们，怎么会想到这种曲子。灵感啊。雅哉和尚人回答说，并约定种子的事是两个人之间的秘密。

之后，每次和尚人一起想要创作新乐曲时，就会吃种子。虽然冲击不如第一次那么强烈，但每次几乎都能获得期待中的结果。

只是种子的数量有限。因为工藤一开始就说，没有多余的种子了,所以无法再向工藤索取。那些种子原本就数量有限,照理说,既然是植物的种子,只要播种,就可以有源源不断的种子,但工藤说,似乎没办法种。

他们深感不安,万一种子没了,还能够继续创作吗?

他们也试了一些合法的药物,期待可以得到相同的效果,结果惨不忍睹。非但无法获得灵感,反而感到很不舒服。

这时,尚人提议,去拜托他的外公看看。他的外公是植物研究人员,目前也在家里培育各种植物。

微寒的3月中旬,两个人一起去了秋山周治家。秋山看到久违的外孙上门很高兴,但是当尚人拿出种子时,原本亲切的老人露出锐利的眼神。

"感觉像是一种牵牛花的种子,而且年代很久远了,"秋山说,"恐怕不止十年、二十年,而是更久。"

"所以,种不出来吗?"

"不,这就不知道了。凡事都要看方法,你们希望培育这种植物吗?"

"如果能种出来的话,我们想知道到底会开什么花。"

"那我就试试看,我可以任意使用这几颗种子吗?"

"可以啊,你决定就好。"

他给了秋山四颗种子,虽然种子很珍贵,但这是必要的投资。

"如果可以种出来,也可以采集种子吗?"雅哉问了最重要的问题。

"这个嘛,"秋山偏着头,"这要试了才知道,可能不会有种子,也可能会有几十颗种子。"

雅哉他们只能祈祷良好的结果。最后,他们没有忘记叮咛秋山最重要的事,请他不要告诉任何人,他们请他种这种植物。

"为什么?这是什么恶作剧吗?"周治笑着问。

"差不多是这样。"尚人回答。

虽然尚人说交由秋山决定,但接下来的那段日子他始终惦记着这件事,如果那几颗种子无法冒芽,就真的束手无策了。

不久,雅哉终于接到了尚人的联络,说四颗种子中,有一颗顺利冒了芽,而且很顺利地长大了。

"很可惜,其他种子没成功,我外公说,可能放太久了。"

"是吗?那也没办法。"

他们都说,只能把希望寄托在唯一发芽的种子上。

不久之后,发生了意想不到的事,尚人自杀了。

得知这个消息时,雅哉完全没想到和那些种子有关。警方找他问话时,他回答说,完全不知道尚人自杀的原因。他并没有说谎,失去好友的悲伤让他不顾旁人的眼光,忍不住落泪也不是演出来的。

他在尚人的守灵夜时遇见了秋山周治,秋山发自内心地为外孙突然自杀感到难过。

"种子好不容易冒了芽,如果顺利,6月中旬就可以开花。"秋山说完之后,又压低嗓音说,"你们为什么想要培育那颗种子？我问了尚人好几次，他都说不清楚，只说想要有更多种子，为什么要那么做？"

雅哉摇了摇头回答说，那天只是陪尚人一起去，并不知道详细的情况。秋山似乎不太接受，但并没有继续追问。

但是，在尚人尾七的时候，雅哉从尚人的母亲口中得知了意想不到的事。尚人自杀时，桌上放着没喝完的可乐。

雅哉想到一个可怕的可能性。难道尚人是因为吃了种子，导致精神异常而跳楼吗？不可能吧。虽然他这么告诉自己，但还是感到不安。果真如此的话，那就是自己造成了尚人的死。

这时，雅哉用完了所有的种子，想要写新歌，却完全没有灵感，之前一起创作的尚人也不在了，所有歌曲都必须由自己创作的焦躁更束缚了他的灵感，使他完全陷入了恶性循环。在他痛苦的时候，只想到一件事。如果有那些种子——

6月时，雅哉下定决心，造访了秋山家，想知道是否可以采集到种子。

"很顺利，你来看看。"

秋山带他去院子里看到的那盆植物长满绿油油的叶子，藤蔓绕在竖起的小树枝上。

"不知道会开出什么花，太期待了。这个月底应该就会开花，你到时候可以来看。"

雅哉回答说，知道了，当天并没有多问种子的事就回家了。

老实说，他对花根本没有兴趣，种子才重要。所以，隔月初他又去了秋山家。

那天就是命案发生的日子。

秋山一看到雅哉就说："太可惜了，如果你早几天来，就可以看到花了。"

雅哉看向院子里的盆栽，花已经谢了。

"但是，我拍了照片。来，进屋再说。"

秋山带雅哉走进客厅，从冰箱里拿出塑料瓶的茶，倒进玻璃杯后递给他。秋山自己喝用水壶烧的开水。

秋山打开柜子的抽屉，拿出一个信封，从里面拿出一张照片，放在雅哉面前。

照片中是雅哉从来没有见过的花，黄色的花瓣很细长，感觉很诡异。

"这也许是很了不起的花，"秋山说，"我正在调查，谢谢你们给我这么有趣的种子。总之，我想先把这个交给你。"秋山说着，把照片放回信封，放在雅哉面前。

雅哉瞥了信封一眼后问："种子呢，有没有采集到？"

秋山脸上的温和表情突然严肃起来，他直视着雅哉的脸。

"真奇怪，不管是你还是尚人，好像对花完全没有兴趣，当初你们不是说，想看看到底会开什么花吗？"

"是啊……"

"如果采集到种子，你打算拿来干什么？"

"干什么？没特别想要……"

他说不出话，因为他没有想到秋山会问他这个问题。

"该不会……"秋山注视着雅哉的眼睛问道，"你该不会打算用来当迷幻剂吧？"

"呃……"

"你是因为这个，想要让我大量采集种子吧？"

秋山完全猜对了。雅哉低下头，浑身发热，耳朵深处可以听到自己的心跳声。

秋山深深地叹了一口气。

"因为你们特别关心种子，所以我很在意，忍不住去查了一下，发现某些西洋品种的牵牛花中含有麦角酸二乙酰胺，而你这种花的种子中麦角酸二乙酰胺含量比一般的牵牛花种子高数十倍。麦角酸二乙酰胺是具有致幻作用的物质，你们是不是把这些种子当作迷幻剂食用？"

雅哉张开嘴唇，他想否认，却无法发出声音。

"真是长了见识，"周治叹着气，"没想到我外孙竟然要我制造迷幻剂，人活得太久，真是什么事都会遇到，也包括不愉快的事。"

"不是，秋山先生，不是你想的那样——"

"你不必再说了，"秋山摇了摇头，"现在我终于知道尚人自杀的原因了，八成是因为幻觉作用的影响，你应该也知道吧？"

"……不是。"

"够了。"秋山伸手去拿电话。

"你要打电话给谁?"

"当然是报警啊。也许你会说,吃花的种子有什么问题,但有人为此失去了生命,我当然不能袖手旁观。"秋山背对着雅哉,开始拨电话。

雅哉感到极度焦躁,一旦迷幻剂的事曝光,自己会怎么样?别人一定会知道自己的音乐才华是假的,他想象着别人轻视、嘲笑自己的样子。

一定要阻止,一定要阻止——雅哉满脑子想着这件事。他不知道拿起了什么,朝着秋山的后脑勺打了下去。老人发出呻吟,身体倒了下去,但手脚还在挣扎。雅哉见状,立刻从背后掐住了秋山的脖子。他的思考完全停摆了。

当他回过神时,秋山已经完全不动了。雅哉内心涌起犯下了无可挽回的错误所产生的后悔和如果不做些什么,自己将走向毁灭的恐惧。

他看到放在架子上的手套。那是秋山在院子里修剪花草时用的。他戴在手上,擦拭了所有自己碰过的东西,然后把室内翻得乱七八糟。他打开所有的抽屉,寻找所有值钱的东西,也就是强盗可能会偷的东西。他很快找到了存折和提款卡,但他仍然没有放弃寻找。他打开了隔壁房间的壁橱,把里面的东西也都翻了出来。

离开时,他发现了桌上的玻璃杯。绝对不能留在桌上。他去流理台洗了杯子,小心翼翼地用抹布擦干,放回碗柜,以免留下指纹。

确认周围没有人之后,他离开了秋山家。走到转角处后,一路跑向车站。他完全没有真实感,只希望一切都是噩梦。

37

原来走在高级酒店的走廊上,完全听不到任何声音。苍太忍不住想。他以前只去过平价商务酒店或是观光酒店,那些酒店的墙壁很薄,只要走在走廊上,就知道哪个房间住了人,但这家酒店静悄悄的,感觉好像完全没有客人入住。当然不可能没人住,可见这里的隔音做得很好。

他要去的房间位于走廊的尽头,墙上有门铃的按钮。他第一次见识到这种东西。他微微深呼吸后,按了按钮,隐约听到铃声。

听到开锁的声音后,门打开了,身穿白衬衫的要介站在门内。他没有系领带,衬衫解开两个扣子。好久不见的哥哥脸颊有点凹了下去。要介脸上的表情很温和,默默地向他点头,似乎示意他进房间。

苍太走进室内,房间内有沙发和书桌,书桌上放着电脑和资料。这里没有床,卧室应该在隔壁。原来这就是蜜月套房。苍太心想。他以前当然没有住过,甚至也没有见识过。

"好气派的房间,"苍太打量着偌大的客厅说道,看到玻璃柜内还放着酒杯,"这里住一晚要多少钱?"

要介苦笑起来:"没有你想象中那么贵,任何生意都有暗盘。这家酒店曾经卷入麻烦,我协助他们解决,所以住宿的时候可以享受优惠价格。"

苍太耸了耸肩膀:"原来如此,优秀的公务员果然走到哪里都吃得开。"

"我找你来,可不是想听你这些挖苦,先坐下吧。"

室内有两张沙发排成"L"形,窗前的是双人沙发,另一张是单人沙发。苍太正犹豫该坐哪一张,要介对他说:"你是客人,当然坐大沙发,不必客气。如果无法很自然地决定这种事,就无法成为大人物。"

"我又不打算成为大人物。"苍太在双人沙发上坐了下来。

"蒲生家的男人怎么可以这样?"要介走向放在房间角落的推车,推车上有咖啡壶和咖啡杯,"喝咖啡可以吗?如果想喝其他的,可以叫客房服务送来。"

"不用,咖啡就好。"

要介把咖啡壶里的咖啡倒进杯子放在咖啡盘上,放在苍太面前。哥哥以前从来没有为他倒过咖啡,苍太有点坐立难安。

今天中午过后,他接到要介的电话,说想和他谈一谈。他在电话中问有什么事,要介说:"是你一直想知道的事,还是说,你什么都不想知道呢?"

"你只顾自己的方便。"苍太说,之前和要介联络,遭到了拒绝,现在他却突然打电话给自己要求见面。没想到要介回答说:"公务员都这样。"

要介把自己的咖啡杯、牛奶和砂糖放在桌上后,坐了下来。

"妈呢?"苍太说,"我猜想她和你在一起。"

"没错,她住在这家酒店的其他房间,但知道我找你过来,已经退房了。"要介把牛奶倒进咖啡,用茶匙搅拌着。

"她想彻底避开我吗?"

"这是她的考量,因为她不愿意随便敷衍你,所以只好暂时避不见面。她觉得我是蒲生家的长男,必须由我来告诉你这件事的真相。不过——"要介抬起头,打量着弟弟的脸,"真没想到你查到这么多事,令我刮目相看,也许你有侦探的才能。不,应该说,你也有侦探的才能,因为蒲生家的男人身上流着警察的血。"

苍太挺直身体看着哥哥:"你终于愿意对我说实话了吗?"

"你不必露出这么可怕的表情,先喝杯咖啡吧。我们兄弟很少这样坐下来说话。"

"不是很少,而是从来没有过。"苍太喝着黑咖啡,"你们每次都排斥我。"

要介放下杯子,点了点头。

"你会这么想也很正常,我们的确隐瞒了你很多事。这是老爸决定的方针,虽然我预料到早晚会出问题。"

"你们到底隐瞒了什么?"

要介从白衬衫胸前口袋拿出一个透明的塑料小盒子。

"你知道秋山周治的命案已经侦破了吗？"

"我看到新闻报道和网络新闻，在此之前，秋山梨乃也通知我了。我太惊讶了，没想到他会是凶手。"

"你和大杉雅哉谈过话吗？"

"聊过几次，"苍太回答之后，才发现哥哥问的话不对劲，"你怎么知道我认识他？"

"这件事等一下再说，"要介把塑料盒放在桌上，盒子内铺着白色棉花，上面有五毫米大小的黑色颗粒，"你知道这是什么吗？"

"该不会就是大杉雅哉他们当成迷幻剂服用的……"

"没错。"

"新闻报道只说是特殊花卉的种子。"

要介挺直身体，好像在宣告似的说："这是牵牛花的种子。"

"黄色牵牛花的？"

"没错，是如梦似幻的花。"

"果然是这样，但你为什么会有这个？不，我想知道，"苍太眨了眨眼睛，"你和黄色牵牛花有什么关系？"

要介的嘴角露出淡淡的笑容。

"不是我一个人和黄色牵牛花有关，而是和蒲生家三代有关的问题。"

苍太忍不住挑起眉毛："三代？这是怎么回事？"

"你知道我们爷爷的名字吗？"

"爷爷？别把我当傻瓜，我当然知道啊，叫意嗣吧？"

"对，叫蒲生意嗣，和老爸一样，在警视厅上班。"

"爷爷怎么了？"

"1962年9月，发生了一起惨绝人寰的事件，一个手持武士刀的男人在目黑区的住宅区砍杀、砍伤了八个人。"

"是'MM事件'吗？"

"对，指挥侦查工作的就是当时搜查一课的课长，也就是我们的爷爷。"

苍太用力吸了一口气，原来有这种关系。

"凶手是田中和道，爷爷指挥刑警搜索田中家时，在院子里发现了奇怪的东西。院子里放了一整排从来没有见过的植物盆栽，他怀疑是什么违法的药草，所以做了详细调查，没想到有来自意想不到的势力阻止他继续调查。是警视厅的高层和警察厅命令他不要插手不明植物的问题。"

"为什么……"苍太嘀咕道。要介缓缓点头。

"爷爷和你一样，当时也无法接受，但是当他得知事情的原委后，他不得不听从命令。上司说，告诉他的内容是绝对机密，即使对家人也不能透露。只不过爷爷告诉了他的儿子，他的儿子又告诉了长子。"

"什么意思？到底是怎么回事？你不要再卖关子了。"苍太摇晃着身体。

"不要着急，这件事无法三言两语说完，要说明梦幻花，必须追溯到江户时代。"

"梦幻花?"

苍太觉得好像在哪里听过这三个字。

"是这么写的。"要介用圆珠笔写在酒店的便条纸上,放在苍太面前,上面写着"梦幻花"三个字。

苍太看着这三个字,终于恍然大悟。是牙医师田原说的,黄色牵牛花是梦幻花,一旦追寻,就会自取灭亡——这是田原的叔叔对他说的。

"梦幻花是什么?"

"简单地说,就是有致幻作用的植物的总称。"

"呃……大麻和罂粟之类的吗?"

"这些已经广为人知的植物无法被称为梦幻花。只有那些通常主要用来观赏,或是被视为野草或是杂草,却具有这种作用的植物,才能被称为梦幻花。但这只是江户幕府的一小部分人,主要是农学家使用的暗语,而这是所有梦幻花中最重要的。"要介用下巴指了指塑料盒,"文化文政时代[1],曾经掀起了一股栽培牵牛花的热潮,尤其是变种牵牛花的丰富多样令人瞠目。文献上记录了目前已经无法看到的各种异样形态的牵牛花。"

"我知道,黄色牵牛花在当时也并不稀奇。"

"没错,但在江户时代,接连发生了多起奇怪的事件。之前

---

[1] 文化文政时代:指1804年至1829年,江户幕府时期日本商业社会开始繁荣的时代。

很正常的人突然发疯伤人或是自杀,于是幕府展开了调查,发现了一个惊人的事实。原来有一部分人流行吃牵牛花的种子。"

"为什么要吃牵牛花的种子?"

"原本牵牛花是作为药物引进日本的,所以食用并不奇怪,但原本用途是作为泻药和利尿剂,所以很难想象会流行。没想到在调查之后发现,某一种牵牛花可以产生强烈的致幻作用,而且外观上也和其他牵牛花有很大的不同。"

"该不会是……"苍太看向塑料盒。

"没错,就是会开黄色花的品种。当时也不知道这种品种是哪里来的,不知道是外来种,还是发生突变的结果,但和其他牵牛花的基因完全不同,导致的致幻作用也是其中一项最大的特征。当然,当时并没有'基因'这个字眼儿,只是已经确立了基因的概念。于是,幕府采取了相应的措施,禁止这种危险的花在市面上出现。一旦发现黄色牵牛花,就立刻没收,防止继续在市面上出现,但是这件事无法公开。如果消息走漏,就可能有人利用黄色牵牛花做黑市生意。"

苍太频频摇头,这些话太出乎意料了,但果真如此的话,很多事都有了合理的解释。

"黄色牵牛花该不会是出于这个原因而消失的吧?"

"没错,"要介说,"虽然不知道是不是所有的黄色牵牛花都是梦幻花,但幕府布下天罗地网,随时监视有没有这种牵牛花在市面上出现。只要得知黄色牵牛花的消息,就会用尽各种手段调查,回收种子,所以黄色牵牛花渐渐从市面上消失了,但也只是消失而已,并没有灭绝,有专人在幕府的管理下偷偷继续栽培,打算有效利用其强烈的致幻作用。"

"要怎么有效利用幻觉剂?"

"当作麻醉剂,江户末期已经开始有外科手术技术,所以需要安全的麻醉技术,只是幕府垮台后,这个计划也就中止了,但明治新政府继续偷偷栽培黄色牵牛花,只有少数人知道这件事,不久之后,有人提议了黄色牵牛花意外的使用方法,提议的人是内务省的高层,他们打算在警察侦查时作为吐真剂使用。"

"警察……"苍太听了,忍不住一惊。原来警方也和这件事有关。

"警方委托某位医学专家进行研究,但最后这项研究也中止了。因为虽然可以作为吐真剂使用,但造成的后果太危险了。几名接受人体实验者变得很凶暴,或是试图自杀,他们的精神方面很不稳定。于是,之后就没有再继续栽培黄色牵牛花。"要介一口气说完后,把杯子里剩下的咖啡喝完,又继续说了下去,"可任何事都不可能做到天衣无缝。"

"什么意思?"

"照理说,受到严格管控的黄色牵牛花的种子,不应该有流出去的可能,但出于各种原因却流了出去,大量种子下落不明。因为黄色牵牛花从市面上完全消失了,所以便理所当然地认为种子也消失了,没想到——"

"发生了'MM事件',"苍太说,"田中和道家院子里的是黄色牵牛花。"

"就是这样,田中通过某种渠道得到了种子,在自家院子栽种,采集了种子,服用后,享受那种恍惚感觉。但是,由于作用太强,导致他精神发生错乱,警察厅高层当然慌了手脚。因为虽然是之前的事,但警察毕竟曾经为了利用而大量栽种留下的种子,导致了那起大肆虐杀事件,一旦这件事被公之于世,他们将愧对全国民众。"

"所以就隐瞒了真相吗?我们的爷爷也无法违抗高层的压力?"

要介露出严厉的眼神。

"蒲生意嗣有无法违抗的原因。"

"什么原因?"

"当初是内务省的人提议将黄色牵牛花用于吐真剂,而我们的曾祖父,也就是蒲生意嗣的父亲正是提议者之一。"

苍太忍不住挺直身体:"怎么会有这么巧的事?"

"也未必是巧合。因为爷爷的父亲在内务省工作,所以爷爷在警察界才能够平步青云,也才会知道黄色牵牛花的秘密。"

苍太抓着头,觉得继承警官的血缘很麻烦。

"于是,'MM事件'就以凶手精神崩溃导致行凶杀人结案了,但爷爷认为问题并没有解决,况且没有人能够保证今后不会再出现第二、第三个田中,他认为自己的使命,就是要预防这种情况发生。之后，爷爷开始独自收集相关消息，只要听到有黄色牵牛花的消息，即使是天涯海角也会赶去亲眼证实，并命令他的儿子也一起加入监视行动。"

"他的儿子就是……"

"当然就是我们的老爸，"要介嘴角露出笑容，"可见'MM事件'对爷爷造成了多么大的冲击。你想象一下，无辜的民众在大街上接二连三地被武士刀砍杀，一旦亲眼见到当时的景象，绝对不愿意看到这种情况再度发生，更何况自己的父亲是引发这起惨案的原因之一，自己也协助隐瞒了事件的真相。爷爷内心的罪恶感不知道有多么强烈，老爸经常说，爷爷临死前，还惦记着黄色牵牛花的事。"

看到要介拿起咖啡杯，苍太也喝了一口黑咖啡。他发现自己手心在冒着汗。

"我不知道我们家的背景这么复杂。"

"是啊。"

"哥哥，你是什么时候知道这件事的？"

"第一次是在小学的时候，老爸告诉我的。他给我看黄色牵牛花的照片，说这是会让人疯狂的花。那张照片似乎是爷爷找到的，老爸也继承了爷爷的遗志，只要一有空，就收集相关资料。那是我第一次知道有这种东西。"

"你是因为知道这件事，才决定进入警察厅吗？"

"怎么可能？"要介的眼尾挤出鱼尾纹，"虽然受到老爸的影响产生了兴趣，但我认为梦幻花或是黄色牵牛花的事，只是一段历史。每年去牵牛花市集和老爸一起仔细观察，也是希望有机会亲眼见识一下黄色牵牛花。"

要介站了起来，去推车上拿了咖啡壶过来，在自己的杯子里加了咖啡后问苍太："要不要再来一杯？"

"好啊。爸爸从来没有向我提过这件事。"

要介为苍太的杯子里倒着咖啡："当然啊，不能把你卷入这件事，因为你算是被害人。"

"'MM事件'的被害人吗？"

"当然。"

"爸爸和妈妈结婚时，知道她是'MM事件'的遗属吗？"

"知道。老爸私下调查了那起事件的被害人之后的生活，尤其担心那个失去父母的女孩，得知她长大之后在酒店上班。老爸假装成客人去了几次，和她渐渐熟悉，得知她的身世后，为无法把真相告诉她而感到难过，甚至觉得自己的行为很卑鄙。"

"所以爸爸才和妈妈……"

要介拿起杯子，扬起嘴角："你不要误会，老爸并不是基于同情心而结婚的，纯粹是被老妈吸引，相反地，老爸很烦恼自己到底有没有向老妈求婚的资格。于是，老爸把一切都告诉老妈后，向她求了婚。老妈虽然很受打击，但被老爸的诚意打动了，于是，他们就结了婚，我也为他们的结婚感到高兴。"他喝了一口咖啡，把咖啡杯放回杯盘。

"原来妈妈也知道蒲生家的秘密……"

"老爸曾向老妈发誓,如果他们有孩子,绝对不会把孩子卷入这件事中。"

苍太交握着双手,叹了一口气:"原来是这么一回事。"

"我知道你一直很不满,但又不能告诉你,因为这是老爸的遗志。"

"所以这次你什么都不告诉我,而且还干脆从我面前消失了。"

要介靠在沙发上,跷着二郎腿:"只是没想到你会遇见秋山梨乃,更没想到你们会联手调查。"

"你是因为看到秋山先生拍的黄花照片,才和她接触的吗?"

"没错,我刚才也说了,我以为自己这辈子无缘看到黄色牵牛花。进入警察厅后,我发现几乎没有人知道黄色牵牛花的事,只有在以前的资料中可以找到相关的资料,但我会不时上网,用像是黄色牵牛花、黄花、神秘的花和不知名的花这些关键词搜寻,作为对老爸的悼念。这件事我持续了十几年,都没有发现老爸给我看的照片上的花。那天在博客上发现取名为'名不详的黄花'的照片时,我还没细看,就习惯性地以为和事件无关。"

"没想到完全出乎你的意料吧?"

"可见凡事都不能抱有成见,看到那张照片时,我太惊讶了,以为自己的心脏停止了跳动。会不会是搞错了?不,一定是搞错了,我这么告诉自己,但是越看越觉得酷似老爸以前给我看过的照片。"

"所以你就和照片的主人联络，得知培育这种花的人被杀了吗？"

"而且，不知道种子是从哪里来的这件事也引起了我的注意，更让我在意的是，那盆花被偷了这件事。如果命案和黄色牵牛花有关，就非同小可，搞不好会让世人知道有这种花的存在，老实说，我当时真的慌了，所以就请了假，独自展开了调查，因为无论如何，都必须在搜查总部之前找到真相。"

"你居然认为自己一个人可以办到。"

"我并不是一个人，"要介挑了挑眉毛，"你应该已经知道有人在协助我，她比我更早知道黄色牵牛花复活，并开始展开行动。"

"伊庭孝美……吗？"

要介点了点头："我刚才说，曾经委托一位医学专家研究将黄色牵牛花作为吐真剂使用，那位专家就是姓伊庭。"

"啊……"

"当初就是伊庭家保管的黄色牵牛花种子外流了出去，所以伊庭家的好几代人也都在追查黄色牵牛花的下落，我们的爷爷查到了这件事，于是从某个时间点开始，就和伊庭家相互交换情报。"

"所以孝美也……"

"我和秋山梨乃见面后，立刻联络了伊庭小姐，得知她也在追查黄色牵牛花的下落，感到十分惊讶。当我们交换彼此掌握的线索后，发现了一个交集点。"

"鸟井尚人的自杀……"

"没错。"要介深深地点头,"伊庭小姐通过某个渠道,锁定了工藤旭,鸟井尚人认识工藤的乐队成员。尚人又是秋山周治的外孙,已经潜入乐队的伊庭小姐向我提供了几条宝贵的线索,其中一条线索就是成为破案关键的'福万轩'餐券的事。我也得知她遇见了你,她因此只能离开乐队。"

苍太垂下视线:"简直把我当瘟神。"

"应该不是这么一回事。"

"是吗?"

"总之,"要介把双肘放在沙发的扶手上,将身体缓缓靠在沙发椅背上,"这件事终于解决了,我曾经一度担心,不知道会变成什么样,但眼前至少可以暂时放心了。"

"找到种子了吗?"

"找到了,也是伊庭小姐帮的忙,但还是不能大意,因为没有任何证据可以证明,梦幻花已经完全灭绝了。"

"你以后也要继续监视吗?"

"没办法啊,必须有人去做这件事。"虽然这句话的内容很沉重,要介的语气却很轻松,"我该说的都说完了。"

苍太抱着双臂:"还有很多不解的事。"

"是关于她的事吧?"要介撇着嘴角,"她的事,你还是直接问本人比较好,我也只知道一部分。"

"本人……"

"当然是指伊庭孝美小姐,她也说,希望亲自向你说明。"

"我可以见她吗?"

"当然,她已经不需要躲藏了。"

"她人在哪里?"

要介意味深长地笑了笑,用食指指着上方。

"在顶楼的酒吧,你会喝酒吧?"

苍太皱着眉头,看着哥哥的脸:"我们是兄弟,你连这都不知道吗?"

"如果不会喝酒,可以点果汁。"

"我当然会喝酒。"苍太站了起来,"她在那里吗?"

"嗯,"要介点了一下头,"你赶快去吧。"

"苍太,"苍太走向门口,伸手握住门把打算开门时,听到要介叫着他的名字,回头一看,容貌和父亲很像的哥哥对他露齿一笑说,"对不起。"

苍太耸了耸肩:"没关系啦。"说完,他打开门,走了出去。

38

来到酒吧门口,一个身穿黑色衣服的男人迎上前来:"请问是一位吗?"

"不,我来找朋友——"苍太说着看向店内。因为时间还早,店里没什么客人。

一个女人坐在窗边,看到那个背影,他凭直觉知道"就是她",苍太缓缓走了过去。

伊庭孝美正把手机放回桌上。苍太停下脚步,低头看着她。孝美抬起头,似乎已经察觉他的出现,脸上没有惊讶,嘴角露出淡淡的笑容。

"刚才收到要介先生的邮件,说你要来。"

苍太皱了皱眉头,看着鼻翼旁的位子:"原来你们随时保持联络。"

"只到今天为止,"孝美说,"请坐。"

苍太拉着椅子坐了下来,桌上有一个装了黄色液体的香槟杯子。

"这是……果汁吗?"

孝美微笑着说:"这是含羞草——柳橙汁和香槟调的鸡尾酒。"

苍太以前没听过这种鸡尾酒的名字,顿时觉得她很成熟。

服务生走了过来,他点了啤酒。

孝美看向苍太,低头向他鞠躬:"好久不见,上次在Live House 时很对不起。"

"没事。"苍太说完低下了头,然后又缓缓抬起视线,但是和孝美的目光相遇,又忍不住低下了头。

他突然听到了笑声。

"你和那时候一样,不习惯看着别人的眼睛。"

苍太很生气地看着她,但很快把视线移开了,因为孝美的双眼直视着他。

啤酒送上来了,苍太喝了一口,没有看她。

"你为什么不说话?"

苍太眨了眨眼睛,终于看着她的脸。

"你可以不要这么说话吗?这样反而让我更紧张。"

孝美微微偏着头:"要像以前那样说话吗?"

"希望可以那样。"

她微笑着点了点头,微微抬起下巴开了口。

"好久不见,苍太,你最近好吗?"

苍太立刻觉得一股暖流在内心扩散,他重重地叹了一口气,舔了舔嘴唇:"我没想到会以这种方式和你重逢。"

"我也一样,不,我原本以为这辈子都不会再和你见面了。"

"什么时候这么以为?中学二年级的夏天吗?"

"嗯,当然啊。"

两个人相互凝视着,这次苍太没有移开视线。他感觉身体渐渐温暖。

"我有很多事想要问你,还有这次的事件,但我想先问你那年夏天。那时候,你家到底发生了什么事?"

孝美痛苦地皱了皱眉头,然后调整了心情,挺直身体说:"首先,我外公接到了蒲生先生的电话,蒲生先生问他,知不知道你这阵子经常和我见面。我外公很惊讶,问了我妈,但我妈不知道,因为我没有告诉她和你见面的事。我妈来问我，我就说了实话，我用有点叛逆的态度说，我和你是朋友，这样有什么问题吗？"

苍太回想起自己当时也有同感："结果呢？"

"外公和我妈说，有很重要的事情和我谈，他们说话时，脸上的表情很严肃。至于他们和我谈了什么，你现在应该已经知道了。伊庭家和蒲生家一样，都有必须完成的使命，他们也告诉我黄色牵牛花和'MM事件'，当我得知你母亲是因为伊庭家流出的黄色牵牛花种子而失去父母时，真的受到了很大的打击。"

"所以，你决定不再和我见面吗？"

孝美露出认真的眼神，点了点头。

"因为外公和我妈告诉我，你什么都不知道，蒲生家的人不希望你卷入这件事，所以我觉得不要和你见面比较好。因为一旦成为好朋友，我可能会不小心说出来。对不起，我直到今天才告诉你实话。"

苍太用右手抓了抓头，即使孝美现在道歉也没什么用了。

"所以，你也决定要寻找黄色牵牛花。"

"是啊，但目的不太一样，"孝美说，"我并非只想找到种子，而是想用科学的方法分析种子产生的致幻作用，所以我才会选择读药学系。"

"原来是这样……你为什么要接近工藤旭？"

"起初是因为偶然发现了某个人在社交网络上所写的内容，那个人提到吃了牵牛花的种子，陷入了恍惚，而且说那是稀有品种的牵牛花，很不容易找到。我看了之后很在意，之后也持续注意他的账号，但他没有再提到牵牛花。所以，我打算寻找种子的下落，因为我一直很在意一件事。"

"什么事？"

"'MM事件'。即使那起案子破案后，仍然没有找到牵牛花种子的下落，应该说，当时并没有彻底搜索凶手的家。在当时的搜查一课课长的指示下，事件迅速处理结束了。"孝美的语气中带着讽刺，她应该知道搜查一课的课长就是苍太他们的祖父，"但是，凶手田中一定把种子藏在某个地方，我想要寻找那些种子的下落，其实只要稍微想一下就知道，田中平时一个人住，一定是他的家人拿走了他的遗物。"

"所以，去年秋天的时候，"苍太说，"你去了胜浦。"

孝美睁大了眼睛："你连这件事也知道？"

"我去了庆明大学的研究室，看到了你的月历。"

"原来是这样，"她露出对苍太刮目相看的神情，"我去胜浦，想要确认田中的老家目前的情况，没想到房子已经转卖给别人了，当我得知买主后，不禁吓了一跳。那是之前曾经很有名的艺术家，之前在网上提到牵牛花种子的人，也在社交网络上提到，他是工藤旭的歌迷，经常去工藤旭的店。我认为这绝对不是偶然。"

"买下田中老家的工藤旭发现了牵牛花的种子——这就是你的推理结果吗？"

"你不认为这是最合理的推论吗？我立刻去了工藤旭的店，

但那家店没有问题,似乎并没有卖迷幻剂给客人,所以我猜想工藤旭只会把牵牛花的事告诉特别熟的客人,只和这些熟客享受恍惚的感觉。"

"很有可能。"

"所以,我决定伪装成工藤旭的忠实歌迷,也许日后有机会知道种子的事。"

"你的策略成功了吗?"

孝美苦笑着摇了摇头。

"不行,工藤旭比我想象中更加小心谨慎,虽然在我持续去那家店后,他们不时邀我去只有他们自己人参加的派对,在派对上,也会提到毒品的事,但并没有实际使用,最多只聊有没有用过 LSD[1] 而已,正当我快要放弃时,发生了意想不到的事。"

"该不会是鸟井尚人自杀的事?"

孝美听到苍太的话,用力点了点头。

"没错,当我得知他死去时的状况时,确信绝对和梦幻花有关。因为鸟井尚人和大杉雅哉都和工藤旭特别熟,很可能从工藤旭手上拿到了种子。"

"所以,你就伪装成键盘手加入乐队。"

"你可别小看我,我对演奏乐器很有自信,高中时我参加了轻音乐社。"

---

[1] LSD:麦角酸二乙酰胺,一种常见的强效迷幻药。

苍太倒吸了一口气，立刻想起以前听过她这段经历，是秋山梨乃通过调查得到的消息。

"原本打算一旦得知和梦幻花无关，就立刻离开，没想到遇见了你，所有的计划都泡汤了。"

"我是不是该对你说声对不起？"

"你并不觉得有这个必要吧？而且，虽然计划泡汤了，但最后还是达到了目的，确认了黄色牵牛花的确存在。"

"是因为秋山周治遭到杀害的案件吧？"

"没错，要介先生通知了我这件事，和我相互交换了手上掌握的线索，终于掌握了整体情况，也猜到应该是尚人把种子交给了秋山先生，但是还有好几个问题需要厘清。其中之一，就是要追查秋山先生家被偷走的盆栽的下落，另一个就是要追查可能还残留在某个地方的牵牛花种子。无论如何都要避免警方在还没有查清楚这两个问题的情况下破案，因为搜查总部完全不了解情况，一旦扣押这些物证，向外界公开，后果将不堪设想。幸亏要介先生和姓早濑的刑警联手，找回了那盆盆栽，而且也抓到了凶手。要介先生运用警察厅的人脉，对搜查总部施压，才能够在不公布黄色牵牛花秘密的情况下破案。接下来，只剩下种子的问题。要介先生向工藤先生提出交易，只要他交出所有的种子，就不会说出鸟井尚人是因为他的关系而自杀的事。工藤旭一口答应，在他家的阁楼找到了种子，但已经所剩不多了，所以他也没有太多的留恋。"

"原来是这样……"

"这就是我知道的所有事,你还有什么要问的吗?"

苍太摇了摇头。

"因为一下子听说太多事,现在想不到任何问题。回去好好想一想,或许还会想到什么,但是除了命案的事,我有其他事想要问你。"

"什么事?"

"你对于因为家里的关系而决定了自己未来的路会不会感到不满?在你读中学的时候,家人就命令你要追查黄色牵牛花,我总觉得好像太强人所难了。"

孝美轻轻地笑了笑。

"是啊,从某种意义上来说,真的有点强人所难,但你家不是也一样吗?要介先生从小时候就承担了这个义务。"

"对,我哥说,这也是没办法的事。"

"以我个人来说,如果说内心完全没有不满,当然是骗人的,但这个世界上有很多类似的情况。比方说,像是歌舞伎之类的传统艺术,只要生在那个家庭,就有义务要继承,老店经营者的儿子也一样。"

"但这些是遗产,在有继承义务的同时,也可以获得利益。"

"我跟你说,这个世界上也有所谓的负面遗产,"孝美用温柔的语气说,"如果这些负面遗产会自然消失,当然可以不予理会;但如果无法消失,就必须有人继承。在确信黄色牵牛花的种子完全消失之前，必须有人加以监视。我的祖先不小心让魔幻植物流入市面，身为后代，必须承担起这个义务，这是我无法逃避的义务。"

她注视着苍太的双眼中没有丝毫犹豫，显然内心具备了强烈的信念和决心。

"谢谢。"苍太小声地说。

"为什么要向我道谢？"孝美纳闷地偏着头。

"因为你对我说的这句话很有意义。"

"是吗？"孝美露出无法释怀的表情，但立刻露出笑容，"我的话都说完了，接下来轮到你了。"

"我？我要说什么？"

"当然是迄今为止的事啊，我和要介先生都很佩服你出色的侦探能力，你到底是怎么查到'MM事件'的，我愿意洗耳恭听。"孝美拿起含羞草鸡尾酒的杯子，用充满好奇的眼神看着他。

苍太点了点头，拿起了啤酒杯。

"好，只是说来话长，要从中学二年级的夏天开始说起。"

| 39 |

8月中下旬，秋山梨乃和知基去了东京拘留所。大杉雅哉通

过律师联络了知基,说想要和他们见面。

他们等在狭小的会面室,隔着玻璃的房间门打开,雅哉走了进来,身旁有一名警官。雅哉看到梨乃他们后,露出了尴尬的笑容,在椅子上坐了下来。他以前就很瘦,现在感觉更瘦了。

"对不起,让你们特地跑一趟。"雅哉说,他的声音有点沙哑。

"你的身体怎么样?有好好吃饭吗?"梨乃问。

"嗯,我没事,谢谢。"说完,雅哉看着他们两个人,难过地皱起眉头,"我真的对你们很抱歉,我这么对待你们最爱的爷爷和外公,你们一定不会原谅我,但我还是希望有机会向你们道歉,真的很对不起。"他深深低下头,肩膀微微颤抖着。

梨乃和知基互看了一眼,不知道该说什么。

来这里的路上,他们曾经讨论,不知道该怎么面对雅哉。虽然应该很痛恨杀害爷爷的凶手,但雅哉仍然是他们重要的朋友。知基说:"我内心完全没有恨意,满脑子的疑问,不知道为什么会发生这种事。"梨乃也有同感。

雅哉认为他们的沉默是对自己的抗议,露出了痛苦的表情,双手抱着头。

"我这样道歉,你们也很伤脑筋,你们一定很想说,既然要道歉,为什么当初要动手杀人。我真的很愚蠢,很想一死了之,我希望可以判我死刑。"

"雅哉,"知基小声地说,"都是药的关系吧?因为吃了奇怪的花的种子,脑筋变得有点不正常了吧?"

雅哉摇了摇头："不知道，即使是这样，我也……也都是我的错。"他俊俏的脸上满是眼泪和鼻涕。

梨乃听着他的啜泣声片刻，当他停止啜泣时，梨乃开了口。

"你找我们来，是想要向我们道歉吗？"

雅哉用衣服的袖子擦着脸。

"这也是原因之一，但我有些事想要告诉你们，尤其是对梨乃。"

"对我？什么事？"雅哉抬起头，用充血的双眼看着她。

"是关于尚人的事，他一直在烦恼，从以前开始，从小时候开始。"

"烦恼什么？"

"他为自己无法像梨乃一样感到烦恼。"

"像我一样？什么意思？这是怎么回事？"

雅哉露出落寞的笑容。

"梨乃，你自己可能不知道，但这种事本来就是这样，当事人觉得根本没什么，旁人却觉得很耀眼。"

"等一下，我完全不知道你在说什么。"

雅哉的喉结动了一下，似乎在吞口水。

"尚人很希望自己有才华，想要成为有才华的人。"

"啊？"梨乃皱起眉头，"你在说什么啊，没有人像尚人那么有才华。他的运动能力很强，学习也很优秀，画画也很棒，音乐也有向职业进军的水准。他怎么可能没有才华，而是有太多才华了。"

她说到一半时,雅哉就缓缓摇头。

"所以我刚才说,你根本不了解。尚人的运动能力的确很强,但有办法达到职业水准吗?可以像你一样以奥运会为目标吗?没办法吧?在校成绩再好,也只是在有限的范围。他经常说,虽然他的数学很好,但只是知道解题的方法而已。画画也一样,他说只要盯着白纸,脑袋里就会浮现出画面的构想,只要根据这种构想画出来,就可以画出出色的画,只不过他发现,自己的画总是有一种似曾相识的感觉,他说自己只是了解绘画的知识,懂得如何运用而已。其他人都会表示称赞,这种称赞只是佩服,并不是感动,无法打动任何人的心。"

雅哉把视线移回梨乃的脸上。

"不久之后,他开始觉得,自己没有任何才华,只是假装有才华而已。"

"但是,"梨乃开了口,"大部分人不都是这样吗?真正有才华的人少之又少。虽然他说自己只是假装有才华,能够做到这一点,就已经很了不起了。"

"嗯,我也这么认为,如果尚人不是尚人,也许也会这么想,但因为有你的关系,所以就不一样了。"

"我?"

"尚人经常对我说,你是天才。即使在同一个游泳池内,好像你周围的水质都不一样,好像有特别的水在推着你前进,好像你在和他不同的泳池里游泳。"

"哪有……"

"只有你自己不认为是这样。听说尚人也很会游泳,参加过好几次县级的比赛,但是他曾经告诉我,即使他放弃游泳了,周围也没有人发现这件事。"

梨乃惊讶地看着身旁的知基:"有这回事吗?"

知基痛苦地眨了眨眼:"好像的确是这样,我哥曾经好几年都没游过泳。"

"他总是说,看到梨乃,就知道自己是多么渺小,没有任何长处,只是一个无趣的人。"雅哉说。

"怎么可能有这种事……"

"他发现自己在音乐上也是这样,经常对我说,自己根本没有才华,很羡慕我有才华,但其实我和尚人一样,根本不是什么天才,也根本没有才华。我很平凡,具备的能力和别人差不多,普通得不能再普通了,却梦想能够比任何人都发光发亮。我们只是模仿别人,却好像有那么一点成功,所以就更贪心了,想要成为真正的天才,这种邪念导致我和尚人沉溺于那种奇怪的花的种子,但冒牌货终究是冒牌货,无法成为真货。"

雅哉挺直身体,继续用严肃的口吻说:"梨乃,尚人经常说你是笨蛋,明明那么有才华,却浪费了自己的才华。你必须成为游泳选手,这是有才华的人应尽的义务,如果认为这是负担,就太奢侈了。他说,你根本不知道不背负任何义务的人生有多么空虚——"

他一口气说完后,重重地吐了一口气,对梨乃露出笑容。

"雅哉……"

"我请你来,就是想要告诉你这件事。"

梨乃点了点头,从放在腿上的皮包里拿出手帕。她还不知道该如何接受刚才这些话,但这番话的确打动了她。

她用手帕按着眼角。

尾声

苍太走进大学校门时,内心涌起的不是怀念之情,而是新鲜的感觉。他只休息了不到一个月,但各种景象似乎和以前不一样了。

走进研究室,发现藤村独自坐在桌前,但他并没有在做研究,电脑屏幕上显示的是某位偶像的博客。

藤村似乎听到了脚步声,转头看来,立刻目瞪口呆:"蒲生,最近还好吗?"

"还好啦。"苍太说完,在他旁边的椅子上坐了下来:"这里怎么样?"

"没什么变化,整天很安静。你怎么样?有没有和家里人好好谈过日后的打算?"藤村的语气中充满揶揄,也许他想要说,反正不可能有什么结论吧。

"聊了很多啊,这是我第一次和家人谈那些事。"苍太说话时,想起要介的脸庞。

"是吗?"藤村露出意外的表情,"所以,有什么打算?"

"嗯,"苍太拿起藤村放在桌子上的三色圆珠笔,笔杆是白色的,只有上端两厘米左右是黑色的,那个部分和核电站使用的某种铀燃料尺寸相同,这是他几年前去参观核电站时拿到的纪念品。

"结论就是,"苍太说,"我决定继续下去。"

"继续?继续什么?"

"当然是研究啊,我要一辈子和核电为伍。"

藤村睁大眼睛:"真的假的?"

"真的啊。"

"怎么回事?你上次不是说,这个行业没有未来吗?"

"也许的确没有未来,但核电本身并不会消失。"

藤村警戒地抱起双臂。

"他们不是说,2030 年要关闭所有的核电站吗?"

"是说不再仰赖核能发电,即使在 2030 年,所有核电站都停止运作,但核电站本身并没有消失,废炉工作几乎才刚起步,超过五十座核电站还保管了大量使用后的核废料。"

"这……"藤村点了点头,"的确是这样。"

"如果是普通的人家,只要不去处理,就会成为废墟,但核电站不一样,如果不处理,无法自动废炉。即使不再发电,也必须进行严格管控,小心谨慎地执行废炉的步骤。而且,废炉时会产生大量放射性废弃物,目前还没有决定掩埋的场所,也不知道能不能找到掩埋的场所。即使找到了地方，要掩埋在那里，也需要几万年的时间，才能让放射能下降到安全的水准。这个国家已经无法避开核电问题了，因为在几十年前，已经做出了选择。"

藤村露出沉痛的表情不发一语，苍太看着他苦笑起来，抓了抓头。

"对不起，我这是在班门弄斧。"

"不，不会啦……所以，你打算继续和核电为伍吗？"

"嗯，"苍太收起下巴，"如果日本今后要继续使用核电，包括安全方面在内，都需要有比目前更高水准的技术。如果打算废弃，那所需要的技术可能比使用核电还要更高，因为必须面对世界上任何人都不曾经历过的问题。"

藤村皱着眉头，发出低吟声。

"我能理解你说的话，但恐怕日子会很不好过，还要承受世人冷漠的眼光，更将面临数十年都无法解决的问题。"

"这个世界上，有所谓的负面遗产，"苍太回答说，"如果这些负面遗产会自然消失，当然可以不予理会；但如果无法消失，就必须有人继承，即使那个人就是我也无所谓。"

藤村打量着苍太的脸，缓缓摇着头。

"这是怎么回事？你在东京时到底发生了什么事？你太帅了。"

"因为我遇见了很帅的人，两个很帅的人。"

苍太站了起来，走到窗边。这时，手机收到了邮件。打开一看,是秋山梨乃发来的。那起事件解决之后,他们就没再见过面,只约定下次要找时间约会。

邮件的主题是"再挑战"。

　　你好,你在大阪吗?我想了很久,决定重回泳池。虽然不知道能不能顺利,但我打算鼓起勇气跳下去,所以,先向你报告我的决心。

看完内容,苍太耸了耸肩。看来暂时没时间约会了。

他看向窗外,笼罩着天空的白云散开了,露出一小片蔚蓝的天空。

更好的阅读

特约监制　潘　良　于　北
产品经理　邱　树　胡马丽花
责任编辑　周　杨
特约编辑　叶　青
营销支持　于　双　温宏蕾
装帧设计　别境Lab

关注我们

官方微博：@文治图书
官方豆瓣：文治图书
联系我们：wenzhibooks@xiron.net.cn

图书在版编目（CIP）数据

梦幻花 /（日）东野圭吾著；王蕴洁译. -- 北京：北京联合出版公司, 2024.12. -- ISBN 978-7-5596-7881-2

Ⅰ. I313.45

中国国家版本馆 CIP 数据核字第 2024T4R162 号

北京市版权局著作权合同登记 图字：01-2024-4484

MUGENBANA
Copyright © 2013 by Keigo HIGASHINO
All rights reserved.
Original Japanese edition published by PHP Institute, Inc.
Simplified Chinese translation rights arranged with PHP Institute, Inc.

梦幻花

作　　者：[日] 东野圭吾
译　　者：王蕴洁
出 品 人：赵红仕
责任编辑：周　杨

北京联合出版公司出版
（北京市西城区德外大街 83 号楼 9 层　100088）
三河市中晟雅豪印务有限公司印刷　新华书店经销
字数 214 千字　880 毫米 ×1230 毫米　1/32　10.875 印张
2024 年 12 月第 1 版　2024 年 12 月第 1 次印刷
ISBN 978-7-5596-7881-2
定价：65.00 元

版权所有，侵权必究
未经书面许可，不得以任何方式转载、复制、翻印本书部分或全部内容
本书若有质量问题，请与本公司图书销售中心联系调换。电话：010-82069336